T0054798
Marylebone
Langham Street
Queen Ann Street
Bulstrode St.
Bentinck Street
Wigmore Street
Henrietta Street
Old Cavendish St.
Holles Street
Vere Street
Portland Ho.
SQUARE
Princes Street
OXFORD
HANOVER
Hanover Square Rooms
SQUARE
Hanover Street
George Street
Maddox Street
Gilbert Street
Roberts Street
BROOK STREET
NEW BOND STREET
Brooks Mews
GROSVENOR STREET
Grosvenor Mews
Mount Row
Charles Street
Bruton Street
BERKELEY SQUARE
CONDUIT STREET
Clifford Street
Grafton Street
St. Georges Hanover Sq. Workhouse
Hill Street
Hays Mews
Union Street
Charles Street
Lansdowne Ho.
BERKELEY STREET

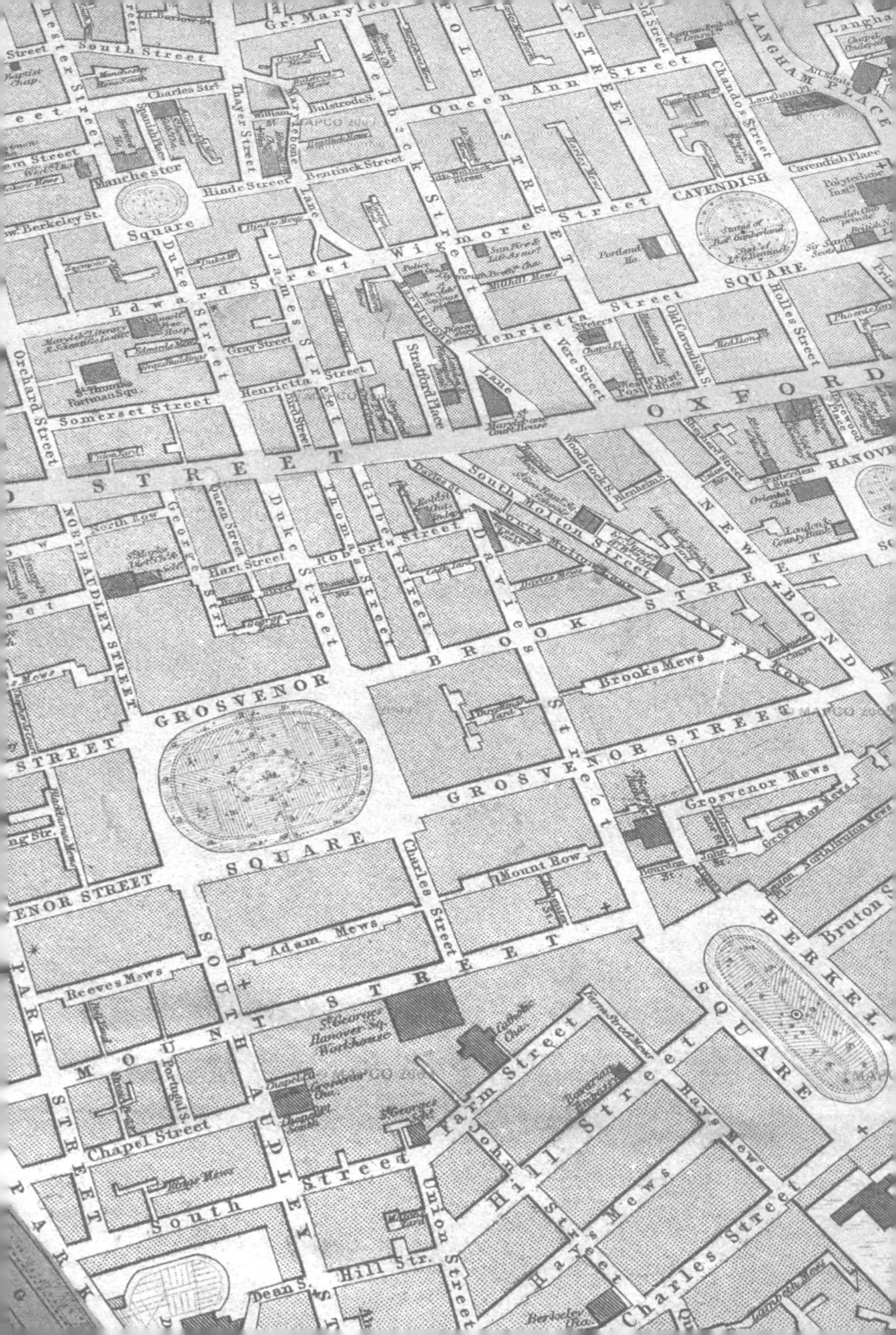

South Street
Charles Str.
Thayer Street
Bulstrode S.
Queen Ann Street
Chandos Street
Langham Pl.
LANGHAM PLACE
Cavendish Place
Manchester Square
Hinde Street
Bentinck Street
CAVENDISH SQUARE
Wigmore Street
Portland Ho.
Holles Street
Edward Street
Duke Street
James Street
Henrietta Street
Vere Street
Old Cavendish S.
Gray Street
Orchard Street
Somerset Street
Stratford Place
OXFORD STREET
HANOVER
Davies St.
South Molton Street
Woodstock S.
Blenheim S.
North Row
Queen Street
George Str.
Hart Street
Robert Street
Gilbert Street
Thomas Street
NORTH AUDLEY STREET
NEW BOND STREET
BROOK STREET
Brooks Mews
GROSVENOR STREET
GROSVENOR SQUARE
Grosvenor Mews
Mount Row
Charles Street
Adam Mews
Reeves Mews
SOUTH AUDLEY STREET
MOUNT STREET
PARK STREET
Portugal S.
Chapel Street
Farm Street
Hill Street
Hays Mews
BERKELEY SQUARE
Bruton St.
John St.
South Street
Union Street
Hill Str.
Dean S.
Charles Street

Las memorias de Sherlock Holmes

ALMA CLÁSICOS ILUSTRADOS

Sir Arthur Conan Doyle

Ilustraciones de
Fernando Vicente

Edición revisada y actualizada

Título original: *The Memoirs of Sherlock Holmes*

Diseño de la colección: lookatcia.com
Diseño de cubierta: lookatcia.com
Maquetación y revisión: LocTeam, S.L.

ISBN: 978-84-18008-06-1
Depósito legal: B1295-2020

Impreso en España
Printed in Spain

El papel de este libro proviene de bosques gestionados de manera sostenible.

Índice

Estrella de Plata

—Watson, me temo que no me queda más remedio que ir —dijo Holmes una mañana cuando nos sentamos a desayunar.

—¡Ir! ¿Adónde?

—A Dartmoor, a King's Pyland.

No me sorprendió. En realidad, me extrañaba que todavía no se hubiese visto envuelto en este extraordinario caso, que era el único tema de conversación a lo largo y ancho de Inglaterra. Mi compañero había vagado por la habitación durante todo el día, con la barbilla sobre el pecho y el ceño fruncido, cargando una y otra vez su pipa con un tabaco negro muy fuerte, completamente sordo a mis preguntas y comentarios. Nuestro vendedor de periódicos nos había enviado las ediciones más recientes de todos los diarios, los cuales Holmes arrojó a una esquina tras echarles una ojeada. Pero, a pesar de su silencio, yo sabía perfectamente cuál era el objeto de sus cavilaciones. Sólo había un problema que preocupara al público y que desafiara su capacidad de análisis, y ése era la singular desaparición del caballo favorito para la Copa Wessex y el trágico asesinato de su entrenador. Por tanto, cuando anunció repentinamente su intención de salir hacia la escena del drama, sólo respondió a lo que yo deseaba y esperaba.

—Me encantaría acompañarle, si no le resulto una molestia —dije.

—Mi querido Watson, me haría un gran favor si viniese. Y creo que no perdería su tiempo, puesto que hay detalles en este caso que prometen convertirlo en algo único. Creo que tenemos el tiempo justo para tomar nuestro tren en Paddington; durante el viaje le daré más detalles sobre el asunto. Me haría un gran favor si trajera sus magníficos prismáticos de campo.

Y así fue como, una hora más tarde, me encontré en el rincón de un vagón de primera clase volando hacia Exeter, mientras Sherlock Holmes, con su rostro anguloso y ávido enmarcado en su gorra de orejeras, se zambullía rápidamente en el montón de periódicos nuevos que había adquirido en Paddington. Habíamos dejado Reading muy atrás cuando tiró el último bajo el asiento y me ofreció su pitillera.

—Llevamos un buen ritmo —dijo mirando por la ventana y echando un vistazo a su reloj—. Nuestra velocidad en este momento es de cincuenta y tres millas y media por hora.

—No me he fijado en los postes que marcan los cuartos de milla —dije.

—Ni yo. Pero los postes de telégrafos de esta ruta están separados por sesenta yardas; por tanto, el cálculo es sencillo. Supongo que habrá leído ya algo sobre el asesinato de John Straker y la desaparición de Estrella de Plata.

—He visto lo que dicen el *Telegraph* y el *Chronicle.*

—Es uno de esos casos en los que el investigador debe esforzarse más en cribar los detalles que en buscar nuevas pistas. Se trata de una tragedia tan fuera de lo común, tan absoluta y de tal importancia personal para tantos que estamos sumidos en una nebulosa de suposiciones, conjeturas e hipótesis. La dificultad radica en separar la estructura básica de los hechos absolutos e indiscutibles de los elementos decorativos de teóricos y reporteros. Sólo entonces, cuando nos hayamos situado sobre esta sólida base, será el momento de averiguar qué consecuencias se pueden extraer y cuáles son los detalles clave sobre los que gira todo el misterio. El martes por la noche recibí sendos telegramas del coronel Ross, propietario del caballo, y del inspector Gregory, que investiga el caso, solicitando mi cooperación.

—¡El martes por la noche! —exclamé—. Y hoy es jueves por la mañana. ¿Por qué no fue usted ayer?

—Pues porque cometí una torpeza, mi querido Watson, lo cual es, me temo, algo que ocurre con mucha más frecuencia de lo que cualquier lector que sólo me conozca por sus crónicas podría imaginar. El hecho es que no me podía creer que el caballo más famoso de Inglaterra pudiera permanecer oculto, especialmente en un área tan poco poblada como es el norte de Dartmoor. Ayer estuve esperando que en cualquier momento se encontrara el caballo y que su secuestrador fuese el autor del asesinato de John Straker. Sin embargo, al amanecer otro día y descubrir que, aparte del arresto del joven Fitzroy Simpson, no se había hecho nada más, me di cuenta de que era el momento en que debía entrar en acción. Aun así, creo que, de algún modo, no desperdicié del todo el día de ayer.

—Entonces, ¿ya tiene una teoría?

—Al menos tengo una idea muy clara de los hechos esenciales del caso. Se los enumeraré, puesto que nada esclarece mejor un caso que exponérselo a otra persona, y no puedo esperar su colaboración si no le muestro desde qué situación partimos.

Me recliné sobre los cojines chupando mi cigarro, mientras Holmes, inclinándose hacia adelante, con su largo y delgado dedo índice marcando los detalles sobre la palma de su mano izquierda, me hizo un esbozo de los hechos que nos habían embarcado en este viaje.

—Estrella de Plata —dijo— lleva la sangre de Isonomy y su historial de triunfos es tan brillante como el de su famoso antepasado. Ahora tiene cinco años de edad y ha conseguido, uno tras otro, todos los premios de carreras para el coronel Ross, su afortunado propietario. Hasta el momento de la catástrofe, era el favorito para la Copa Wessex, las apuestas eran de tres contra uno. Sin embargo, siempre ha sido el favorito de los aficionados a las carreras y nunca les ha decepcionado; por eso, a pesar de dicha ratio de apuestas, siempre se han obtenido beneficios apostando a su favor grandes sumas de dinero. Es, por tanto, obvio que mucha gente está muy interesada en que Estrella de Plata no comparezca el próximo martes cuando se dé la señal de salida.

»Desde luego, este hecho era tenido muy en cuenta en King's Pyland, donde se encuentra el establo de entrenamiento del coronel. Se tomaron toda clase de precauciones para proteger al favorito. El entrenador, John Straker, es un *jockey* retirado que había corrido con los colores del coronel Ross antes de que su peso le impidiera subirse a la báscula. Estuvo cinco años sirviendo al coronel como *jockey* y siete como entrenador, y siempre se ha mostrado como un trabajador dedicado y honesto. Dirigía a tres muchachos, puesto que se trata de un establo pequeño que alberga solamente cuatro caballos. Todas las noches, uno de los mozos montaba guardia en el establo mientras los demás dormían en el altillo. Los tres tienen una reputación excelente. John Straker, que estaba casado, vivía en una pequeña casita a doscientas yardas de los establos. No tiene hijos, pero sí una sirvienta, y estaba confortablemente retirado. Los alrededores son muy solitarios, pero a una media milla al norte hay un grupo de casitas que fueron construidas por un contratista de Tavistock para alojar a inválidos y enfermos que deseaban disfrutar del aire puro de Dartmoor. Tavistock se halla a dos millas al oeste, mientras que al otro lado del páramo, a unas dos millas de distancia, se encuentra el establo de entrenamiento de Capleton, que pertenece a lord Backwater y está dirigido por Silas Brown. Por lo demás, el páramo está totalmente deshabitado en todas direcciones, sólo lo frecuentan algunos gitanos vagabundos. Ésa era la situación general la noche del pasado lunes, cuando aconteció la desgracia.

»Aquella noche se ejercitó y abrevó a los caballos, como de costumbre, y los establos se cerraron con llave a las nueve de la noche. Dos de los mozos fueron hasta la casa del entrenador, donde cenaron en la cocina, mientras el tercero, Ned Hunter, permaneció de guardia. Pocos minutos después de las nueve, la sirvienta, Edith Baxter, le acercó la cena a los establos, que consistía en un plato de cordero al *curry*. No llevaba nada de beber, ya que había agua corriente en los establos y las normas dictaban que el mozo de guardia no podía tomar otra cosa. La sirvienta llevaba una linterna consigo, puesto que estaba muy oscuro y el sendero atravesaba el campo abierto.

»Edith Baxter estaba a treinta yardas de los establos cuando un hombre surgió de la oscuridad y le pidió que parase. Cuando el hombre entró en el círculo de luz amarilla que arrojaba la linterna, la sirvienta comprobó que era una persona de aspecto distinguido que vestía un traje de *tweed* gris y una gorra de paño. Llevaba polainas y portaba un pesado bastón rematado con una empuñadura de bola. Sin embargo, lo que más la impresionó fue la palidez de su rostro y el nerviosismo de sus gestos. Sobre su edad, pensó que era más probable que superase la treintena, y no que no la alcanzase.

»—¿Podría decirme dónde me encuentro? —preguntó—. Casi me había resignado a dormir en el páramo cuando vi la luz de su linterna.

»—Se encuentra cerca de los establos de King's Pyland —respondió.

»—¡Oh!, ¿de verdad? ¡Qué golpe de suerte! —exclamó—. Tengo entendido que un mozo del establo duerme allí solo todas las noches. Quizá le lleva usted la cena. Estoy seguro de que no será tan orgullosa como para despreciar una cantidad de dinero que le permitiría comprarse un vestido nuevo, ¿verdad? —Extrajo un trozo de papel blanco y doblado del bolsillo de su chaleco—. Procure que el mozo reciba esto esta noche y usted tendrá el vestido más bonito que el dinero pueda comprar.

»La mujer se asustó al ver la ansiedad con la que se comportaba, y se alejó a toda prisa hasta que llegó a la ventana por la que tenía la costumbre de entregar las comidas. Ya estaba abierta y Hunter se encontraba sentado a la mesita que había dentro. Ella había empezado a contarle lo que había pasado cuando el extraño apareció de nuevo.

»—Buenas noches —dijo mirando por la ventana—. Quería hablar con usted.

»La muchacha habría jurado que, mientras pronunciaba estas palabras, de su mano cerrada asomaba la esquina de su paquetito de papel.

»—¿Qué le trae por aquí? —preguntó el mozo.

»—Se trata de negocios, negocios que pueden dejarle un buen pellizco en su bolsillo. Presentan ustedes dos caballos en la Copa Wessex: Estrella de Plata y Bayard. Dígame la verdad y no tendrá nada que perder. ¿Es cierto que, a igualdad de peso, Bayard podría darle al otro cien yardas de ventaja en las mil doscientas y que el establo ha apostado a su favor?

»—¿Así que es usted uno de esos malditos informadores? —gritó el mozo—. Le enseñaré cómo les tratamos en King's Pyland.

»Se levantó de un salto y atravesó el establo a toda velocidad para soltar al perro. La muchacha huyó hacia la casa, pero mientras se alejaba miró hacia atrás y vio que el extraño se inclinaba sobre la ventana. Sin embargo, un momento después, cuando Hunter salió corriendo con el perro, había desaparecido, y aunque el mozo recorrió todos los edificios, no logró encontrar ni rastro del individuo.

—¡Un momento! —dije—. ¿Dejó el mozo la puerta del establo cerrada cuando salió corriendo con el perro?

—¡Excelente, Watson, excelente! —murmuró mi compañero—. Ese detalle me pareció de tanta importancia que ayer envié un telegrama especial a Dartmoor para aclarar el asunto. El muchacho cerró la puerta antes de irse. Puedo añadir que la ventana no tiene la anchura suficiente como para que un hombre pase por ella.

»Hunter esperó a que los otros mozos de cuadra volvieran, y entonces envió un mensaje al entrenador contándole lo que había ocurrido. Straker se sobresaltó al escuchar el incidente, aunque parece que no se dio cuenta de su verdadero significado. Sin embargo, le dejó ligeramente intranquilo, y la señora Straker se despertó a la una de la madrugada para descubrir que su marido se estaba vistiendo. Como respuesta a las preguntas de su mujer, le contestó que no podía dormir debido a la ansiedad que le producía el estado de los caballos y que tenía la intención de ir hasta los establos para comprobar que todo andaba bien. Ella le rogó que se quedara en casa, puesto que podía oír la lluvia golpeteando las ventanas, pero, a pesar de sus súplicas, Straker se puso su enorme impermeable Mackintosh y salió de la casa.

»La señora Straker se despertó a las siete de la mañana para encontrarse con que su marido no había regresado aún. Se vistió rápidamente, llamó a la sirvienta y salió hacia los establos. La puerta se encontraba abierta; en el interior se hallaba Hunter hecho un ovillo en una silla, sumido en un estado de absoluto estupor, el compartimento del favorito estaba vacío y no había señales del entrenador.

»Los dos muchachos que dormían en el altillo de paja encima del cuarto de los arreos fueron despertados rápidamente. No habían oído nada en toda la noche, puesto que tenían el sueño muy pesado. Obviamente Hunter estaba bajo los efectos de algún poderoso estupefaciente; como no se logró que dijera nada con sentido, se dejó que durmiera hasta que se le pasasen los efectos, mientras los dos muchachos y las dos mujeres corrían a buscar a los que faltaban. Todavía guardaban la esperanza de que el entrenador, por algún motivo, hubiera sacado al caballo a hacer algún ejercicio de primera hora, pero, al subir por la pequeña colina cercana a la casa, desde la cual se podían ver todos los páramos vecinos, no sólo no pudieron ver señales del favorito por ninguna parte, sino que atisbaron algo que les advirtió que estaban en presencia de una tragedia.

»A un cuarto de milla de los establos, el impermeable de John Straker aleteaba enganchado en una mata de aliagas. Justo detrás, el páramo formaba una depresión en forma de cuenco, en cuyo fondo encontraron el cadáver del desafortunado entrenador. Le habían destrozado la cabeza de un golpe salvaje propinado con algún instrumento pesado. Además, presentaba una herida en el muslo, cuyo corte largo y limpio evidentemente se había infligido con un instrumento muy afilado. Sin embargo, se veía con claridad que Straker se había defendido vigorosamente contra sus asaltantes, pues llevaba en la mano derecha un pequeño cuchillo que estaba manchado de sangre hasta la empuñadura, mientras en la mano izquierda aferraba una corbata de seda roja y negra que, según la sirvienta, era la que llevaba el extraño que había visitado los establos la noche anterior. Cuando Hunter volvió en sí, también coincidió en identificar al propietario de la corbata. Igualmente estaba seguro de que el extraño, mientras permanecía en la ventana, había vertido alguna droga en su cordero, dejando así los establos sin vigilante. En cuanto al caballo desaparecido, se hallaron abundantes pruebas de su presencia durante la pelea en el fondo de la fatídica depresión. Pero no se había vuelto a ver al caballo desde la mañana; y, aunque se había ofrecido una importante recompensa y los gitanos de Dartmoor estaban sobre aviso, no se había sabido nada de él. Al final, un análisis ha demostrado que los restos de la cena dejados por el mozo del establo contenían una considerable cantidad de opio en polvo, mientras que los habitantes de la casa, que habían cenado el mismo guiso aquella noche, no sufrieron ninguno de los efectos.

»Ésos son los principales hechos del caso, despojados de toda clase de suposiciones y expuestos lisa y llanamente. Ahora le explicaré la actuación de la policía en el asunto.

»El inspector Gregory, encargado del caso, es un oficial extremadamente competente. Si estuviera dotado de imaginación, llegaría a lo más alto en su profesión. A su llegada, lo primero que hizo fue buscar y arrestar al hombre sobre el que recaían, naturalmente, las sospechas. No fue difícil encontrarle, puesto que era muy conocido en los alrededores. Parece ser que se llamaba Fitzroy Simpson. Se trataba de un hombre de una excelente familia y magnífica educación, que había derrochado una fortuna en las carreras y que ahora se ganaba la vida como un discreto y elegante corredor de apuestas en los clubes deportivos de Londres. Un examen de su cuaderno de apuestas mostró que se habían registrado apuestas de cinco mil libras contra el favorito. Al ser arrestado, confesó que había ido a Dartmoor con la esperanza de conseguir alguna información acerca de los caballos de King's Pyland, y también acerca de Desborough, el segundo favorito, que se encontraba al cuidado de Silas Brown, de los establos Capleton. No intentó negar que la noche anterior había actuado tal como se ha descrito, declaró que no tenía ningún propósito siniestro y que simplemente quería obtener información de primera mano. Cuando se le enseñó la corbata se puso muy pálido y fue incapaz de explicar por qué había aparecido en la mano del hombre asesinado. Sus ropas húmedas revelaban que había permanecido a la intemperie cuando se desató la tormenta la noche anterior, y su bastón, un Penang lawyer lastrado con plomo, bien podría haber sido el arma que, tras repetidos golpes, hubiera infligido las terribles heridas que acabaron con la vida del entrenador. Por otro lado, el detenido no mostraba herida alguna, cuando el estado del cuchillo de Straker mostraba que al menos uno de los asaltantes debía llevar encima la señal del arma. Ahí tiene el caso expuesto brevemente, Watson, y le estaré muy agradecido si me proporciona alguna luz.

Había escuchado con el mayor interés la explicación que Holmes, con la claridad que le era característica, me había expuesto. Aunque la mayoría de los hechos me resultaba familiar, no había apreciado suficientemente su relativa importancia ni la conexión que existía entre ellos.

—¿No sería posible —sugerí— que la herida que sufrió Straker hubiera sido causada por su propio cuchillo durante las convulsiones que siguen a una lesión cerebral?

—Es más que posible, es probable —dijo Holmes—. En ese caso, desaparecería uno de los más importantes detalles que juegan a favor del acusado.

—A pesar de todo —dije—, incluso ahora no llego a entender cuál puede ser la teoría que maneja la policía.

—Me temo que cualquier hipótesis que presentemos se mostrará sujeta a las más serias objeciones —contestó mi compañero—. Imagino que la policía piensa que este Fitzroy Simpson, tras drogar al mozo y habiendo obtenido de alguna manera una copia de la llave de los establos, abrió la puerta de las cuadras y se llevó el caballo, con la aparente intención de secuestrarlo. Falta la brida del animal, así que Simpson debió colocársela. Entonces, dejando la puerta abierta tras él, se internó en el páramo con el caballo hasta que se encontró con el entrenador o fue alcanzado por él. Como era natural, siguió una disputa. Simpson le rompió los sesos con su pesado bastón, sin ser herido por el pequeño cuchillo que Straker empleó para defenderse, y, posteriormente, el ladrón llevó al caballo a algún escondrijo secreto, o quizá se encabritó durante la pelea y ahora vaga por los páramos. Así es como ve el caso la policía y, por improbable que parezca, las demás explicaciones resultan más inverosímiles aún. Sin embargo, en cuanto me encuentre en el lugar de los hechos, pondré a prueba dicha teoría; hasta entonces no veo cómo podemos avanzar desde donde estamos.

Caía la tarde cuando llegamos a la pequeña ciudad de Tavistock, la cual se halla, como el tachón de un escudo, en medio del enorme círculo de Dartmoor. Dos caballeros nos esperaban en la estación; uno era un hombre alto y rubio, con cabello leonino y barba y con unos penetrantes ojos azul claro; el otro era una persona pequeña y despierta, muy pulcra y activa, vestida con una levita y polainas, patillas pequeñas y recortadas y un monóculo. Este último era el coronel Ross, el conocido *sportsman,* y el otro era el inspector Gregory, quien se estaba haciendo rápidamente un nombre en el servicio de detectives británico.

—Me alegro de que haya venido, señor Holmes —dijo el coronel—. Aquí el inspector ha hecho todo lo imaginable, pero no voy a dejar piedra sin mover para vengar al pobre Straker y recuperar mi caballo.

—¿Se ha producido algún nuevo descubrimiento? —preguntó Holmes.

—Lamento decir que hemos progresado muy poco —dijo el inspector—. Afuera nos espera un coche descubierto, y, como sin duda querrá ver el lugar antes de que se ponga el sol, podremos hablar de ello por el camino.

Un momento después estábamos todos sentados en un confortable landó traqueteando por la vieja y pintoresca ciudad de Devonshire. El inspector Gregory se sabía el caso de memoria y derramó sobre nosotros un chorro de observaciones, mientras Holmes interrumpía de vez en cuando con una pregunta o una exclamación. El coronel Ross se arrellanó en su asiento con los brazos cruzados y el sombrero echado sobre los ojos, mientras yo escuchaba con interés el diálogo mantenido entre los dos detectives. Gregory formulaba su teoría, que coincidía casi exactamente con lo que Holmes había anticipado en el tren.

—La red se está cerrando sobre Fitzroy Simpson —dijo—, y yo mismo creo que es nuestro hombre. Aun así, reconozco que las pruebas son puramente circunstanciales y que cualquier nuevo descubrimiento puede echar todo por tierra.

—¿Qué me dice del cuchillo de Straker?

—Hemos llegado a la conclusión de que se hirió él mismo al caer.

—Mi amigo el doctor Watson me sugirió lo mismo durante el viaje. Si realmente es así, eso perjudicaría la situación del señor Simpson.

—Sin duda. No llevaba cuchillo ni señal de haber sido herido. Las pruebas contra él son muy concluyentes. Tenía un gran interés en que desapareciera el favorito. Se sospecha que envenenó al mozo de los establos; sin duda estuvo a la intemperie durante la tormenta, estaba armado con un pesado bastón y se encontró su corbata en manos del fallecido. Creo que tenemos suficiente para llevarle ante un tribunal.

Holmes meneó la cabeza.

—Un abogado defensor astuto lo haría pedazos. ¿Para qué se llevó el caballo? Si quería herirlo, ¿por qué no hacerlo allí mismo? ¿Se le ha encontrado un duplicado de la llave? ¿Quién le vendió el opio en polvo? Y, por encima de todo si la zona le era desconocida, ¿dónde podía esconder un caballo y, sobre todo, un caballo tan conocido como ése? ¿Qué explicación le ha dado acerca del papel que quería que la sirvienta le entregase al mozo?

—Dice que era un billete de diez libras. Se encontró uno en el billetero. Pero sus otras objeciones no son tan irrefutables como parecen. No es un desconocido en la zona. Se ha alojado dos veces en Tavistock el pasado verano. Probablemente trajo el opio desde Londres. La llave, una vez utilizada, podría haber sido arrojada a algún sitio. El caballo puede encontrarse en el fondo de uno de los pozos o de las viejas minas del páramo.

—¿Qué dice acerca de la corbata?

—Confiesa que es suya y declara haberla perdido. Pero ha aparecido un nuevo elemento en el caso, el cual puede apoyar la teoría de que se llevó el caballo del establo.

Holmes aguzó los oídos.

—Hemos encontrado rastros que demuestran que un grupo de gitanos acampó el lunes por la noche a una milla del lugar del crimen. El martes ya habían desaparecido. Ahora bien, suponiendo que había cierto entendimiento entre Simpson y estos gitanos, ¿no podría ser que fuese alcanzado cuando llevaba el caballo a los gitanos y que ahora lo tengan ellos?

—Desde luego entra dentro de lo posible.

—Se está peinando el páramo en busca de esos gitanos. Asimismo, he ordenado examinar cada establo y cobertizo de Tavistock en un radio de diez millas.

—Según tengo entendido, hay otro establo de entrenamiento bastante cerca de aquí.

—Sí, y se trata de un factor que no podemos desestimar. Puesto que Desborough, su caballo, va segundo en las apuestas, tenían interés en la desaparición del favorito. Se sabe que Silas Brown, su entrenador, había realizado cuantiosas apuestas en la próxima carrera, y no era precisamente amigo del pobre Straker. Sin embargo, hemos examinado los establos y no existe ninguna conexión con el asunto.

—¿Y no hay ninguna conexión entre este hombre, Simpson, y los intereses de los establos Capleton?

—Nada en absoluto.

Holmes se reclinó en su asiento y la conversación terminó. Pocos minutos después, nuestro cochero se detuvo al lado de una bonita casa de campo de ladrillo rojo con aleros voladizos que había junto a la carretera. A cierta distancia, detrás de un prado, se distinguía un edificio anexo de techo gris. En todas las demás direcciones se veían las suaves ondulaciones del páramo extendiéndose hasta el horizonte, teñidas de bronce por los helechos que se marchitaban, sin más interrupción que los campanarios de Tavistock y un grupo de casas hacia el oeste, que señalaban la situación de los establos Capleton. Todos saltamos del coche, a excepción de Holmes, que siguió recostado con los ojos fijos en el cielo, completamente absorto en sus propios pensamientos. Sólo cuando le toqué el brazo se irguió con un violento respingo y salió del carruaje.

—Discúlpeme —dijo volviéndose hacia el coronel Ross, que le había mirado con cierta sorpresa—. Estaba soñando despierto. —Tenía un brillo en los ojos y una agitación contenida en sus gestos que me convencieron, acostumbrado como estaba a su manera de ser y a su comportamiento, de que andaba sobre alguna pista, aunque no podía imaginarme dónde la había encontrado.

—Quizá preferiría ir directamente a la escena del crimen, señor Holmes.

—Creo que preferiría quedarme aquí un rato y abordar un par de detalles. Supongo que se trajo aquí a Straker.

—Sí, su cadáver está en el piso de arriba. Mañana se inicia la investigación judicial.

—Llevaba varios años a su servicio, ¿no es cierto, coronel Ross?

—Siempre le he encontrado un empleado excelente.

—Imagino que habrá hecho un inventario de lo que llevaba en el bolsillo en el momento de su muerte, ¿verdad, inspector?

—Sus cosas están en la sala de estar, si desea verlas.

—Me encantaría.

Entramos en fila en la habitación delantera y nos sentamos alrededor de la mesa, mientras el inspector abría con una llave una cajita metálica cuadrada, y colocó ante nosotros una serie de objetos. Había una caja de cerillas de cera, un cabo de vela de dos pulgadas, una pipa A. D. P. de madera de brezo, una tabaquera de piel de foca con media onza de tabaco Cavendish de hebra larga, un reloj de plata con cadena de oro, cinco soberanos de oro, una cajita de lapiceros de aluminio, algunos papeles y un cuchillo de mango de marfil con una hoja finísima y recta con la marca Weiss & Co., Londres.

—Éste es un cuchillo muy curioso —dijo Holmes tomándolo y examinándolo minuciosamente—. Supongo, viendo estas manchas de sangre, que se trata del arma que se encontró en manos del fallecido. Watson, seguramente este cuchillo se emplea en su profesión.

—Es un cuchillo para operar cataratas —dije.

—Eso pensaba. Una hoja extraordinariamente fina para un trabajo extraordinariamente delicado. Resulta raro que lo llevara encima cuando se embarcó en una expedición a la intemperie, especialmente porque no podía guardarlo cerrado en el bolsillo.

—La punta estaba protegida con un disco de corcho que encontramos junto a su cuerpo —dijo el inspector—. Su esposa nos ha contado que el cuchillo llevaba algunos días en el tocador y que lo tomó cuando salió de la habitación. Como arma era bastante mala, pero quizá fue lo mejor a lo que pudo echar mano en aquel momento.

—Es muy posible. ¿Y qué hay de estos papeles?

—Tres de ellos son cuentas de proveedores de heno, con recibos. Uno de ellos es una carta con instrucciones del coronel Ross. El otro es una factura de una modista por treinta y siete libras y quince chelines firmada por madame Lesurier de Bond Street a nombre de William Derbyshire. La señora Straker nos ha dicho que Derbyshire era un amigo de su esposo y que, de vez en cuando, sus cartas se enviaban aquí.

—Madame Derbyshire tenía gustos algo caros —comentó Holmes mirando la factura—. Veintidós guineas es bastante por un solo vestido. Sin embargo, parece que no queda nada más que ver aquí, así que podemos ir ya a la escena del crimen.

Mientras salíamos de la sala de estar, una mujer que esperaba en el pasillo dio un paso adelante y puso su mano sobre la manga del inspector. Tenía el rostro macilento y delgado y ojeroso, marcado por la reciente tragedia.

—¿Los han atrapado? ¿Los han encontrado? —jadeó.

—No, señora Straker, pero aquí el señor Holmes ha venido desde Londres para ayudarnos y haremos todo lo posible.

—¿No nos conocimos en Plymouth hace poco, en una recepción al aire libre, señora Straker? —dijo Holmes.

—No, señor, está equivocado.

—Vaya por Dios, pues lo hubiera jurado. Llevaba usted un vestido de seda gris, con un ribete de plumas de avestruz.

—Nunca tuve un vestido como ése, señor —respondió la dama.

—Ah, entonces, asunto aclarado —dijo Holmes, y con una disculpa siguió al inspector al exterior. Tras una pequeña caminata por el páramo llegamos a la depresión donde se había encontrado el cadáver. Las aliagas donde se había enganchado el impermeable se hallaban justo al borde.

—Según tengo entendido, aquella noche no había viento —dijo Holmes.

—No, pero llovía a cántaros.

—En ese caso, el impermeable no fue arrastrado a las aliagas, sino que se abandonó allí.

—Sí, estaba extendido sobre el arbusto.

—Ha despertado usted mi interés. Veo que el suelo está lleno de huellas. Sin duda habrá pasado mucha gente por aquí desde el lunes por la noche.

—Se ha colocado una estera a un lado y todos hemos examinado el lugar desde allí.

—Excelente.

—En esta bolsa traigo una de las botas que llevaba Straker, uno de los zapatos de Fitzroy Simpson y una herradura de Estrella de Plata.

—¡Mi querido inspector, se supera usted! —Holmes tomó la bolsa, descendió a la hondonada y colocó la estera en el centro. Entonces, tumbándose boca abajo y apoyando la barbilla en las manos, realizó un cuidadoso estudio del barro pisoteado que estaba frente a él—. ¡Anda! —dijo de repente—. ¿Qué es esto?

Era una cerilla de cera a medio quemar, tan cubierta de barro que, a primera vista, parecía una astilla de madera.

—No sé cómo se nos pudo pasar por alto —dijo el inspector con una expresión de fastidio.

—Enterrada en el barro resultaba invisible. Sólo pude encontrarla porque la estaba buscando.

—¿Qué? ¿Esperaba encontrarla?

—Me pareció que no era improbable.

Sacó las botas de la bolsa y comparó las marcas de las suelas con las huellas del barro. Entonces trepó hasta el borde de la hondonada y anduvo a gatas entre los helechos y los matorrales.

—Me temo que no hay más pistas —dijo el inspector—. He examinado el terreno muy cuidadosamente en cien yardas a la redonda.

—¿De veras? —dijo Holmes levantándose—. No habría tenido la impertinencia de hacerlo de nuevo si me lo hubiera dicho. Pero me gustaría dar un paseo por los páramos antes de que anochezca, para orientarme mejor mañana, y creo que me llevaré esta herradura para que me dé suerte.

El coronel Ross, que había dado muestras de impaciencia ante el trabajo tranquilo y sistemático de mi compañero, miró su reloj.

—Me gustaría que volviese conmigo, inspector —dijo—. Quisiera consultarle acerca de varios detalles, especialmente sobre si deberíamos retirar el nombre de nuestro caballo del listado de inscripciones de la Copa, mirando por el interés del público.

—Desde luego que no —exclamó Holmes muy resuelto—. Yo dejaría el nombre inscrito.

El coronel hizo una reverencia.

—Me alegro de que exprese su opinión, señor —dijo—. Nos encontrará en casa del pobre Straker cuando acabe su paseo, así podremos ir juntos a Tavistock.

Se fue con el inspector, mientras Holmes y yo caminábamos lentamente por el páramo. El sol comenzaba a ponerse tras el establo de Capleton y la amplia llanura que se extendía frente a nosotros se teñía de color dorado, que se transformaba en un intenso tono marrón rojizo donde los helechos marchitos y los zarzales atrapaban la luz del atardecer.

—Es por aquí, Watson —dijo al fin—. Debemos apartar por un momento la cuestión de quién mató a John Straker y limitarnos a descubrir qué ocurrió con el caballo. Ahora, suponiendo que se escapó durante o después de la tragedia, ¿adónde podría haber ido? El caballo es un animal gregario. Abandonado a sus instintos, hubiera vuelto a King's Pyland o se habría dirigido a Capleton. ¿Por qué razón iba a estar corriendo sin control por el páramo? Seguramente, a estas alturas alguien ya lo habría visto. ¿Y por qué iban a secuestrarlo los gitanos? Esa gente siempre desaparece cuando hay algún asunto feo, ya que no desea ser molestada por la policía. Ni por asomo se les ocurriría vender un caballo como ése. Correrían un gran riesgo llevándoselo y no ganarían nada. Eso es evidente.

—Entonces, ¿dónde está?

—Ya he dicho que seguramente debería haber ido a King's Pyland o a Capleton. No está en King's Pyland; por lo tanto, se encuentra en Capleton. Tomemos esto como hipótesis de trabajo y veamos adónde nos lleva. Como me indicó el inspector, el suelo en esta parte del páramo es muy seco y duro. Pero forma pendiente en dirección a Capleton y, como puede ver desde aquí, a lo lejos se extiende una hondonada alargada, la cual debía estar muy húmeda el lunes por la noche. Si nuestra suposición es correcta, entonces el caballo debería haberla cruzado y ahí es donde debemos buscar su rastro.

Habíamos ido caminando a buen paso mientras hablábamos, así que en pocos minutos llegamos a la hondonada en cuestión. A petición de Holmes, caminé por la derecha de la depresión y él fue por la izquierda; no había dado ni cincuenta pasos cuando le oí lanzar un grito y vi que me llamaba con la mano. Se distinguía perfectamente el rastro de un caballo en la blanda tierra que tenía delante, y la herradura que tenía en el bolsillo se ajustaba perfectamente a las huellas.

—Compruebe el poder de la imaginación —dijo Holmes—. Es la única cualidad de la que Gregory carece. Imaginamos lo que podría haber ocurrido, actuamos siguiendo esa suposición y resultó que estábamos en lo cierto. Prosigamos.

Cruzamos el fondo cenagoso y atravesamos un cuarto de milla de hierba seca y dura. De nuevo el suelo descendió en pendiente y de nuevo encontramos el rastro. Entonces lo perdimos durante un cuarto de milla, sólo para volver a encontrarlo muy cerca de Capleton. Fue Holmes quien las vio primero, y se quedó mirándolas con una expresión de triunfo en el rostro. Se veían las huellas de un hombre junto a las del caballo.

—Hasta aquí el caballo venía solo —exclamé.

—Cierto. Antes venía solo. Vaya, ¿qué es esto?

El rastro doble giró bruscamente y tomó la dirección de King's Pyland. Holmes silbó y ambos lo seguimos. Los ojos de Holmes no se apartaban de las huellas, pero levanté la vista a un lado y, para mi sorpresa, vi las mismas huellas volviendo en dirección opuesta.

—Apúntese un tanto, Watson —dijo Holmes cuando se lo indiqué—. Nos ha ahorrado una larga caminata que nos habría traído otra vez sobre nuestros propios pasos. Sigamos el rastro de vuelta.

No tuvimos que ir muy lejos. Acababa en el pavimento de asfalto que llevaba a la puerta principal de los establos Capleton. Al acercarnos, un mozo de cuadra salió corriendo por la puerta.

—No queremos merodeadores por aquí —dijo.

—Sólo quería hacer una pregunta —dijo Holmes con el índice y el pulgar metidos en el bolsillo de su chaleco—. Si mañana quisiera ver a su patrón, el señor Silas Brown, ¿a las cinco de la mañana sería demasiado temprano?

—Válgame Dios, señor, si alguien está despierto a esa hora será él, puesto que es siempre el primero en levantarse, pero ahí lo tiene, señor, él podrá darle en persona la respuesta. No, señor, de ninguna manera, me jugaría mi empleo si me viera apoderarme de su dinero. Más tarde, si lo desea.

En el momento en que Sherlock Holmes se metía de nuevo en el bolsillo la media corona, un hombre entrado en años, de expresión fiera, salió a grandes zancadas de la puerta agitando un látigo de caza.

—¿Qué pasa aquí, Dawson? —gritó—. ¡No quiero chismorreos! ¡Ocúpate de tus asuntos! Y ustedes, ¿qué demonios buscan aquí?

—Hablar diez minutos con usted, mi buen señor —dijo Holmes empleando su tono de voz más melifluo.

—No tengo tiempo para hablar con todos los azotacalles. No queremos extraños aquí. Lárguense o soltaré a los perros.

Holmes se inclinó hacia delante y susurró algo en el oído del entrenador. Éste dio un violento respingo y se sonrojó hasta la sien.

—¡Es mentira! —gritó—. ¡Una vil mentira!

—¡Muy bien! ¿Quiere que lo discutamos aquí en público o lo hablamos en su salón?

—Oh, entre si quiere.

Holmes sonrió.

—No le tendré esperando más que unos minutos, Watson —dijo—. Ahora, señor Brown, estoy a su disposición.

Pasaron unos veinte minutos y los tonos rojizos se habían vuelto grises antes de que Holmes y el entrenador reaparecieran. Nunca había visto un cambio de actitud como el que se había producido en Silas Brown en tan poco tiempo. Su rostro estaba pálido como la ceniza, gotas de sudor brillaban en su entrecejo y sus manos temblaban hasta tal punto que el látigo se agitaba como una rama en el viento. Su actitud chulesca y vocinglera también había desaparecido y se encogía junto a mi compañero como un perro haría con su amo.

—Se cumplirán sus instrucciones. Lo haremos todo según nos ha dicho —dijo.

—No se debe cometer ningún error —dijo Holmes mirando a su alrededor. El otro parpadeó al encontrarse con la amenazante mirada de mi compañero.

—Oh, no se cometerá ningún error. Lo supervisaré yo mismo. ¿Lo cambio primero o no?

Holmes lo pensó un momento y entonces rompió a reír.

—No, no lo haga —dijo—, le escribiré sobre ello. Sin trucos o...

—¡Oh, puede fiarse de mí, puede fiarse de mí!

—Debe cuidarlo hasta ese mismo día como si fuera suyo.

—Puede dejarlo en mis manos.

—Sí, creo que puedo. Bien, mañana tendrá noticias mías.

Holmes dio media vuelta sin hacer caso a la temblorosa mano que el otro le tendía y nos encaminamos a King's Pyland.

—Rara vez me he topado con una mezcla tan perfecta de matón, cobarde y chivato como el maestro Silas Brown —comentó Holmes mientras caminábamos a grandes zancadas.

—Entonces, ¿tiene el caballo?

—Intentó escabullirse con fanfarronadas, pero le describí con tanta exactitud lo que hizo aquella mañana que estaba convencido de que le vi.

Por supuesto, habrá usted observado que la puntera de las huellas en el barro era de una peculiar forma cuadrada, y sus botas correspondían exactamente con esas huellas. De todas maneras, está claro que un empleado no se hubiese arriesgado a hacer algo semejante. Le describí cómo, de acuerdo con su costumbre de levantarse el primero, vio un caballo que no era de su cuadra vagando por el páramo; cómo salió a su encuentro, y su sorpresa cuando se dio cuenta, gracias a la marca blanca en la frente que da su nombre al favorito, de que la casualidad había puesto en sus manos al único caballo capaz de derrotar al suyo, por el que había apostado tanto dinero. Entonces le puntualicé que su primera intención había sido devolverlo a King's Pyland y que, inspirado por el demonio, se le había ocurrido esconderlo hasta que terminara la carrera y lo trajo de vuelta para ocultarlo en Capleton. Cuando le conté todos los detalles, cedió y sólo pensó en cómo salvar su pellejo.

—Pero ¿no habían sido registrados sus establos?

—Oh, un viejo suplantador de caballos conoce muchos trucos.

—Pero ¿no tiene miedo de dejar el caballo en su poder, puesto que tiene todo el interés en que sufra algún daño?

—Mi querido amigo, cuidará de él como si fuese la niña de sus ojos. Sabe que su única esperanza de ser perdonado es que lo entregue sano y salvo.

—En cualquier caso, el coronel Ross no me pareció un hombre inclinado a mostrarse compasivo.

—La decisión no está en manos del coronel Ross. Yo sigo mis propios métodos y cuento lo que me parece, mucho o poco. Ésa es la ventaja de ser independiente. No sé si se habrá fijado, Watson, pero la actitud del coronel hacia mí ha sido un poco despectiva. Me apetece divertirme un poco a su costa. No le diga nada sobre el caballo.

—Desde luego que no, no sin su permiso.

—Y, por supuesto, éste es un asunto menor, comparado con la cuestión de quién asesinó a John Straker.

—¿Se dedicará ahora a resolver ese problema?

—Al contrario, volvemos a Londres en el último tren.

Sus palabras me dejaron estupefacto. Me resultaba incomprensible. Sólo llevábamos unas pocas horas en Devonshire y se disponía a abandonar una investigación que había comenzado de una manera tan brillante. No pude sacarle una palabra más hasta que llegamos a la casa del entrenador. El coronel y el inspector nos esperaban en el salón.

—Mi amigo y yo volvemos a la ciudad en el expreso de medianoche —dijo Holmes—. Hemos podido respirar durante un rato el encanto del magnífico aire de Dartmoor.

El inspector abrió los ojos y el labio del coronel se curvó en una mueca de desprecio.

—¿Así que pierde la esperanza de arrestar al asesino del pobre Straker?

Holmes se encogió de hombros.

—Ciertamente hay serios obstáculos en la investigación —dijo—. Sin embargo, albergo grandes esperanzas de que su caballo tome la salida el martes y le ruego que tenga a su *jockey* preparado. ¿Puedo pedirle una fotografía del señor John Straker?

El inspector sacó una de un sobre y se la entregó.

—Mi querido Gregory, se anticipa usted a todas mis necesidades. Si no les importa esperarme aquí un momento, tengo una pregunta que hacerle a la sirvienta.

—No me queda más remedio que confesar que me ha defraudado su asesor londinense —dijo rotundamente el coronel cuando mi amigo salió de la habitación—. No veo que hayamos avanzado nada desde que vino.

—Al menos le ha asegurado que su caballo participará en la carrera —comenté.

—Sí, tengo su seguridad —dijo el coronel encogiéndose de hombros—. Preferiría tener el caballo.

Estaba a punto de replicar en defensa de mi amigo cuando entró de nuevo en la habitación.

—Ahora, caballeros —dijo—, estoy listo para marchar a Tavistock.

Al entrar en el carruaje, uno de los mozos mantuvo abierta la portezuela. De repente, pareció que a Holmes se le había ocurrido una idea, puesto que se inclinó hacia delante y le dio un golpecito al mozo en la manga.

—Veo que tienen algunas ovejas en el prado —dijo—. ¿Quién las atiende?

—Yo, señor.

—¿Ha notado que algo ande mal con ellas en los últimos tiempos?

—Bueno, señor, no es nada del otro mundo, pero tres de ellas se han quedado cojas, señor.

Me fijé en que Holmes estaba extraordinariamente complacido, puesto que reía por lo bajo y se frotaba las manos.

—¡Una apuesta arriesgada, Watson, una apuesta muy arriesgada! —dijo pellizcándome el brazo—. Gregory, pérmitame aconsejarle que preste atención a esta curiosa epidemia que se ha desatado entre las ovejas. ¡Adelante, cochero!

El coronel Ross lucía una expresión que mostraba la pobre opinión que se había formado de las habilidades de mi amigo, pero en el rostro del inspector vi que se había despertado vivamente su interés.

—¿Opina que es importante? —preguntó.

—Excepcionalmente importante.

—¿Hay algo más sobre lo que desea llamar mi atención?

—Sí, el curioso incidente del perro a medianoche.

—El perro no hizo nada a medianoche.

—Eso es lo curioso del incidente —señaló Sherlock Holmes.

Cuatro días más tarde, Holmes y yo nos encontrábamos de nuevo viajando en tren, rumbo a Winchester, para asistir a la Copa Wessex. Nos habíamos citado con el coronel Ross, quien nos esperaba fuera de la estación, y fuimos en su *drag* al campo donde se celebraban las carreras, fuera de la ciudad. Su expresión era seria y sus modales extremadamente fríos.

—No he sabido nada de mi caballo —dijo.

—Supongo que lo reconocería si lo viese —dijo Holmes.

El coronel estaba muy enfadado.

—He frecuentado las carreras más de veinte años y nunca me han preguntado nada parecido —dijo—. Hasta un niño reconocería a Estrella de Plata, con su frente blanca y su pata delantera exterior jaspeada.

—¿Cómo van las apuestas?

—Bien, eso es precisamente lo raro. Ayer estaban quince a uno, pero el premio ha ido disminuyendo cada vez más, hasta que, ahora, apenas se paga tres a uno.

—¡Hum! —dijo Holmes—. ¡Alguien sabe algo, eso está claro!

Cuando nuestro coche se detuvo en el espacio cerrado cerca de la tribuna principal, miré el programa para comprobar las inscripciones:

> Trofeo Wessex 50 soberanos cada uno h. ft.,[1] con 1.000 soberanos más para caballos de cuatro y cinco años. Segundo premio, 300 libras. Tercer premio, 200 libras. Nueva pista (una milla y 100 yardas).
>
> 1. El Negro, propiedad del señor Heath Newton (gorra roja, chaqueta canela).
> 2. Pugilista, propiedad del coronel Wardlaw (gorra rosa, chaqueta azul y negra).
> 3. Desborough, propiedad de lord Backwater (gorra y mangas amarillas).
> 4. Estrella de Plata, propiedad del coronel Ross (gorra negra y chaqueta roja).
> 5. Iris, propiedad del duque de Balmoral (amarillo con franjas negras).
> 6. Rasper, propiedad de lord Singleford (gorra púrpura, mangas negras).

—Retiramos a nuestro otro caballo y pusimos todas nuestras esperanzas en su palabra —dijo el coronel—. Pero ¿qué es eso? ¿Estrella de Plata es el favorito?

—¡Cinco a cuatro contra Estrella de Plata! —rugía el recinto de apuestas—. ¡Cinco a cuatro contra Estrella de Plata! ¡Quince a cinco contra Desborough! ¡Cinco a cuatro por los demás!

—Ya han levantado los números —dijo—. Están los seis allí.

—¿Los seis están allí? Entonces mi caballo va a correr —profirió el coronel con gran agitación—. Pero no lo veo, mis colores no han pasado aún.

—Sólo han pasado cinco. Será ése que viene ahí.

Nada más decir esto, un fuerte caballo bayo salió del recinto de pesaje y pasó ante nosotros al trote llevando en su lomo los conocidos colores negro y rojo del coronel.

---

1 *H. ft.* puede ser la abreviatura de *half forfeit* («mitad confiscada»). Es decir, la mitad de esa cantidad sería confiscada en el caso de que el caballo no corriera *[N. de la T.]*.

—Ése no es mi caballo —exclamó el propietario—. Ese animal no tiene ni un pelo blanco en todo el cuerpo. ¿Qué ha hecho usted, señor Holmes?

—Bien, bien, veamos qué tal lo hace —dijo imperturbable mi amigo. Durante unos pocos minutos miró por mis prismáticos—. ¡Excelente! ¡Una magnífica salida! —gritó de repente—. ¡Aquí vienen, doblando la curva!

Desde nuestro coche teníamos una vista excepcional de los caballos avanzando por la recta. Los seis caballos estaban tan juntos que cabían debajo de una alfombra, pero, a la mitad de la recta, el amarillo del establo de Capleton asomó, tomando la delantera. Sin embargo, antes de que llegaran a nuestra altura, Desborough ya había echado el resto, y el caballo del coronel, que venía lanzado desde atrás, cruzó el poste de meta con seis cuerpos por delante de su rival, llegando en tercera posición, muy rezagado, Iris, el caballo del duque de Balmoral.

—De cualquier manera, he ganado la carrera —jadeó el coronel, pasándose la mano por los ojos—. Confieso que no le veo al asunto ni pies ni cabeza. ¿No cree que ya es hora de desvelar el misterio, señor Holmes?

—Por supuesto, coronel. Lo sabrá todo. Vamos todos juntos a echarle un vistazo al caballo. Aquí está —continuó mientras nos abríamos paso hacia el recinto de pesaje, donde sólo se admitía a los propietarios y a sus amigos—. Únicamente tienen que lavarle el rostro y la pierna con vino espirituoso y descubrirá que es el Estrella de Plata de siempre.

—¡Me deja usted sin habla!

—Lo encontré en manos de un farsante, y me tomé la libertad de hacerle correr tal como me lo habían enviado.

—Mi querido señor, ha hecho usted maravillas. El caballo parece sano y en forma. No ha corrido mejor en su vida. Le debo mil disculpas por haber dudado de su capacidad. Me ha prestado un gran servicio recuperando mi caballo. Y me haría un servicio aún mayor si pudiera echarle el guante al asesino de John Straker.

—Ya lo he hecho —dijo Holmes tranquilamente.

El coronel y yo le miramos atónitos.

—¡Le ha atrapado! Entonces, ¿dónde está?

—Está aquí.

—¡Aquí! ¿Dónde?

—Está acompañándome en este momento.

El coronel enrojeció de ira.

—Reconozco que he contraído un compromiso con usted, pero lo que acaba de decir es una broma muy desagradable o un insulto.

Sherlock Holmes rio.

—Coronel, le aseguro que no he relacionado de ningún modo su nombre con el crimen —dijo—. El auténtico asesino está justo detrás de usted. Dio un paso adelante y posó su mano sobre el brillante cuello del purasangre.

—¡El caballo! —exclamamos el coronel y yo al unísono.

—Sí, el caballo. Y quizá pueda reducir su culpabilidad el hecho de que lo hizo en defensa propia, y que John Straker no merecía su confianza. Pero ya suena la campana y, como espero ganar un pellizco en la próxima carrera, les daré una explicación más extensa en un momento más adecuado.

Aquella noche volvíamos a Londres en un vagón Pullman que se había dispuesto para nosotros, y creo que el viaje resultó muy corto tanto para el coronel como para mí, puesto que lo pasamos escuchando el relato de mi compañero sobre los sucesos que habían tenido lugar en los establos de entrenamiento de Dartmoor aquel domingo por la noche y cómo los había logrado aclarar.

—Confieso —dijo— que las teorías que me había formado leyendo los periódicos resultaron totalmente equivocadas. A pesar de ello, había algunos indicios en los artículos periodísticos, si no hubiesen estado sobrecargados de detalles que ocultaban su verdadera importancia. Fui a Devonshire con la convicción de que Fitzroy Simpson era el verdadero culpable, aunque, por supuesto, vi que las pruebas contra él no eran, en absoluto, definitivas. Fue mientras estaba en el coche, al llegar a la casa del entrenador, cuando me di cuenta de la inmensa importancia del cordero al *curry*. Recordarán que yo estaba distraído y que me quedé sentado en el coche después de que todos ustedes se hubiesen apeado ya. En ese instante estaba asombrado de que hubiese pasado por alto una pista tan evidente.

—Confieso —dijo el coronel— que incluso ahora no entiendo qué utilidad puede tener.

—Se trataba del primer eslabón en mi razonamiento. El opio en polvo no es, en absoluto, una sustancia insípida. El sabor no es desagradable, pero es perceptible. De haberlo mezclado con cualquier plato ordinario, la persona que lo hubiese comido lo habría detectado sin duda alguna, y probablemente dejara de comer. El *curry* era exactamente la forma de disimular ese sabor. De ninguna manera Fitzroy Simpson pudo haber conseguido que se sirviera *curry* a la familia del entrenador aquella noche, y sería una enorme coincidencia que este hombre hubiese ido con el opio en polvo la misma noche en que se servía un plato que podía disimular su sabor. Eso resulta inconcebible. Por tanto, Simpson queda eliminado del caso y nuestra atención se centra en Straker y su esposa, los únicos que podrían haber escogido cordero al curry como la cena de aquella noche. Se añadió el opio después de que se apartara un plato para llevárselo al mozo de los establos, puesto que los demás cenaron lo mismo y no sufrieron ningún efecto. Entonces, ¿quién de ellos tenía acceso a aquel plato, sin que le viese la sirvienta?

»Antes de esclarecer esa cuestión, ya había comprendido el significado del silencio del perro, puesto que una deducción correcta lleva a otras. A causa del incidente Simpson, me había enterado de que había un perro en los establos y, aunque alguien había entrado y se había llevado un caballo, no había ladrado lo suficiente como para despertar a los dos muchachos que dormían en el altillo. Evidentemente, el visitante nocturno era alguien a quien el perro conocía bien.

»Ya estaba convencido, o casi convencido, de que John Straker había bajado a los establos en mitad de la noche y había sacado a Estrella de Plata. ¿Con qué propósito? Con uno muy turbio, evidentemente, si no ¿por qué drogaría a su propio mozo? Pero todavía no sabía la razón. Anteriormente se han dado casos de entrenadores que se han asegurado grandes sumas de dinero apostando contra sus propios caballos mediante agentes y luego evitando que ganaran cometiendo fraude. A veces con un *jockey* tramposo. A veces con medios más seguros y sutiles. ¿Cuál se empleó aquí? Esperaba que el contenido de sus bolsillos me ayudara a llegar a una conclusión.

»Y así fue. No pueden haber olvidado el curioso cuchillo que se encontró en la mano del hombre, un cuchillo que nadie en su sano juicio hubiese escogido como arma. Se trataba, como nos dijo Watson, de una clase de cuchillo que se emplea en las más delicadas operaciones de cirugía. Y aquella noche iba a ser empleado en una operación muy delicada. Coronel Ross, debe saber, gracias a su amplio conocimiento del mundo de las carreras, que es posible realizar un ligero corte en los tendones de las ancas del caballo, y hacerlo a nivel subcutáneo sin dejar ningún rastro. Un caballo que hubiera recibido dicho corte acabaría con una ligera cojera, lo cual se achacaría a una lesión por exceso de ejercicio o un ataque leve de reumatismo, pero nunca al juego sucio.

—¡Miserable sinvergüenza! —exclamó el coronel.

—Aquí tenemos la explicación de por qué John Straker quería llevarse el caballo al páramo. Ciertamente, un animal de su temple habría despertado a cualquiera de su sueño más profundo cuando sintiese el pinchazo del cuchillo. Era absolutamente necesario hacerlo al aire libre.

—¡He estado ciego! —exclamó el coronel—. Por eso necesitaba la vela y por eso encendió la cerilla.

—Sin duda alguna. Pero, al examinar sus pertenencias, tuve la suerte de descubrir no sólo cómo se cometió el crimen, sino incluso el móvil. Como hombre de mundo, coronel, sabe que no hay nadie que lleve consigo las facturas de otro hombre en el bolsillo. La mayoría de nosotros ya tiene suficiente con pagar las suyas. En ese momento llegué a la conclusión de que Straker llevaba una doble vida y que mantenía una segunda casa. La índole de la factura mostraba que había una mujer de por medio, y una de gustos caros. Aunque usted es generoso con su servidumbre, resulta difícil imaginar que uno de ellos se pueda permitir un vestido de calle de veinte guineas para su mujer. Pregunté a la señora Straker sobre el vestido sin que ella se diera cuenta y, convencido de que ella no sabía nada, anoté las señas de la modista, sabiendo que si la visitaba con la fotografía de Straker podría desembarazarme del mítico Derbyshire.

»A partir de ahí, todo fue de lo más sencillo. Straker había conducido al caballo a una hondonada donde su vela sería invisible. Simpson, al huir, había dejado caer su corbata y Straker se la había quedado, quizá con la idea de que podría emplearla para atar la pata del caballo. Una vez en la hondonada, se había colocado detrás del caballo y encendido una cerilla, pero la criatura, asustada por el resplandor repentino y sabiendo instintivamente que algo malo se le quería hacer, soltó una coz y la herradura de acero golpeó a Straker en plena frente. A pesar de la lluvia, se había quitado el impermeable con el objeto de que no le estorbara en su delicada tarea, y así, cuando se cayó, el cuchillo le hizo un corte en el muslo. ¿Me he explicado con claridad?

—¡Increíble! —exclamó el coronel—. ¡Increíble! Parece que hubiera estado usted allí.

—Mi última apuesta, debo confesar, fue muy arriesgada. Me sorprendía que un hombre tan astuto como Straker fuera a realizar su operación de tendones sin un poco de práctica previa. Pero ¿con qué podía practicar? Me fijé en las ovejas e hice una pregunta, que, para mi sorpresa, me demostró que mi suposición era correcta.

—Lo ha dejado todo perfectamente claro, señor Holmes.

—Cuando volví a Londres visité a la modista, que reconoció a Straker como uno de sus mejores clientes, llamado Derbyshire, que tenía una esposa despampanante y muy aficionada a los vestidos caros. No me cabe ninguna duda de que esta mujer lo arrastró a endeudarse hasta las cejas, lo que le condujo a urdir este miserable plan.

—Lo ha explicado todo menos una cosa —exclamó el coronel—. ¿Dónde estaba el caballo?

—Ah, el caballo se escapó y uno de sus vecinos cuidó de él. Creo que por ese lado debemos conceder una amnistía. Ya estamos en Clapham Junction, si no me equivoco, así que llegaremos a Victoria en menos de diez minutos. Si le apetece fumarse un cigarro en nuestras habitaciones, coronel, con mucho gusto le daré cualquier otro detalle que desee saber.

La caja de cartón[2]

A la hora de escoger algunos casos representativos que ilustren las extraordinarias cualidades intelectuales de mi amigo Sherlock Holmes, me he esforzado, en la medida de lo posible, en seleccionar aquellos que presentaran el mínimo sensacionalismo, pero que a su vez ofrecieran una amplia muestra de su talento. Sin embargo, desafortunadamente, resulta imposible diferenciar completamente lo sensacionalista de lo criminal, y al cronista le queda el dilema de si debe sacrificar detalles esenciales de la historia y dar una falsa impresión del caso o si debe emplear el material que el azar, y no su propia elección, le ha proporcionado. Tras este breve prefacio pasaré a exponer las notas de lo que resultó ser una serie de extraños acontecimientos particularmente terribles.

Era un día de agosto de calor abrasador. Baker Street se había convertido en un horno y el resplandor del sol sobre el ladrillo amarillo de la casa de enfrente resultaba doloroso para la vista. Era difícil creer que aquéllas

2 «La caja de cartón» fue publicado originalmente en enero de 1893 en *The Strand Magazine* y un año más tarde en *Las memorias de Sherlock Holmes*. Sin embargo, el revuelo que causó su publicación, por el tratamiento que da a las relaciones extramaritales y a la venganza, hizo que desapareciese de las sucesivas ediciones de *Las memorias*.

fueran las mismas paredes que surgían lóbregas entre las nieblas del invierno. Teníamos las persianas a medio echar y Holmes se había acurrucado en el sofá, leyendo y releyendo una carta que había recibido en el correo de la mañana. En cuanto a mí, mis años de servicio militar en la India me habían acostumbrado a soportar mejor el calor que el frío, y una temperatura de noventa grados Farenheit[3] no suponía mucha dificultad. Pero el periódico de aquella mañana no tenía ningún interés. El Parlamento había suspendido sus sesiones. Todo el mundo estaba fuera de la ciudad y yo echaba de menos los claros de New Forest o los guijarros de Southsea. Mi reducida cuenta bancaria me había obligado a posponer las vacaciones y, en cuanto a mi compañero, ni el campo ni el mar le atraían en absoluto. Le encantaba permanecer en el centro de cinco millones de personas, con sus filamentos extendiéndose entre ellos, sensible a cualquier rumor o sospecha de un crimen sin resolver. El aprecio por la naturaleza no se encontraba entre sus muchas virtudes, y esto sólo cambiaba cuando en lugar de centrarse en un malhechor de la ciudad buscaba a su equivalente en el campo.

Dándome cuenta de que Holmes estaba demasiado abstraído como para darme conversación, dejé a un lado el insulso periódico y me recosté en la butaca sumiéndome en profundas meditaciones.[4] De repente, la voz de mi compañero interrumpió mis pensamientos.

—Tiene razón, Watson —dijo—. Parece una forma ridícula de dirimir los conflictos.

—¡De lo más ridícula! —exclamé dándome cuenta de repente de que él se había hecho eco del más profundo pensamiento de mi propia alma. Me erguí en la silla y le miré perplejo.

—¿Qué ha hecho, Holmes? —grité—. Esto va más allá de cualquier cosa que pudiera haber imaginado.

Rio alegremente ante mi perplejidad.

—Recordará —dijo— que hace poco tiempo, cuando le leí el pasaje de uno de los esbozos de Poe, en el cual un minucioso razonador puede seguir

3 Equivalentes a unos 32° C *[N. de la T.]*.

4 *Brown study* en el original *[N. de la T.]*.

los pensamientos no expresados de su compañero, opinó usted que aquello no era más que un simple *tour de force* del autor. Cuando le comenté que yo solía hacer eso constantemente, usted expresó su incredulidad.

—¡Oh, no!

—Quizá no de palabra, pero lo hizo, sin duda, con las cejas. Así que cuando le vi tirar su periódico y ponerse a meditar, me alegré de tener la oportunidad de leerle el pensamiento y, finalmente, de poder interrumpirlo, como prueba de mi buena comunicación con usted.

Pero no estaba del todo satisfecho con aquella explicación.

—En el ejemplo que usted me leyó —dije—, el razonador extrajo sus conclusiones de las acciones del hombre que observaba. Si no recuerdo mal, tropezó con unas piedras, miró las estrellas y demás. Pero yo me encontraba sentado tranquilamente en mi butaca, ¿qué pistas le puedo haber dado?

—Es injusto con usted. Las facciones le han sido dadas al hombre como medio para expresar sus emociones. Y las suyas son sus fieles sirvientes.

—¿Quiere decir que ha sido capaz de leer mis pensamientos a partir de mis facciones?

—Sus facciones y, sobre todo, sus ojos. Quizá no recuerde cómo comenzó su ensimismamiento.

—No, no lo recuerdo.

—Entonces se lo diré. Después de tirar su periódico, que fue la acción que atrajo mi atención hacia usted, se sentó durante medio minuto con una expresión ausente. Entonces sus ojos se fijaron en el cuadro, recientemente enmarcado, del general Gordon y vi, por la alteración en su rostro, que se había iniciado un curso de pensamientos. Pero no llegó muy lejos. Sus ojos se dirigieron fugazmente al retrato sin enmarcar de Henry Ward Beecher, que se encuentra encima de sus libros. Entonces miró arriba, hacia la pared, y era evidente lo que eso significaba. Usted estaba pensando que, si el retrato estuviera enmarcado, se podría colocar en el hueco desnudo de la pared y haría juego con el retrato de Gordon que hay ahí.

—¡Me ha seguido de maravilla! —exclamé.

—Hasta ahora tenía pocas oportunidades de equivocarme. Pero luego sus pensamientos volvieron a Beecher, al que miró usted fijamente, como si estuviese estudiando su carácter mediante la observación de sus rasgos. Entonces dejó de entornar los ojos sin dejar de mirar, y la expresión de su rostro adquirió un semblante pensativo. Estaba recordando los incidentes de la carrera de Beecher. Me daba perfecta cuenta de que usted no podía hacer eso sin pensar en la misión que inició en nombre del Norte durante la guerra civil, puesto que recuerdo que expresó su apasionada indignación ante el recibimiento que le prepararon nuestros más turbulentos compatriotas. Cuando un momento después vi que sus ojos se apartaban del retrato, sospeché que ahora pensaba en la guerra civil y, cuando observé que apretaba los labios y que sus ojos echaban chispas, tuve la seguridad de que estaba usted pensando en el heroísmo que fue demostrado por ambos bandos en aquella guerra sin cuartel. Pero, en aquel momento, su expresión se entristeció y meneó la cabeza. Estaba pensando en la tristeza y el horror y el inútil desperdicio de vidas humanas. Su mano se acercó sigilosamente a su vieja herida y una leve sonrisa asomó a sus labios, lo que me mostró que ese ridículo método de dirimir las cuestiones internacionales ocupaba ahora su mente. En ese mismo instante, estuve de acuerdo con usted en que era ridículo y me alegró comprobar que mis deducciones eran correctas.

—¡Sin lugar a dudas! —dije—. Y ahora que me lo ha explicado, debo confesar que estoy tan perplejo como antes.

—Se trata de una deducción muy superficial, se lo aseguro, mi querido Watson. No me hubiera entrometido en sus pensamientos si usted no hubiese mostrado cierta incredulidad el otro día. Pero ahora tengo entre manos un pequeño problema que puede resultar bastante más difícil de resolver que mi insignificante intento de lectura del pensamiento. ¿Ha leído un breve párrafo en el periódico sobre el extraordinario contenido de un paquete enviado por correo a la señorita Cushing de Cross Street, en Croydon?

—No, no lo he visto.

—¡Ah, lo debe haber pasado por alto! Acérqueme el periódico. Aquí está, bajo la columna financiera. ¿Sería usted tan amable de leerlo en voz alta?

Tomé el periódico que me había devuelto y leí el párrafo que me indicó. Su encabezamiento rezaba: «Un paquete macabro».

> La señorita Susan Cushing, residente en Cross Street, Croydon, ha sido la víctima de lo que puede considerarse una broma particularmente pesada y repugnante, a no ser que el incidente guarde relación con alguna intención aún más siniestra. A las dos de la tarde de ayer, el cartero le entregó un pequeño paquete envuelto en papel de estraza. Dentro había una caja de cartón llena de sal gruesa. Al vaciarla, la señorita Cushing encontró, horrorizada, dos orejas humanas que aparentemente habían sido cortadas hacía muy poco. La caja había sido enviada por paquete postal desde Belfast la mañana anterior. Se desconoce quién es el remitente y el asunto resulta aún más misterioso, puesto que la señorita Cushing, una mujer soltera de cincuenta años, ha llevado una vida de lo más retirada y tiene tan pocas amistades o corresponsales que para ella es muy raro recibir nada por correo. Sin embargo, hace algunos años, cuando residía en Penge, alquiló algunas habitaciones de su casa a tres estudiantes de medicina, de quienes tuvo que librarse debido a su ruidoso y desordenado comportamiento. La policía opina que este ultraje a la señorita Cushing podría haber sido perpetrado por estos jóvenes, que le guardarían rencor y que esperaban asustarla enviándole estos restos de las salas de disección. Se puede dar cierto crédito a esta teoría, puesto que uno de aquellos estudiantes era natural del norte de Irlanda, y, según tenía entendido la señorita Cushing, del propio Belfast. Mientras tanto, se está investigando el asunto diligentemente y se ha encargado el caso al señor Lestrade, uno de nuestros detectives de policía más competentes.

—Hasta ahí lo que dice el *Daily Chronicle* —dijo Holmes cuando terminé de leer—. Ahora hablemos de nuestro amigo Lestrade. Esta mañana me ha llegado una nota firmada por él en la que dice:

> Creo que este caso está bastante en su línea. Tenemos muchas esperanzas en aclarar el asunto, pero nos hemos encontrado con la pequeña dificultad de que no tenemos ninguna base sobre la que trabajar. Por supuesto, hemos telegrafiado a la oficina de correos de Belfast, pero se enviaron muchos paquetes aquel día y no tienen forma de identificar éste en particular o de recordar quién lo envió. La caja es de media libra de tabaco de ambrosía y no nos ha servido para nada. La teoría del estudiante de medicina me sigue resultando la más plausible, pero, si

usted dispusiera de unas horas libres, me alegraría que viniese por aquí. Estaré todo el día en casa o en la comisaría de policía.

—¿Qué dice usted, Watson? ¿Puede olvidar el calor e ir conmigo a Croydon ante la remota posibilidad de encontrar un caso digno de sus anales?

—Estaba deseando tener algo que hacer.

—Y lo tendrá. Pida nuestros zapatos y diga que nos traigan un coche. Volveré en un momento, cuando me haya quitado el batín y haya llenado mi petaca de tabaco.

Cayó un chaparrón mientras viajábamos en el tren y el calor era algo menos opresivo en Croydon que en la ciudad. Holmes había enviado un telegrama, así que Lestrade, con su aspecto de hurón, tan enjuto y pulcro como siempre, nos esperaba en la estación. Dimos un paseo de cinco minutos hasta Cross Street, donde residía la señorita Cushing.

Se trataba de una larga calle de casas de dos pisos de ladrillo, muy cuidadas, con sus peldaños de piedra blanqueada y sus grupos de mujeres con delantal charlando en las puertas. A mitad de camino, Lestrade paró y llamó a una puerta que abrió una criada muy joven. La señorita Cushing se encontraba sentada en el salón, adonde se nos hizo pasar. Era una mujer de rostro apacible, ojos grandes y dulces y pelo cano que ondulaba sobre las sienes. Tenía un recargado antimacasar[5] en el regazo y, junto a ella, había una cesta de sedas de colores encima de un taburete.

—Esas cosas horribles están en la carbonera —dijo cuando entró Lestrade—. Me gustaría que se las llevaran.

—Eso haré, señorita Cushing. Las dejé ahí para que mi amigo Sherlock Holmes las viera en su presencia.

—¿Por qué en mi presencia, señor?

—Por si acaso deseaba hacerle a usted alguna pregunta.

—¿Para qué iba a hacerme preguntas, cuando ya le he dicho que no sé nada en absoluto?

---

5 Un pequeño paño que se solía poner en el respaldo de las butacas para que no se manchasen con las pomadas del cabello *[N. de la T.]*.

—En efecto, señora —dijo Holmes con su tono tranquilizador—. No me cabe duda de que ya la han molestado bastante con este asunto.

—Ya lo creo, señor. Me gusta la tranquilidad y llevo una vida retirada. Ha sido algo nuevo para mí ver mi nombre en los periódicos y encontrar a la policía en mi casa. No quiero que esas cosas estén aquí, señor Lestrade. Si quiere verlas, deberá ir a la carbonera.

Se trataba de un pequeño cobertizo en un jardín estrecho que se extendía detrás de la casa. Lestrade entró en él y sacó una caja amarilla de cartón con un trozo de papel de estraza y un cordel. Había un banco al final del sendero donde nos sentamos mientras Holmes examinaba, uno por uno, los artículos que Lestrade le había entregado.

—El cordel es extraordinariamente interesante —señaló, sosteniéndolo contra la luz y husmeándolo—. ¿Qué opina del cordel, Lestrade?

—Que ha sido embreado.

—Exactamente. Es un trozo de cordel embreado. Sin duda habrá observado que la señorita Cushing ha cortado la cuerda con unas tijeras, como puede comprobarse por los extremos deshilachados. Esto es importante.

—No entiendo qué importancia puede tener —repuso Lestrade.

—Su importancia radica en el hecho de que el nudo ha quedado intacto, y que este nudo es de un tipo especial.

—Se ha atado muy cuidadosamente. Ya me había dado cuenta —dijo Lestrade con suficiencia.

—Entonces, ya hemos acabado con el cordel —dijo Holmes con una sonrisa—. Ahora veamos el envoltorio de la caja. Papel de estraza con un inconfundible olor a café. ¿Cómo? ¿No se dio cuenta? Creo que no hay duda al respecto. Las señas están escritas con una letra bastante descuidada: «Señorita S. Cushing, Cross Street, Croydon». Han utilizado una pluma de punta ancha, probablemente una J, y una tinta de mala calidad. La palabra «Croydon» se escribió originalmente con una «i», que posteriormente se corrigió por una «y». El paquete lo envió un hombre —la escritura es claramente masculina— de escasa educación y que no conoce la ciudad de Croydon. ¡Hasta aquí bien! La caja es una caja amarilla de media libra de tabaco de ambrosía, sin ningún rasgo particular excepto dos huellas de pulgar en la esquina inferior izquierda. Está llena de sal gorda, de la que se emplea para conservar cuero y para otros usos comerciales ordinarios. Y en ella están enterrados estos singulares objetos.

Sacó las dos orejas mientras hablaba y, colocando una tabla sobre sus rodillas, las examinó minuciosamente, mientras Lestrade y yo, inclinándonos hacia delante junto a él, mirábamos alternativamente estos restos horribles y al rostro pensativo y ávido de nuestro compañero. Finalmente, las devolvió a la caja una vez más y se sentó sumido en una profunda meditación.

—Por supuesto, habrán notado —dijo al fin— que no forman pareja.

—Sí, ya me había dado cuenta. Pero si se tratase de una broma de mal gusto de unos estudiantes con acceso a las salas de disección, les habría sido igual de fácil enviar dos orejas desparejadas que dos orejas pertenecientes a una misma persona.

—Efectivamente. Pero no se trata de una broma.

—¿Está seguro?

—La presunción en contra es muy sólida. En las salas de disección a los cadáveres se les inyecta un fluido conservante. Estas orejas no presentan rastro de dicho fluido. Además, son frescas. Las han cortado con un objeto contundente y romo, lo que no habría ocurrido si lo hubiera hecho un estudiante. Asimismo, una persona con conocimientos de medicina hubiera empleado ácido fénico o alcohol rectificado como conservante, y no sal gruesa.

»Le repito que no se trata de una broma pesada; lo que estamos investigando es un crimen serio.

Un leve escalofrío me recorrió la espalda mientras escuchaba las palabras de mi compañero y veía la severa gravedad que había endurecido sus rasgos. Este brutal preliminar parecía anunciar un extraño e inexplicable horror en la naturaleza del caso. Sin embargo, Lestrade sacudió la cabeza, como si no estuviera convencido del todo.

—Se le pueden poner objeciones a la teoría de la broma, desde luego —dijo—, pero hay argumentos mucho más sólidos contra su hipótesis. Sabemos que esta mujer ha llevado una vida de lo más discreta y respetable aquí y en Penge durante los últimos veinte años. Apenas ha salido de casa más de un día durante este tiempo. ¿Por qué demonios iba un criminal a enviarle las pruebas de su culpabilidad, especialmente si ella, a no ser que se trate de una actriz consumada, sabe tan poco del asunto como nosotros?

—Ése es el problema que tenemos que resolver —respondió Holmes— y, por mi parte, lo voy a enfocar suponiendo que mi razonamiento es correcto y que se ha cometido un doble asesinato. Una de estas orejas pertenece a una mujer: pequeña, delicadamente modelada y perforada para llevar un pendiente. La otra es de un hombre, quemada por el sol, descolorida y también perforada para llevar pendiente. Estas dos personas probablemente hayan muerto; de lo contrario ya habríamos sabido algo. Hoy es viernes. El paquete se envió el jueves por la mañana. Entonces, la tragedia ocurrió el miércoles o el martes, o quizás antes. Si las dos personas fueron asesinadas, quién, salvo el asesino, enviaría esta muestra de su crimen a la señorita Cushing. Podemos dar por hecho que el remitente del paquete es el hombre que buscamos. Pero debió tener algún poderoso motivo para enviar este paquete a la señorita Cushing. ¿Qué motivo sería? Debe de haber sido para comunicarle que se había cometido el crimen; o para hacerle daño quizá. Pero, en ese caso, ella sabría de quién se trata. ¿Lo sabe? Lo dudo mucho. Si lo supiera, ¿para qué llamar a la policía? Habría enterrado las orejas y nadie se hubiera enterado. Eso es lo que hubiera hecho si quisiera encubrir al criminal. Pero, si no hubiera querido protegerlo, habría dicho su nombre. Aquí está el nudo que debemos desatar.

Había hablado rápidamente, en un tono agudo, mirando al vacío por encima de la valla del jardín, pero ahora se levantó bruscamente y se dirigió hacia la casa.

—Tengo que hacerle unas preguntas a la señorita Cushing —dijo.

—En ese caso, le dejo aquí —dijo Lestrade—, puesto que tengo otro asuntillo que resolver. Creo que la señorita Cushing no tiene nada más que contarme. Me encontrarán en la comisaría de policía.

—Pasaremos a verle de camino a la estación —respondió Holmes.

Un momento después nos encontrábamos de vuelta en el salón, donde la impasible dama permanecía aún trabajando tranquilamente en su antimacasar. Lo dejó sobre su regazo cuando entramos y nos miró con sus inquisitivos y sinceros ojos azules.

—Señor, estoy convencida —dijo— de que en este asunto hay un error y que el paquete no iba dirigido a mí. Se lo he dicho varias veces a este caballero de Scotland Yard, pero se ríe de mí. No tengo ni un enemigo en el mundo, que yo sepa, así que ¿por qué iba nadie a gastarme semejante broma?

—Empiezo a ser de la misma opinión, señorita Cushing —dijo Holmes tomando asiento junto a ella—. Creo que es más que probable... —Hizo una pausa y, al mirar a mi alrededor, me sorprendió comprobar que estaba mirando con curiosa intensidad el perfil de la dama. Por un instante se pudo leer la sorpresa y satisfacción en su ávido rostro, aunque, cuando ella miró buscando el motivo de su silencio, Holmes se encontraba de nuevo tan serio como siempre. Observé atentamente su entrecano cabello lacio, su elegante sombrero, sus pequeños pendientes dorados, sus plácidas facciones, pero no pude ver nada que justificara la evidente agitación de mi compañero.

—Quería hacerle una o dos preguntas...

—¡Oh! ¡Estoy harta de preguntas! —exclamó la señorita Cushing con impaciencia.

—Tengo entendido que tiene dos hermanas.

—¿Cómo lo sabe?

—Me di cuenta, en el mismo instante en que entré en la habitación, que tenía sobre la repisa de la chimenea un retrato grupal de tres damas, una de las cuales es, sin duda, usted, mientras que las demás guardan un parecido tan extraordinario con usted que no es posible dudar del parentesco.

—Sí, tiene usted razón. Ésas son mis hermanas, Sarah y Mary.

—Y aquí, a mi lado, hay otro retrato, tomado en Liverpool, de su hermana menor en compañía de un hombre, que por su uniforme se diría que es un camarero de barco. Puedo observar que no estaba casada en el momento en que se tomó la fotografía.

—Es usted un observador muy rápido.

—Es mi oficio.

—Bien, vuelve usted a tener razón. Pero se casó con el señor Browner pocos días después. Estaba destinado en la línea que iba a Sudamérica, pero estaba tan enamorado de ella que no podía soportar dejarla sola durante tanto tiempo, así que solicitó un traslado a la línea de Liverpool y Londres.

—Ah, ¿el Conqueror, quizá?

—No, el May Day, según mis últimas noticias. Jim vino a visitarme una vez. Eso fue antes de que rompiera el compromiso; siempre se daba a la bebida cuando desembarcaba, y bastaba que bebiera un poco para volverse loco de atar. ¡Ah! Fue un día aciago cuando volvió a tomarse una copa. Primero se olvidó de mí, luego se peleó con Sarah y ahora que Mary ha dejado de escribir no sabemos cómo les van las cosas.

Era evidente que la señorita Cushing había tocado un tema que le afectaba profundamente. Como la mayoría de la gente que lleva una vida solitaria, al principio era tímida, pero acabó volviéndose extremadamente comunicativa. Nos contó muchos detalles acerca de su cuñado el camarero, y luego, desviándose al tema de sus antiguos inquilinos, los estudiantes de medicina, nos hizo un extenso relato de sus fechorías, dándonos sus nombres y los de sus hospitales. Holmes escuchó atentamente, haciendo alguna pregunta de vez en cuando.

—Con respecto a su segunda hermana, Sarah —dijo—, puesto que son ustedes solteras, me sorprende que no vivan juntas.

—¡Ah! No se sorprendería si conociese el temperamento de Sarah. Lo intenté cuando volví a Croydon y aguantamos hasta hace dos meses, cuando tuvimos que separarnos. No quiero decir nada en contra de mi hermana, pero lo cierto es que era muy metomentodo y difícil de contentar.

—Dice que se peleó con sus parientes de Liverpool.

—Sí, aunque hubo una época en que eran grandes amigos. Incluso se mudó allí para estar cerca de ellos. Y ahora no encuentra palabras lo bastante duras para Jim Browner. Los últimos seis meses que vivió allí no hablaba de otra cosa que de su afición a la bebida y de sus modales. Sospecho que él la sorprendería metiéndose donde no debía y le echó una buena bronca.

—Gracias, señorita Cushing —dijo Holmes levantándose y haciendo una reverencia—. Creo que comentó que su hermana Sarah vive en New Street, en Wallington, ¿no es así? Adiós, lamento mucho que se la haya molestado con un caso en el que, como usted dice, no tiene absolutamente nada que ver.

Cuando salimos pasó un taxi y Holmes le hizo una seña para que parara.

—¿A qué distancia se encuentra Wallington? —preguntó.

—A una milla, más o menos, señor.

—Muy bien. Suba, Watson. Debemos golpear mientras el hierro está caliente. Aunque el caso es sencillo, hay uno o dos detalles muy instructivos relacionados con él. Cochero, por favor, pare en la primera oficina de telégrafos que vea.

Holmes envió un breve telegrama y durante el resto del viaje permaneció recostado en el coche, con el sombrero inclinado sobre la nariz para que el sol no le diera en la cara. Nuestro cochero paró frente a una casa no muy diferente a aquella que acabábamos de abandonar. Mi compañero ordenó al cochero que esperara, y ya tenía la mano sobre la aldaba cuando la puerta se abrió y un joven caballero, de aspecto serio y vestido de negro, con un sombrero muy lustroso, apareció en la entrada.

—¿Está la señorita Cushing en casa? —preguntó Holmes.

—La señorita Cushing se encuentra extremadamente enferma —dijo—. Desde ayer padece síntomas graves de meningitis. Como médico suyo, no puedo permitir que nadie la vea. Le recomiendo que vuelva a llamar dentro de diez días. —Se puso los guantes, cerró la puerta y se encaminó calle abajo.

—Bueno, si no podemos, no podemos —dijo Holmes alegremente.

—Quizá no podría o no le hubiera contado demasiado.

—No quería que me contase nada, sólo quería verla. Sin embargo, creo que tengo todo lo que necesito. Cochero, llévenos a un hotel decente donde podamos tomar el almuerzo, y luego pasaremos a ver a nuestro amigo Lestrade en la comisaría de policía.

Tomamos juntos un agradable almuerzo, durante el cual Holmes no habló de otra cosa que no fuesen violines, narrándome con gran entusiasmo cómo había adquirido su stradivarius, que valía al menos quinientas guineas, de un judío propietario de una tienda de empeños en Tottenham Court Road por cincuenta y cinco chelines. Lo cual le llevó a Paganini, así que nos sentamos durante una hora con una botella de clarete mientras me contaba anécdota tras anécdota de aquel hombre extraordinario. La tarde estaba ya muy avanzada y el deslumbrante calor del sol se había atenuado hasta convertirse en un suave resplandor antes de que llegásemos a la comisaría de policía. Lestrade nos esperaba en la puerta.

—Un telegrama para usted, señor Holmes —dijo.

—¡Ajá! ¡Es la respuesta! —Lo abrió, le echó un vistazo y, arrugándolo, se lo metió en el bolsillo—. Eso está bien —dijo.

—¿Ha descubierto algo?

—Lo he descubierto todo.

—¿Qué? —Lestrade lo miró asombrado—. Está usted bromeando.

—Nunca he hablado más en serio en mi vida. Se ha cometido un espantoso crimen y creo haber descubierto todos los detalles.

—¿Y el asesino?

Holmes escribió algunas palabras en el reverso de una de sus tarjetas de visita y se la arrojó a Lestrade.

—Ése es el nombre —dijo—. No podrá efectuar el arresto hasta mañana por la noche, como muy pronto. Preferiría que no mencionase mi nombre en relación con este asunto, puesto que sólo deseo que lo hagan con casos cuya solución presente alguna dificultad. Vamos, Watson. —Nos encaminamos hacia la estación dejando a un embelesado Lestrade contemplando todavía la tarjeta que Holmes le había arrojado.

—Se trata de un caso —dijo Sherlock Holmes mientras nos fumábamos sendos cigarros en nuestras habitaciones de Baker Street— en el que, tal como ocurrió en las investigaciones que usted tituló *Estudio en escarlata* y *El signo de los cuatro,* nos hemos visto obligados a razonar al revés, yendo de los efectos las causas. He escrito a Lestrade pidiéndole que nos proporcione los detalles que necesitamos y que sólo conseguirá cuando haya apresado a su hombre. Cosa que con seguridad hará, puesto que, aunque no tiene capacidad de razonamiento, una vez que ha comprendido lo que tiene que hacer, es tenaz como un bulldog y, claro está, es esta tenacidad la que le ha llevado a ascender en Scotland Yard.

—Entonces, ¿el caso no está cerrado todavía? —pregunté.

—En lo esencial, sí. Sabemos quién es el autor del repugnante asunto, aunque se nos escapa el nombre de una de sus víctimas. Por supuesto, habrá llegado a sus propias conclusiones.

—Imagino que sospecha usted de Jim Browner, el camarero del barco de Liverpool.

—¡Oh!, es más que una sospecha.

—Aun así, no puedo ver más que vagos indicios.

—Al contrario, para mí no puede estar más claro. Déjeme repasar los pasos fundamentales que hemos dado hasta ahora. Como usted recordará, enfocamos el caso sin ideas preconcebidas, lo que siempre supone una ventaja. No nos habíamos formado ninguna hipótesis. Simplemente fuimos a observar y a deducir a partir de lo que advirtiéramos. ¿Qué fue lo primero que vimos? Una dama respetable y apacible que no parecía guardar ningún secreto y un retrato que me mostró que tenía dos hermanas más jóvenes. Al instante me vino a la cabeza que la caja podría haberse enviado a una de ellas. Deseché la idea hasta poder confirmarla o refutarla más tarde. Entonces fuimos al jardín a ver el singular contenido de la cajita amarilla.

»El cordel es de los que usan los tejedores de velas en los barcos, así que en nuestra investigación se podía apreciar cierta brisa marina. Cuando observé que el nudo era de un tipo muy frecuente entre los marinos, y que el paquete había sido enviado desde un puerto, y que la oreja masculina había sido agujereada para llevar un pendiente, lo cual es mucho más común entre gente de mar que entre gente de tierra firme, estuve seguro de que todos los actores de la tragedia debían buscarse entre gente de mar.

»Cuando examiné las señas escritas en el paquete, observé que iba enviado a la señorita S. Cushing. Ahora bien, la hermana mayor era la señorita Cushing, por supuesto, y, aunque su inicial era la "S", lo mismo podría pertenecer a una de las otras también. En ese caso deberíamos comenzar nuestra investigación apoyándonos en datos completamente nuevos. Por tanto, entré en la casa con la intención de aclarar este aspecto. Estaba a punto de asegurarle a la señorita Cushing que se trataba de un error cuando me quedé callado, como usted recordará. Lo que ocurrió es que acababa de ver algo que me sorprendió por completo y que, al mismo tiempo, limitaba enormemente el campo de nuestras investigaciones.

»Como médico, usted es consciente de que no hay parte del cuerpo que varíe más de un individuo a otro que la oreja humana. Cada oreja es, por lo general, única y diferente al resto de orejas. En el *Anthropological Journal* del año pasado encontrará dos cortas monografías escritas por mí sobre el tema. Por tanto, había examinado las orejas de la caja con mirada de experto y había memorizado cuidadosamente sus peculiaridades anatómicas. Imagine, entonces, mi sorpresa cuando, al mirar a la señorita Cushing, vi que su oreja era exactamente igual a la oreja femenina que acababa de inspeccionar. No podía tratarse de una coincidencia. Allí estaban el mismo acortamiento del pabellón, la misma amplia curva del lóbulo superior, la misma circunvolución del cartílago interior. En lo esencial, se trataba de la misma oreja.

»Por supuesto, en ese mismo momento me di cuenta de la enorme importancia de aquella observación. Era evidente que la víctima era un familiar directo y, probablemente, uno muy cercano. Me puse a hablar con ella sobre su familia, y recordará que enseguida nos proporcionó algunos detalles notables.

»En primer lugar, el nombre de su hermana era Sarah y, hasta hacía poco, su dirección había sido la misma, así que me resultó evidente qué había pasado y a quién iba dirigido el paquete en realidad. Entonces nos habló de este camarero, casado con la tercera hermana, y supimos que, durante cierto tiempo, fue amigo íntimo de la señorita Sarah, hasta tal punto que se había mudado a Liverpool para estar más cerca de los Browner, pero que al final se habían peleado. Esta pelea había cortado en seco cualquier tipo de comunicación durante meses, así que si Browner tuvo ocasión de enviar un paquete a la señorita Sarah, sin duda lo haría a su antigua dirección.

»El asunto comenzaba a aclararse de maravilla. Nos habíamos enterado de la existencia de este camarero, un hombre impulsivo, de fuertes pasiones —recordará que dejó un empleo, aparentemente mucho mejor, para estar cerca de su esposa—, presa también de ocasionales excesos con la bebida. Teníamos razones para creer que su esposa había sido asesinada y que un hombre —presumiblemente un marinero— había sido asesinado a la vez. Enseguida nos vienen a la cabeza los celos como móvil del crimen. ¿Y por qué se le enviarían a la señorita Sarah Cushing las pruebas de este asesinato? Probablemente debido a que durante su estancia en Liverpool tuvo algo que ver con que se produjeran los sucesos que acabaron en tragedia. No sé si habrá notado que la línea donde trabajaba Browner hace escalas en

Belfast, Dublín y Waterford; de modo que, suponiendo que Browner hubiera cometido el delito y que a continuación se hubiese embarcado en el vapor, el May Day, Belfast sería el primer lugar desde donde hubiese podido enviar su espantoso paquete.

»A estas alturas era posible una segunda solución y, aunque a mí me parecía muy improbable, me propuse aclararla antes de continuar. Un amante despechado podría haber asesinado al señor y a la señora Browner, y la oreja masculina podría haber pertenecido al marido. Podían presentarse serias objeciones a esta teoría, pero cabía la posibilidad. Por tanto, envié un telegrama a mi amigo Algar, de la policía de Liverpool, y le pedí que averiguara si la señora Browner estaba en casa y si Browner había salido en el May Day. Entonces nos dirigimos a Wellington para visitar a la señorita Sarah.

»En primer lugar, sentía curiosidad por ver hasta qué punto se había reproducido en ella la oreja de la familia. Y luego, por supuesto, nos podría dar información muy importante, si bien no me sentía demasiado optimista al respecto. Debía haberse enterado de la noticia el día anterior, ya que no se hablaba de otra cosa en Croydon, y sólo ella podía saber lo que significaba el paquete. Si hubiera querido ayudar a la justicia, probablemente ya se hubiese puesto en contacto con la policía. Sin embargo, nuestra obligación era visitarla, así que allí fuimos. Nos encontramos con que las noticias de la llegada del paquete —puesto que su enfermedad comenzó ese día— le habían producido tal impresión que enfermó de meningitis. Estaba más claro que nunca que ella había comprendido su significado, pero estaba igualmente claro que tendríamos que esperar algún tiempo antes de que pudiera ayudarnos.

»—No obstante, no dependíamos de su ayuda. Las respuestas a nuestras investigaciones nos estaban esperando en la comisaría de policía, adonde le indiqué a Algar que las enviara. Nada podía ser más concluyente. La casa de la señora Browner llevaba cerrada más de tres días y los vecinos creían que se había marchado al sur a visitar a sus familiares. Se había comprobado en las oficinas de la compañía naviera que Browner había embarcado en el May Day, que calculo llegará al Támesis mañana por la noche. Cuando llegue le recibirá el obtuso, pero resuelto, Lestrade, y no me cabe duda que tendremos los detalles que faltan.

Las expectativas de Sherlock Holmes no se vieron defraudadas. Dos días más tarde recibió un abultado sobre que contenía una breve nota del detective y un documento escrito a máquina que ocupaba varias páginas de un documento oficial.

—Lestrade le atrapó sin problemas —dijo Holmes mirándome—. Quizá le interese saber qué dice:

> Estimado señor Holmes:
>
> De acuerdo con el plan que habíamos trazado con el objeto de probar nuestras teorías —este «nuestras» es maravilloso, ¿verdad, Watson?—, ayer me dirigí al muelle Albert a las 6 p.m. y subí a bordo del S.S. May Day, que pertenece a la London Steam Packet Company. Al solicitar información, averigüé que había un camarero a bordo cuyo nombre era James Browner y que se había comportado de manera tan extraña durante el viaje que el capitán se vio obligado a relevarlo de sus obligaciones. Al entrar en su camarote, le encontré sentado sobre un baúl, con la cabeza hundida entre las manos, meciéndose atrás y adelante. Es un tipo grande y fuerte, bien afeitado y muy moreno, parecido a Aldridge, quien nos ayudó en el asunto de la falsa lavandería. Se puso de pie de un salto cuando le dije a qué había ido. Yo llevaba el silbato en los labios para avisar a una pareja de policías fluviales que estaba a la vuelta de la esquina, pero él parecía falto de vida y extendió las manos tranquilamente para que le pusiera las esposas. Le llevamos a una de las celdas, así como su baúl, puesto que pensamos que podría contener pruebas incriminatorias, pero, aparte de un gran cuchillo afilado, como los que llevan la mayoría de los marinos, no conseguimos nada más. Sin embargo, descubrimos que no necesitaríamos más pruebas, puesto que cuando lo pusimos a disposición del inspector en la comisaría, solicitó hacer una declaración, la cual, por supuesto, fue tomada por nuestro taquígrafo según iba dictándola. Sacamos tres copias mecanografiadas, una de las cuales le incluyo. El asunto ha resultado ser, como siempre pensé, extremadamente sencillo, pero le agradezco que me ayudara en mi investigación.
>
> Un atento saludo,
>
> G. Lestrade

—¡Hum! Así que la investigación ha sido extremadamente sencilla —comentó Holmes—, pero no creo que fuese ésa su opinión cuando nos llamó para que ayudásemos. No obstante, veamos lo que tiene que decir Jim Browner. Ésta es una declaración realizada ante el inspector Montgomery en la comisaría de policía de Shadwell y tiene la ventaja de ser literal.

»¿Si tengo algo que decir? Sí, tengo mucho que decir. Quiero confesarlo todo. Pueden colgarme o dejarme libre. Me importa un comino lo que hagan. No he pegado ojo desde que lo hice y no creo que pueda dormir nunca más hasta que acabe con esto. A veces es la cara de él, pero la mayor parte del tiempo es la de ella. Siempre tengo una u otra ante mí. Él me mira con odio, frunciendo el ceño, pero ella lo hace con una expresión como de sorpresa en el rostro. ¡Ay!, pobre criatura, no es raro que se sorprendiera al ver la muerte escrita en un rostro que nunca había mostrado otra cosa que amor hacia ella.

»Pero Sarah es la culpable de todo y ojalá caiga sobre ella la maldición de un hombre roto y que se le pudra la sangre en las venas. No es que quiera justificarme. Sé que volví a beber como la bestia que era. Pero ella me hubiese perdonado, hubiera permanecido junto a mí, como la cuerda y la polea, si esa mujer no hubiese emponzoñado nuestra casa. Porque Sarah Cushing me amaba —ése es el origen de todo este asunto— y me amó hasta que todo su amor se convirtió en odio venenoso cuando supo que me importaba más la huella de mi esposa en el barro que todo su cuerpo y alma.

»Eran tres hermanas en total. La mayor era una buena mujer, la segunda era un demonio y la tercera era un ángel. Sarah tenía treinta y tres años y Mary veintinueve cuando me casé. Cuando nos fuimos a vivir juntos éramos felices a todas horas, y no había en todo Liverpool una mujer mejor que mi Mary. Entonces le dijimos a Sarah que viniera a visitarnos una semana, y la semana se transformó en un mes y una cosa llevó a la otra y al final era una más de la familia.

»En aquella época yo llevaba el lazo azul, estábamos ahorrando algún dinero y todo era tan brillante como un dólar nuevo. Dios mío, ¿quién iba a pensar que todo iba a acabar así? ¿Quién se lo hubiese imaginado?

»Solía volver a casa los fines de semana y, a veces, si el barco se retrasaba por un cargamento, tenía toda la semana libre, así que trataba mucho a mi cuñada, Sarah. Era una mujer alta y atractiva, morena, vivaz y de temperamento violento, altanera y con un brillo en la mirada que parecía la chispa de un pedernal. Pero en presencia de Mary ni me daba cuenta de que Sarah estaba allí, y eso lo juro por la piedad que espero que Dios tenga conmigo.

»A veces me parecía que quería quedarse a solas conmigo, o convencerme para que diera un paseo con ella, pero nunca se me ocurrió hacer nada de eso. Una noche se me abrieron los ojos. Había vuelto del barco y me encontré con que mi esposa había salido y Sarah estaba sola en casa.

»—¿Dónde está Mary? —pregunté.

»—Oh, salió a pagar unas cuentas.

»Yo estaba impaciente e iba y venía de la habitación.

»—Jim, ¿es que no puedes ser feliz sin Mary ni cinco minutos? —dijo— No es un halago para mí que no quieras estar en mi compañía durante tan poco tiempo.

»—Tienes razón, chiquilla —dije extendiendo mi mano hacia ella de una manera afectuosa.

»Al instante la tomó entre sus manos que ardían como si tuviese fiebre. La miré a los ojos y lo vi todo allí. No le hacía falta hablar, ni a mí tampoco. Fruncí el ceño y retiré la mano. Durante un rato permaneció junto a mí en silencio, luego levantó la mano y me dio unas palmaditas en el hombro.

»—¡Cálmate, Jim! —dijo, y salió corriendo de la habitación con una especie de risa burlona.

»Bien, pues a partir de entonces Sarah me odió con toda su alma, y es una mujer especialmente dotada para el odio. Fui un idiota —un idiota redomado— permitiéndole que continuara viviendo con nosotros, pero no le dije ni una palabra a Mary, puesto que sabía que la haría sufrir. Las cosas continuaron como antes; no obstante, pasado un tiempo, me di cuenta de que se había producido un ligero cambio en la propia Mary. Siempre había sido confiada e inocente, pero se volvió rara y suspicaz, siempre quería enterarse de dónde había estado y qué había estado haciendo y quién me enviaba cartas y qué tenía en los bolsillos y miles de tonterías como ésas. Día tras día se fue volviendo cada vez más rara e irritable y reñíamos continuamente por cualquier cosa. Todo aquello me tenía desconcertado, Sarah me evitaba, pero ella y Mary eran inseparables. Ahora entiendo cómo planeaba y confabulaba y envenenaba la cabeza de mi esposa para ponerla en mi contra, pero entonces estaba tan ciego que no pude entenderlo. Entonces rompí mi lazo azul y volví a beber, pero creo que no lo hubiera hecho si Mary se hubiese comportado como siempre. Por alguna razón estaba disgustada conmigo y la distancia entre nosotros comenzó a ensancharse cada vez más. Entonces se inmiscuyó este Alec Fairbairn y la situación se volvió más sombría aún.

»Al principio vino a casa para ver a Sarah, pero enseguida vino a vernos a nosotros, puesto que era un hombre con una personalidad arrolladora y hacía amigos adondequiera que fuese. Era un tipo apuesto, fanfarrón, astuto y retorcido que había recorrido medio mundo y sabía hablar de lo que había visto. Era buena compañía, no lo niego, y tenía unos modales increíblemente corteses para ser un marinero, así que creo que hubo un tiempo en que debió frecuentar más la toldilla de popa que el castillo de proa. Estuvo entrando y saliendo de mi casa durante un mes, y jamás se me pasó por la cabeza que pudiera causarme algún daño con sus pulcros y astutos modales. Y entonces pasó algo que me hizo sospechar y desde aquel día ya no he vuelto a tener paz.

»Fue, además, un detalle insignificante. Había entrado en el salón inesperadamente y, al cruzar la puerta, el rostro de mi esposa se había iluminado dándome la bienvenida. Pero, cuando vio quién era, su alegría se desvaneció, y se dio la vuelta decepcionada. Aquello me bastó. Sólo había una persona con la que podría haber confundido mis pasos, Alec Fairbairn. Si le hubiese visto en aquel momento le hubiese matado, puesto que enloquezco cuando pierdo los estribos. Mary vio al demonio en mi mirada, así que corrió hacia mí poniendo sus manos en mi brazo.

»—¡No, Jim, no! —dice.

»—¿Dónde está Sarah? —pregunto.

»—En la cocina —dice.

»—Sarah —digo al entrar—, este tipo, Fairbairn, no va a volver a poner un pie en mi casa.

»—¿Por qué no? —pregunta ella.

»—¡Porque lo digo yo!

»—¡Oh! —dice ella—, si mis amigos no son lo bastante buenos para esta casa, entonces yo tampoco lo soy.

»—Puedes hacer lo que te plazca —digo yo—, pero si vuelvo a ver la cara de Fairbairn por aquí, te mandaré una de sus orejas como recuerdo.

»Creo que la expresión de mi rostro la asustó, puesto que no contestó y aquella misma noche abandonó mi casa.

»Bien, no sé si fue pura maldad por parte de esta mujer o si pensó que podría enfrentarme con mi esposa, incitándola a portarse mal. Sea lo que fuere, alquiló una casa sólo a dos calles de la nuestra y se dedicó a arrendar habitaciones a marineros. Fairbairn solía estar por allí y Mary acostumbraba a tomar el té con su hermana y con él. No sé si frecuentaba mucho aquella casa, pero un día la seguí y, cuando irrumpí por la puerta, Fairbairn huyó saltando por encima de la tapia del jardín, como el cobarde canalla que era. Le juré a mi esposa que la mataría si la volvía a encontrar en compañía de aquel hombre, y la llevé de vuelta a casa, sollozando y temblando y blanca como un trozo de papel. Ya no había ni rastro de amor entre nosotros. Me di cuenta de que ella me odiaba y me temía, y cuando al pensar en ello me daba a la bebida, ella me despreciaba también.

»Sarah descubrió que no podía ganarse la vida en Liverpool, así que, según tengo entendido, volvió a vivir con su hermana en Croydon, y en casa las cosas continuaron más o menos como siempre. Y así estuvimos hasta que llegó la semana pasada, con todo su espanto y sufrimiento.

»Todo ocurrió de la siguiente manera. Habíamos embarcado en el May Day para dar un viaje de ida y vuelta de siete días de duración, pero se soltó uno de los toneles y levantó una de las planchas del barco, así que tuvimos que volver a puerto durante doce horas. Dejé el barco y volví a casa, pensando en la sorpresa que le daría a mi esposa y esperando que ella se alegrase de verme de vuelta tan pronto. Eso iba pensando cuando llegué a mi calle, pero en ese momento pasó un coche delante de mí y allí iba ella, sentada junto a Fairbairn, los dos charlando y riendo, sin acordarse de mí, que les miraba, plantado, desde la acera.

»Le aseguro, y le doy mi palabra, que desde aquel momento no fui dueño de mis actos, y cuando lo recuerdo es como un sueño borroso. Últimamente

había bebido bastante y las dos cosas juntas me volvieron la cabeza del revés. Algo me palpita en la cabeza ahora mismo, como el martillo de un estibador, pero aquella mañana parecía que tenía en los oídos todo el estruendo y el caos del Niágara.

»Bien, me lancé a correr detrás del coche. Llevaba un pesado bastón de roble en la mano y puedo asegurarle que iba hecho una furia; pero, mientras corría, se despertó en mí la astucia y aflojé un poco el paso para poderles seguir sin ser visto. Pronto pararon en la estación de ferrocarril. Había una multitud de gente alrededor de la oficina de reservas, así que pude acercarme sin que me vieran. Compraron dos billetes a New Brighton. Hice otro tanto, así que me subí a tres vagones de distancia de ellos. Cuando llegamos, dieron una vuelta por el paseo y nunca me acerqué a más de cien yardas de ellos. Finalmente, vi cómo alquilaban un bote y empezaban a remar, puesto que era un día muy caluroso, y sin duda pensaron que estarían más frescos en el agua.

»Era como si me los hubiesen puesto en las manos. Había un poco de niebla, y no podías ver a más de unos cientos de yardas. Alquilé un bote y remé tras ellos. Podía ver el contorno borroso de su embarcación, pero iban casi tan rápido como yo, y debían encontrarse a una milla de la costa cuando les alcancé. La niebla se desplegaba como un velo que nos encerrara a los tres en su interior. Dios mío, ¿podré olvidar alguna vez la expresión de sus rostros cuando vieron quién iba en el bote que se les aproximaba? Ella gritó. Él juró como un loco y me atacó con un remo, puesto que debía haber visto la muerte en mis ojos. Le esquivé y le devolví tal golpe con mi bastón que le rompí la cabeza como si fuese un huevo. A pesar de lo enloquecido que estaba, posiblemente a ella le hubiese perdonado la vida, pero le echó los brazos al cuello y se puso a llamarle "Alec". Golpeé otra vez y ella quedó tendida junto a él. Me sentía como una bestia, ahora que había saboreado la sangre. Si Sarah hubiese estado allí, juro por Dios que se hubiera unido a ellos. Saqué mi cuchillo y... bueno, ¡ya está! Ya he dicho bastante. Sentí una especie de alegría salvaje cuando pensé en cómo se sentiría Sarah cuando recibiera las muestras de lo que habían causado sus intrigas. Entonces até los cuerpos al barco, arranqué una tabla del fondo y me quedé allí hasta que se hundió.

Sabía muy bien que el propietario pensaría que se habrían desorientado en la niebla y que se habrían visto arrastrados por la marea hasta alta mar. Me limpié, volví a tierra y embarqué de nuevo en mi barco, sin que nadie sospechara lo que había ocurrido. Aquella noche preparé el paquete para enviárselo a Sarah Cushing y al día siguiente se lo mandé desde Belfast.

»Le he contado toda la verdad del asunto. Pueden colgarme o hacer lo que quieran conmigo, pero no podrán castigarme como ya me he castigado yo mismo. No puedo cerrar los ojos sin ver esos dos rostros mirándome fijamente, mirándome como lo hacían cuando mi bote irrumpió en la niebla. Les maté rápidamente, pero ellos me están matando con lentitud; si este suplicio se alarga una noche más, me volveré loco o moriré antes de amanecer. ¿No me pondrá solo en una celda, verdad, señor? Por el amor de Dios, no lo haga y, quizá, cuando le llegue la hora, reciba el mismo trato que me dispensa usted a mí.

—¿Qué sentido tiene todo esto, Watson? —dijo Holmes solemnemente, dejando a un lado el documento—. ¿Qué finalidad tiene todo este círculo de miseria, violencia y miedo? Sin duda, ha de tener algún significado, pues en caso contrario nuestro universo estaría gobernado por el azar, lo cual es inconcebible. Pero ¿cuál puede ser? Ahí reside el gran y eterno problema que la razón humana está tan lejos de responder, como siempre.

La cara amarilla

A la hora de publicar estos esbozos, basados en los numerosos casos en los que el extraordinario talento de mi compañero me ha convertido primero en testigo y, finalmente, en actor de algún extraño drama, resulta perfectamente normal que haga más hincapié en sus éxitos que en sus fracasos. Y no lo hago por cuidar su reputación, puesto que era precisamente cuando ya no sabía qué hacer cuando su energía y versatilidad eran más admirables, sino porque la mayoría de las veces nadie tenía éxito donde él había fracasado, quedando tales casos como narraciones inconclusas. Sin embargo, de vez en cuando se daba la casualidad de que se descubría la verdad aunque él se hubiera equivocado. Tengo notas sobre una media docena de casos por el estilo; el asunto de la segunda mancha y el que estoy a punto de relatar ahora son los que ofrecen aspectos de mayor interés.

Sherlock Holmes era un hombre que rara vez hacía ejercicio por el puro placer de hacerlo. Pocos hombres eran capaces de realizar un mayor esfuerzo muscular que él, y sin duda era uno de los mejores boxeadores de su categoría que he visto jamás, pero consideraba que el ejercicio físico sin una finalidad concreta era un desperdicio de energías, y rara vez se movía salvo en aquellas ocasiones en que algún motivo profesional lo requería. En aquellas ocasiones era un hombre incansable e infatigable. Que se mantuviera en forma en aquellas circunstancias era destacable, pero, por lo general, su dieta era de lo más sobria y sus costumbres eran sencillas hasta bordear la austeridad. No tenía vicios, salvo por el ocasional consumo de cocaína, y sólo tomaba la droga como protesta contra la monotonía de la existencia, cuando los casos eran escasos y los periódicos carecían de interés.

Un día de principios de primavera se encontraba tan relajado que concedió en acompañarme a dar un paseo por el parque, donde aparecían los primeros brotes verdes en los olmos y las pegajosas lanzas de los castaños comenzaban a abrirse desplegando sus hojas quíntuples. Paseamos sin rumbo fijo durante un par de horas, en silencio la mayor parte del tiempo, como corresponde a dos hombres que se conocen íntimamente. Eran casi las cinco antes de que nos encontrásemos de regreso en Baker Street una vez más.

—Le ruego que me perdone, señor —dijo nuestro botones al abrir la puerta—. Ha venido un caballero preguntando por usted.

Holmes me lanzó una mirada de reproche.

—¡Se acabaron los paseos vespertinos! —dijo—. ¿Se ha marchado ya ese hombre?

—Sí, señor.

—¿No le invitó a entrar?

—Sí, señor, y entró.

—¿Cuánto tiempo estuvo esperando?

—Media hora, señor. Era un caballero muy inquieto, no hizo otra cosa que pasear arriba y abajo y patear el suelo mientras estuvo aquí. Pude oírle, puesto que estaba esperando a este lado de la puerta, señor. Al fin salió al pasillo y gritó: «¿Es que no va a volver nunca?». Ésas fueron sus mismas palabras. «Sólo tendrá que esperar un poco más», le dije. «Entonces esperaré fuera, porque siento que me ahogo —dijo—. Volveré dentro de poco.» Y dicho esto se levantó y salió sin que nada de lo que yo decía fuese capaz de retenerlo.

—Bien, bien, lo hiciste lo mejor que pudiste —dijo Holmes mientras entrábamos en nuestra habitación—. Sin embargo, resulta un fastidio,

Watson, puesto que necesitaba desesperadamente un caso, y éste parecía, por la impaciencia que ha demostrado el hombre, ser importante. Vaya, esa pipa que hay en la mesa no es suya. Se la debe haber dejado aquí. Una bonita y antigua pipa de brezo, con una larga boquilla de ese material que los artesanos tabaqueros llaman ámbar. Me pregunto cuántas boquillas de auténtico ámbar hay en Londres. Algunos creen que basta con que tenga una mosca dentro. Pero meter moscas falsas en ámbar falso casi se ha convertido en una práctica comercial. Bien, este caballero debía estar muy alterado para olvidarse de una pipa a la que, evidentemente, tenía gran aprecio.

—¿Cómo sabe que le tenía gran aprecio? —pregunté.

—Bien, yo diría que esta pipa le costó unos siete chelines y seis peniques. Como puede ver, ha sido reparada dos veces; una en la parte de madera de la boquilla y otra en la de ámbar. Cada uno de estos arreglos se ha hecho, como puede observar, con tiras de plata que le deben haber costado más que la pipa cuando la compró. El tipo debe valorar muchísimo la pipa, cuando prefiere arreglarla a comprarse una nueva por el mismo dinero.

—¿Algo más? —pregunté, puesto que Holmes estaba dándole vueltas a la pipa en la mano y mirándola fijamente con aquella expresión pensativa característica en él.

La levantó dándole golpecitos con su largo dedo índice, como si se tratase de un profesor que da una lección sobre un hueso.

—En ocasiones, las pipas son de un interés extraordinario —dijo—. Nada tiene más individualidad que una pipa, salvo quizá los relojes y los cordones de los zapatos. Sin embargo, las indicaciones de esta pipa no están muy marcadas o no son muy importantes. El propietario es, evidentemente, un hombre musculoso, zurdo, con una dentadura excelente, descuidado en sus hábitos y que no necesita preocuparse por la economía.

Mi amigo lanzó esta información muy a la ligera, pero vi que me miraba por el rabillo del ojo para ver si yo había seguido su razonamiento.

—¿Cree usted que si un hombre fuma en una pipa de siete chelines es que es de buena posición? —dije.

—Esto es tabaco de mezcla Grosvenor, a ocho peniques la onza —respondió Holmes golpeando la pipa hasta que cayó un poquito de tabaco en la palma de su mano—. Puesto que podría conseguir un tabaco excelente por la mitad de precio, está claro que no necesita economizar.

—¿Y los otros detalles que mencionó?

—Este hombre tiene la costumbre de encender la pipa en lámparas y salidas de gas. Puede comprobar que está chamuscada por un lado. Desde luego, una cerilla no es capaz de hacer algo así, ¿por qué iba alguien a sostener una cerilla contra el lado de su pipa? Pero no es posible encender la pipa con una lámpara sin chamuscar la cazoleta. Y esto ocurre en el lado derecho de esta pipa. Por ello deduzco que se trata de un hombre zurdo. Acerque usted su pipa a la lámpara y verá con qué naturalidad, al ser diestro, acercará el lado izquierdo contra la llama. Puede hacerlo al revés alguna vez, pero no constantemente. Esta pipa siempre se ha encendido de esta forma. Luego, los dientes del fumador han mellado el ámbar. Se necesita ser un tipo musculoso y enérgico, y con buena dentadura, para hacer eso. Pero, si no me equivoco, ya le oigo subir las escaleras, así que tendremos algo más interesante que su pipa como tema de estudio.

Un instante después se abrió nuestra puerta y un joven alto entró en la habitación. Iba bien vestido, pero con discreción, con un traje gris oscuro, y llevaba un sombrero de fieltro marrón en la mano de los que llaman «completamente despierto».[6] Le hubiera echado unos treinta años, aunque en realidad tenía algunos más.

—Les suplico que me perdonen —dijo algo avergonzado—. Supongo que debería haber llamado a la puerta. Sí, desde luego, debería haber llamado. El hecho es que me encuentro algo alterado, pueden ustedes achacar a eso mi descortesía. Se pasó la mano por la frente como un hombre que estuviese medio mareado y, entonces, más que sentarse, se dejó caer en una silla.

—Veo que lleva una o dos noches sin dormir —dijo Holmes con su simpática familiaridad—. Eso le agota a uno los nervios más que el trabajo, incluso más que el placer. ¿En qué puedo ayudarle?

—Quería su consejo, señor. No sé qué hacer, y toda mi vida parece haberse hecho pedazos.

---

6 *Wide-awake* en el original *[N. de la T.]*.

—¿Quiere contratarme como detective consultor?

—No sólo eso. Quiero su opinión como hombre juicioso, como hombre de mundo. Quiero saber qué tengo que hacer a continuación. Espero, por el amor de Dios, que usted sea capaz de ayudarme.

Hablaba en estallidos cortos, secos y nerviosos, me parecía que le resultaba muy doloroso hablar y que su voluntad dominaba sus deseos.

—Se trata de un asunto muy delicado —dijo—. A uno no le gusta hablar de asuntos domésticos con extraños. Parece una cosa terrible hablar del comportamiento de mi propia esposa con dos hombres a quienes no conocía hasta ahora. Es horrible tener que hacerlo. Pero he llegado al límite de mis fuerzas y necesito consejo.

—Estimado señor Grant Munro —comenzó a decir Holmes.

Nuestro visitante saltó de su butaca.

—¿Qué? —gritó—. ¿Sabe mi nombre?

—Si desea usted permanecer de incógnito —dijo Holmes sonriendo—, le sugeriría que dejara de escribir su nombre en el forro de su sombrero, o, si lo escribe, muestre la copa a la persona a la que esté hablando. Estaba a punto de comentarle que mi amigo y yo hemos escuchado muchos secretos extraños en esta habitación y hemos tenido la fortuna de llevar la paz a muchas almas atribuladas. Confío en que haremos lo mismo por usted. Puesto que el tiempo puede ser un factor importante, le ruego que me exponga sin más dilación todos los hechos referentes a su asunto.

Nuestro visitante volvió a pasarse la mano por la frente, como si hablarnos del tema le resultase amargamente difícil. Podía comprobar, por cada gesto y expresión, que se trataba de un hombre reservado y circunspecto, de un carácter algo orgulloso, más inclinado a ocultar sus heridas que a mostrarlas. Entonces, de repente, con un feroz ademán de su mano cerrada, como el que arroja sus reservas al viento, comenzó a hablar.

—Los hechos son los siguientes, señor Holmes —dijo—. Soy un hombre casado y lo soy desde hace tres años. Durante ese tiempo, mi esposa y yo nos hemos amado tan cariñosamente y hemos vivido tan felices como cualquier pareja que haya existido. Nunca hemos tenido diferencia alguna, ni una sola, de palabra o pensamiento o acción. Pero desde el pasado lunes, de pronto, se ha levantado una barrera entre nosotros y descubro que hay algo en su vida y en sus pensamientos que desconocía tan absolutamente que para mí es como si fuera una mujer con la que me tropezase en la calle. Nos hemos convertido en extraños y quiero saber por qué.

»Ahora, antes de seguir, hay algo que quiero que tenga usted muy claro, señor Holmes: Effie me ama. Que no haya ninguna duda sobre este punto. Me ama con todo su corazón y su alma, y nunca más que ahora, lo sé. Lo puedo sentir. No quiero discutir sobre ello. Un hombre puede saber fácilmente cuándo una mujer le ama. Pero se ha interpuesto este secreto entre nosotros y las cosas no volverán a ser iguales hasta que no lo aclaremos.

—Por favor, sea tan amable de exponerme los hechos, señor Munro —dijo Holmes algo impaciente.

—Le contaré lo que sé del pasado de Effie. Era viuda cuando la conocí, aunque bastante joven: sólo tenía veinticinco años. En aquella época, su nombre era señora Hebron. Emigró a América cuando era joven y vivió en Atlanta, donde se casó con el tal Hebron, que era un abogado con un buen bufete. Tuvieron una hija, pero la fiebre amarilla irrumpió en la ciudad y ambos, la hija y el marido, murieron. He visto su certificado de defunción. A causa de ello, no quiso continuar en América y regresó para vivir con su tía soltera en Pinner, en Middlesex. Debo mencionar que su marido le había dejado una considerable renta y que disponía de un capital de cuatro mil quinientas libras que habían sido bien invertidas por su marido, puesto que dejaban un interés del siete por ciento. Cuando la conocí sólo llevaba seis meses viviendo en Pinner; nos enamoramos nada más conocernos y nos casamos unas semanas después.

»Yo soy comerciante de lúpulo y, puesto que disfruto de unos ingresos de entre setecientas y ochocientas libras anuales, nos encontramos en una situación acomodada, así que alquilamos una bonita mansión por ochenta libras al año en Norbury. Nuestro pequeño pueblo resulta muy rústico, a pesar de lo cerca que nos encontramos de la ciudad. Hay una posada y dos casas un poco más arriba de la nuestra y una sola casa de campo al otro lado del prado que se extiende frente a nosotros; aparte de éstas, no hay ninguna residencia más hasta llegar a mitad de camino de la estación de ferrocarril.

Mi negocio requiere que acuda a la ciudad en determinadas épocas del año, pero en verano tenía menos que hacer, así que mi mujer y yo éramos tan felices como podíamos desear en nuestro hogar campestre. Ya le digo que jamás hubo una sombra entre nosotros hasta que comenzó este maldito asunto.

»Hay una cosa que debo decirles antes de continuar. Cuando nos casamos, mi esposa me cedió todas sus propiedades, en contra de mi voluntad, puesto que me di cuenta de lo embarazoso que sería si mis negocios iban mal. Sin embargo, es lo que ella quería hacer y así se hizo. Bien, hace seis semanas vino a decirme:

»—Jack, cuando te hiciste cargo de mi dinero me dijiste que si necesitaba una cantidad sólo tenía que pedírtela.

»—Por supuesto —dije—. Es todo tuyo.

»—Bien —dijo—. Quiero cien libras.

»Aquello me causó gran sorpresa, puesto que pensaba que se trataría simplemente de que quería un vestido nuevo o algo similar.

»—¿Para qué demonios las quieres? —pregunté.

»—Ah —expresó ella de aquella manera juguetona—, dijiste que sólo eras mi banquero, y los banqueros no hacen preguntas, ¿sabes?

»—Si realmente lo necesitas, por supuesto que te daré el dinero —dije.

»—Oh, sí, de verdad lo necesito.

»—¿Y no me contarás para qué lo quieres?

»—Algún día, quizá, pero no hoy, Jack.

»Así que tuve que contentarme con eso, aunque era la primera vez que ella guardaba un secreto que no quería contarme. Le extendí un cheque y no volví a pensar en el asunto. Puede que este incidente no tenga nada que ver con lo que pasó después, pero me pareció que lo correcto era contárselo.

»Bien, le acabo de mencionar que no muy lejos de nuestra casa hay una casita de campo. Entre nosotros se extiende un prado, pero para llegar a él hay que bajar por una carretera y luego meterse por un sendero. Un poco más allá hay un bonito bosquecillo de pinos escoceses; a mí me gustaba mucho pasear por allí, puesto que los árboles suelen ser agradables de contemplar. La casa de campo había permanecido vacía durante ocho meses y era una pena, ya que era un bonito edificio de dos plantas, con un porche al estilo antiguo, rodeado de madreselvas. Había ido a verla muchas veces y pensaba que era un lugar precioso para fundar un hogar.

»Pues bien, el pasado lunes por la mañana iba paseando por allí cuando me topé con un carro de transporte vacío viniendo por el sendero y vi un montón de alfombras y otras cosas desparramadas en el césped que había frente al porche de entrada. Era evidente que, al fin, alguien había alquilado la casa. Pasé junto a ella y entonces me detuve para curiosear y ver qué gente había venido a vivir tan cerca de nosotros. De repente, mientras miraba, me di cuenta de que un rostro me observaba desde las ventanas superiores.

»No sé qué tenía aquella cara, señor Holmes, pero el hecho es que un escalofrío me recorrió la espalda. Yo estaba un poco apartado y no pude distinguir bien las facciones, pero había algo innatural e inhumano en aquel rostro. Ésa fue la impresión que tuve en aquel momento, así que me moví rápidamente hacia delante, para ver mejor a la persona que me estaba vigilando. Pero, al hacerlo, el rostro desapareció súbitamente, tanto que parecía que algo hubiese tirado de él, sumergiéndolo de nuevo en la oscuridad de la habitación. Me quedé allí durante cinco minutos dándole vueltas a lo ocurrido e intentando analizar mis impresiones. No podría afirmar si la cara era de un hombre o de una mujer. Estaba demasiado lejos como para poder asegurar nada. Pero su color fue lo que más me impresionó. Era de un amarillo lívido y pálido, con un aire como rígido y yerto, que resultaba sorprendentemente antinatural. Me produjo tal turbación que me decidí a ver algo más de los nuevos inquilinos de la casa. Me acerqué y llamé a la puerta, que fue abierta en el acto por una mujer alta y enjuta, de rostro severo y adusto.

»—¿Qué desea usted? —preguntó con acento norteño.

»—Soy su vecino y vivo allí —dije asintiendo en dirección a mi casa—. He visto que acaban de mudarse, así que pensé que si podía ayudarles en lo que...

»—Ah, ya le pediremos ayuda cuando la necesitemos —dijo, y me cerró la puerta en las narices.

»Molesto ante una respuesta tan descortés, me di la vuelta y volví a casa. Aunque pasé toda la tarde intentando pensar en otras cosas, mi mente siempre volvía a la aparición en la ventana y a la rudeza de la mujer. Decidí no contárselo a mi esposa, puesto que es una mujer nerviosa y muy excitable, y no quería que compartiera la desagradable impresión que había recibido yo. Sin embargo, antes de quedarme dormido, le comenté que la casita de campo ya estaba ocupada, a lo que ella no respondió nada.

»Normalmente tengo el sueño muy profundo. En la familia se ha bromeado siempre al respecto, diciendo que nada podría despertarme por la noche, y aun así, aquella noche, no sé si debido a la leve inquietud que me había provocado mi pequeña aventura, tuve un sueño mucho más ligero de lo habitual. Mientras soñaba, era vagamente consciente de que algo estaba ocurriendo en la habitación y, al despertar gradualmente, me di cuenta de que mi mujer se había vestido y se había puesto el abrigo y el sombrero. Abrí los labios para murmurar alguna somnolienta expresión de sorpresa o desaprobación al verla vistiéndose en aquel momento, cuando, de repente, mis ojos entreabiertos repararon en su rostro, iluminado por la luz de una vela y la sorpresa me dejó helado. Tenía una expresión que nunca había visto, una expresión de la que yo la habría creído incapaz. Estaba mortalmente pálida, respiraba agitada y miraba furtivamente hacia la cama mientras se abrochaba el abrigo para ver si me había despertado. Entonces, creyéndome todavía dormido, se deslizó de la habitación sin hacer ruido, y un momento después escuché un crujido agudo que sólo podía venir de los goznes de la puerta delantera. Me senté en la cama y golpeé con el puño la barandilla para asegurarme de que estaba despierto del todo. Entonces, saqué mi reloj de debajo de la almohada. Eran las tres de la madrugada. ¿Qué demonios podría estar mi mujer haciendo en una carretera rural a las tres de la madrugada?

»Me senté durante veinte minutos, cavilando sobre el asunto e intentando encontrarle alguna posible explicación. Cuanto más pensaba en ello, más extraordinario e inexplicable me resultaba. Todavía me encontraba intentando averiguar la solución al enigma cuando escuché la puerta cerrarse suavemente otra vez y sus pasos subiendo por las escaleras.

»—¿Dónde demonios has estado, Effie? —pregunté cuando entró.

»Dio un violento respingo y algo parecido a un grito ahogado cuando hablé, y ese grito y ese respingo me turbaron más que nada, puesto que había en ambos una sensación indescriptible de culpabilidad. Mi esposa siempre había sido una mujer de carácter abierto y sincero, y me dio un escalofrío verla entrar a hurtadillas en su propia habitación y dar un grito y hacer una contorsión con el rostro cuando su esposo le hablaba.

»—¿Estás despierto, Jack? —exclamó con una risa nerviosa—. Vaya, pensaba que nada podía despertarte.

»—¿Dónde has estado? —pregunté con mayor severidad.

»—No me extraña que estés sorprendido —dijo, y pude ver que le temblaban los dedos mientras desabrochaba su abrigo—. Vaya, no recuerdo haber hecho nada igual en toda mi vida. Lo que pasó es que me dio la sensación de que me ahogaba y me entró un ansia incontenible de respirar algo de aire fresco. Estoy convencida de que me habría desmayado si no hubiese salido. Me quedé junto a la puerta un rato y ya me he repuesto.

»Mientras me contaba esta historia no me miró ni una sola vez, y su tono de voz era completamente distinto al que empleaba normalmente. Me resultó evidente que lo que decía era mentira. No respondí, pero me volví hacia la pared, con el corazón enfermo y la cabeza llena de miles de ominosas dudas y sospechas. ¿Qué era lo que mi esposa me estaba ocultando? ¿Adónde había ido en su extraña expedición? Sentí que no encontraría la paz hasta que lo supiera e, incluso así, no me atreví a hacerle más preguntas después de que me mintiera. El resto de la noche lo pasé dando vueltas en la cama, pergeñando teoría tras teoría, cada una más fantástica que la anterior.

»Tenía que haber ido a la City al día siguiente, pero me encontraba tan alterado que era incapaz de prestar atención a asuntos de negocios. Mi esposa parecía tan trastornada como yo, y pude comprobar, por las miradas escrutadoras que me dirigía, que sabía que yo no creía lo que me había contado, y se devanaba los sesos intentando averiguar qué podía hacer. Apenas intercambiamos unas palabras durante el desayuno y poco después fui a dar un paseo, para poder meditar sobre lo ocurrido al fresco aire de la mañana.

»Llegué hasta el Crystal Palace, paseé por sus jardines durante una hora y volví a Norbury a la una de la tarde. Dio la casualidad de que mi paseo me llevó por delante de la casa de campo y me detuve un momento para ver si conseguía atisbar el extraño rostro que había mirado en mi dirección el día anterior. ¡Imagínese mi sorpresa, señor Holmes, cuando, mientras permanecía allí mirando, de repente se abrió la puerta y por ella salió mi esposa!

»Me quedé helado de asombro al verla, pero mis emociones no eran comparables a aquellas que asomaron a su rostro cuando nuestros ojos se encontraron. Por un momento pareció que deseaba desaparecer de nuevo en la casa, y, entonces, viendo lo inútil que sería seguir intentando ocultarse, vino hacia mí con el rostro muy pálido y una mirada de susto que traicionaban la sonrisa de sus labios.

»—Ah, Jack —dijo—. Acabo de venir a ver si podía ser de ayuda a nuestros nuevos vecinos. ¿Por qué me miras así, Jack? ¿No estarás enfadado conmigo?

»—De modo —dije yo— que es aquí adonde viniste la noche pasada.

»—¿Qué quieres decir? —exclamó.

»—Viniste aquí, estoy seguro. ¿Quién es esta gente y por qué les visitas a horas tan intempestivas?

»—Nunca había estado aquí antes.

»—¿Cómo puedes mentirme así? —exclamé—. Hasta el tono de voz te cambia cuando hablas. ¿Cuándo he tenido yo un secreto para ti? Ahora mismo voy a entrar en la casa y voy a llegar al fondo de todo este asunto.

»—No, no, Jack, ¡por el amor de Dios! —jadeó sin poder controlar sus emociones. Entonces, mientras me acercaba a la puerta, me sujetó de la manga y tiró de mí hacia atrás con repentina violencia.

»—Te suplico que no lo hagas, Jack —exclamó—. Te juro que te contaré todo algún día, pero tu entrada en esa casa sólo nos acarreará una desgracia.

»Entonces, cuando intenté quitármela de encima, se aferró a mí suplicándome histérica.

»—¡Confía en mí, Jack! —exclamó—. Confía en mí sólo esta vez. Jamás te arrepentirás. Bien sabes que sería incapaz de ocultarte un secreto si no fuese por tu propio bien. Nuestras vidas están en juego aquí. Si vuelves conmigo a casa, todo irá bien. Si entras a la fuerza por esa puerta, todo habrá terminado entre nosotros.

»Había tal desesperación y ansiedad en sus palabras y en sus gestos que consiguió detenerme y me quedé indeciso ante la puerta.

»—Me fiaré de ti con una condición, una sola condición —dije al fin—, y es que este misterio acabe aquí. Eres libre de guardar el secreto, pero debes prometerme que no habrá más visitas nocturnas ni andanzas a mis espaldas. Estoy dispuesto a olvidar lo que ha pasado si me prometes que no habrá más en el futuro.

»—Estaba segura de que confiarías en mí —exclamó dando un gran suspiro de alivio—. Haré lo que tú quieras. Vámonos de aquí, ¡oh, volvamos a casa!

»Tirándome aún de la manga, me alejó de la casa de campo. Mientras caminábamos, volví la vista atrás y allí estaba aquella cara lívida, mirándonos desde la ventana de arriba. ¿Qué relación podría existir entre mi esposa y aquella criatura? ¿Y qué relación podría tener con Effie aquella mujer ruda y grosera que había conocido el día anterior? Era un extraño enigma, y aun así sabía que no podría quedarme tranquilo hasta haberlo aclarado.

»Me quedé en casa durante dos días, y parecía que mi esposa cumplía lealmente nuestro compromiso, puesto que no salió de casa ni una sola vez, por lo que yo supe. Sin embargo, al tercer día tuve pruebas más que suficientes de que su solemne promesa no había sido suficiente para impedir que aquella secreta influencia le arrastrase lejos de su marido y de sus obligaciones.

»Aquel día había ido a la ciudad, pero volví en el tren de las 14:40, en vez de tomar el de las 15:36, que es en el que suelo regresar. Al entrar en casa, la doncella irrumpió sobresaltada en el vestíbulo.

»—¿Dónde está la señora? —pregunté.

»—Creo que ha ido a dar un paseo —respondió.

»Aquello levantó enseguida mis sospechas. Corrí escaleras arriba para asegurarme de que no estaba en casa. Al hacerlo, dio la casualidad de que miré por una de las ventanas del piso de arriba y vi a la doncella, con la que acababa de hablar, atravesando el prado en dirección a la casita de campo. Comprendí con exactitud lo que había ocurrido. Mi esposa había ido allí y había pedido a la sirvienta que la llamase en caso de que yo volviera. Ardiendo de furia, corrí escaleras abajo y crucé el prado a grandes zancadas, decidido a terminar de una vez por todas aquel asunto. Vi a mi esposa y a la doncella apresurándose a regresar por el sendero, pero no paré para hablar con ellas. Era en la casa de campo donde se ocultaba el secreto que había ensombrecido mi vida. Me juré que dejaría de serlo, pasara lo que pasara. Ni siquiera llamé a la puerta cuando llegué allí, sino que me limité a girar el picaporte y me abalancé por el pasillo.

»Todo estaba tranquilo y silencioso en el piso de abajo. Había una tetera cantando en el fuego en la cocina y un gran gato negro permanecía acurrucado en un canasto, pero no había rastro de la mujer que ya conocía. Corrí a la otra habitación, pero estaba desierta igualmente. Me apresuré escaleras arriba, sólo para encontrarme otras dos habitaciones vacías y desiertas. No había nadie en toda la casa. Los muebles y cuadros eran de lo más común y vulgar, salvo en la habitación por cuya ventana yo había visto el extraño rostro. Aquel lugar era confortable y elegante, y mis sospechas crecieron hasta convertirse en un fuego furioso y amargo cuando vi que en la repisa de la chimenea había una fotografía de cuerpo entero de mi esposa, que había sido tomada, a petición mía, sólo tres meses antes.

»Permanecí allí el tiempo suficiente como para convencerme de que la casa estaba absolutamente vacía. Entonces me marché, sintiendo una congoja como no había sentido jamás. Al entrar en casa, mi esposa vino al vestíbulo, pero yo estaba demasiado dolido y enfadado como para hablar con ella, así que la aparté a un lado y me dirigí a mi estudio. Sin embargo, ella me siguió y entró antes de que yo pudiera cerrar la puerta.

»—Siento haber roto mi promesa, Jack —dijo—, pero, si supieses en qué situación me encuentro, estoy segura de que me perdonarías.

»—Entonces cuéntamelo todo —dije.

»—¡No puedo, Jack! ¡No puedo! —exclamó.

»—Hasta que no me digas quién ha estado viviendo en esa casa y a quién le has dado tu fotografía, no podré volver a confiar en ti —dije, y, apartándome de ella, abandoné la casa—. Eso fue ayer, señor Holmes, y no la he vuelto a ver desde entonces ni sé nada más de este extraño asunto. Es la primera sombra que se interpone entre nosotros y me ha trastornado de tal forma que no sé qué debo hacer. Esta mañana se me ocurrió de pronto que usted era la persona indicada para aconsejarme, así que me apresuré a visitarle, poniéndome sin reservas en sus manos. Si hay algún detalle que no haya dejado claro, por favor, pregúntemelo. Pero, sobre todo, dígame rápidamente lo que debo hacer, porque esta desgracia es más de lo que puedo soportar.

Holmes y yo habíamos escuchado con el mayor interés esta extraordinaria historia, que se nos había narrado de forma nerviosa e inconexa por un hombre preso de la más intensa de las emociones. Mi compañero permaneció en silencio durante algún tiempo, con la barbilla apoyada en la mano, perdido en sus pensamientos.

—Dígame —dijo al fin—, ¿podría jurar que la cara que vio por la ventana era la de un hombre?

—Me sería imposible jurar tal cosa, puesto que, siempre que la vi, me encontraba a cierta distancia de la casa.

—Sin embargo, parece que le causó una impresión desagradable.

—Su color no parecía natural y sus rasgos mostraban una extraña rigidez. Cuando me acerqué, se desvaneció de un tirón.

—¿Cuánto tiempo hace que su esposa le pidió las cien libras?

—Unos dos meses.

—¿Ha visto alguna vez una foto de su primer marido?

—No; después de su muerte se produjo un gran incendio en Atlanta y todos sus documentos fueron destruidos ahí.

—Y, a pesar de eso, ella conservaba un certificado de defunción. Usted ha dicho que lo vio con sus propios ojos, ¿no es cierto?

—Sí, consiguió un duplicado después del incendio.

—¿Se ha encontrado alguna vez a alguien que conociera a su esposa en América?

—No.

—¿Ha comentado alguna vez que desea volver a visitar Atlanta?

—No.

—¿Tampoco ha recibido cartas de allí?

—No, que yo sepa.

—Gracias. Me gustaría meditar un poco más sobre este asunto. Si la casa de campo se ha abandonado definitivamente, entonces tendremos algunas dificultades; si, por otro lado, como me parece más probable, los habitantes fueron avisados de su llegada y se marcharon antes de que usted se presentara, entonces es posible que ya hayan vuelto y podremos aclarar el asunto con facilidad. Déjeme aconsejarle que vuelva a Norbury y que examine las ventanas de la casa de campo otra vez. Si tiene razones para creer que vuelve a estar habitada, no entre por la fuerza, envíenos un telegrama a mi amigo y a mí. Estaremos con usted una hora después de recibirlo y nos costará muy poco llegar al fondo del asunto.

—¿Y si sigue vacía?

—Entonces iré a verle mañana y hablaremos del asunto. Adiós y, sobre todo, no se preocupe hasta que esté seguro de tener un motivo.

—Me temo que esto no tiene buen aspecto, Watson —dijo mi compañero tras acompañar al señor Grant Munro hasta la puerta—. ¿Qué opina?

—A mí me ha sonado a un asunto feo —respondí.

—Sí. Suena a chantaje, si no me equivoco.

—¿Y quién es el chantajista?

—Bien, debe tratarse de esta criatura que vive en la única habitación confortable del lugar y que tiene su fotografía sobre la chimenea. Caramba, Watson, ese rostro cadavérico en la ventana resulta muy atractivo, no me hubiera perdido este caso por nada del mundo.

—¿Ya tiene una teoría?

—Sí, una provisional. Pero me sorprendería si no resultara ser la correcta. En la casa de campo está el primer marido de esta mujer.

—¿Y por qué cree eso?

—¿Cómo, si no, podríamos explicar su frenética insistencia para que su segundo marido no entre allí? Los hechos, tal como yo los veo, son más o menos así: esta mujer se casó en América. Su esposo adquirió alguna odiosa costumbre, o, digámoslo así, contrajo alguna repugnante enfermedad como la lepra o alguna enfermedad mental. Finalmente, ella escapó de él, volvió a Inglaterra, se cambió de nombre y comenzó una nueva vida desde cero. O eso pensaba. Llevaba ya tres años casada y creía encontrarse segura —puesto que le había mostrado a su marido el certificado de defunción de algún otro hombre cuyo nombre ella habría falsificado— cuando, de repente, su primer marido o, también cabe suponer, alguna mujer carente de cualquier escrúpulo que se había asociado al inválido descubrieron su paradero. Escribieron a la esposa, amenazándola con presentarse y descubrirla. Ella pide cien libras e intenta comprar su silencio. Ellos se presentan, a pesar de ello, y cuando el marido le menciona casualmente a su esposa que hay recién llegados en la casa de campo, ella, de algún modo, ya sabe que se trata de sus perseguidores. Espera hasta que su marido esté dormido y entonces va corriendo a visitarlos para tratar de persuadirles de que la dejen en paz. Fracasa y vuelve a la mañana siguiente, pero su marido se encuentra con ella al salir, como él nos ha contado. Le promete que no volverá, pero dos días después el deseo de librarse de aquellos horribles vecinos es tan fuerte que lleva a cabo otra tentativa, llevando la fotografía que probablemente le habían pedido. En medio de esta entrevista, la doncella entra corriendo y la avisa de que el señor ha vuelto a casa, ante lo cual la esposa, sabiendo que él iría directamente para allá, hace salir apresuradamente a los moradores de la casita por la puerta trasera, probablemente al bosquecillo de abetos que, según se nos había dicho, estaba cerca de allí. Así, él encuentra el lugar desierto. Sin embargo, me sorprendería mucho que siga estándolo cuando el señor Munro haga su reconocimiento esta tarde. ¿Qué opina de mi teoría?

—Es una mera conjetura.

—Pero, al menos, abarca una explicación de todos los hechos. Cuando conozcamos nuevos datos que no se hayan tenido en cuenta, será momento de rectificar. En este momento no podemos hacer nada, hasta que recibamos un nuevo mensaje de nuestro amigo en Norbury.

No tuvimos que esperar mucho. Llegó nada más terminar de tomar el té.

> La casita de campo sigue habitada. He vuelto a ver el rostro en la ventana. Les espero en el tren de las siete de la tarde. No haré nada más hasta entonces.

Nos esperaba en el andén cuando nos apeamos y, a la luz de las farolas de la estación, pudimos ver que estaba muy pálido y temblaba de inquietud.

—Siguen allí, señor Holmes —dijo apoyando su mano con fuerza en el brazo de mi amigo—. Vi luces en la casita cuando venía para acá. Debemos acabar con este asunto de una vez por todas.

—¿Y cuál es su plan? —preguntó Holmes mientras caminábamos por la oscura carretera bordeada de árboles.

—Entraré por la fuerza y descubriré quién está dentro de esa casa. Quisiera que ustedes estuvieran allí en calidad de testigos.

—¿Está usted completamente resuelto a hacerlo, a pesar de la advertencia de su esposa de que es preferible que no aclare usted el misterio?

—Sí, estoy decidido a ello.

—Bien, creo que tiene usted razón. Cualquier verdad es preferible a vivir indefinidamente en la duda. Lo mejor será que vayamos ahora mismo. Desde el punto de vista legal, me temo que cometemos un error, pero creo que vale la pena correr el riesgo.

Era una noche muy oscura, y comenzó a caer una fina llovizna cuando nos salimos de la carretera y tomamos un estrecho sendero con profundas rodadas y setos a cada lado. Sin embargo, el señor Grant Munro avanzaba con impaciencia y nosotros le seguíamos a trompicones lo mejor que podíamos.

—Aquéllas son las luces de mi casa —murmuró señalando un resplandor que se filtraba entre los árboles—. Y ahí está la casita de campo a la que voy a entrar.

Dicho esto, doblamos un recodo del sendero y nos encontramos junto al edificio. Una franja amarilla que atravesaba la oscuridad revelaba que la puerta no estaba cerrada del todo, y una ventana del primer piso aparecía brillantemente iluminada. Al mirar, vimos cruzar por detrás de los visillos una sombra negra borrosa.

—¡Ahí está esa criatura! —exclamó Grant Munro—. Pueden ver ustedes mismos que hay alguien ahí. Ahora, síganme y pronto sabremos toda la verdad.

Nos acercamos a la puerta, pero, súbitamente, surgió una mujer de entre las sombras y permaneció allí, su silueta dibujada por la luz dorada de la lámpara. No pude ver su rostro a contraluz, pero vi que alzaba los brazos en actitud de súplica.

—¡Por el amor de Dios, no lo hagas, Jack! —gritó—. Tenía el presentimiento de que vendrías esta noche. ¡Piénsalo mejor, amor mío! Vuelve a confiar en mí y nunca tendrás que arrepentirte de ello.

—¡Ya he confiado en ti demasiado tiempo, Effie! —exclamó severamente—. ¡Suéltame! ¡Tengo que entrar! Mis amigos y yo vamos a dejar zanjado este asunto para siempre.

La apartó a un lado y nosotros le seguimos de cerca. Cuando abrió de par en par la puerta, una mujer entrada en años se abalanzó sobre él e intentó cerrarle el paso, pero él la hizo retroceder y, un momento después, nos encontramos subiendo por las escaleras. Grant Munro se abalanzó hacia el cuarto iluminado del piso de arriba y nosotros entramos pisándole los talones.

Era un apartamento acogedor y bien amueblado, con dos velas encendidas encima de la mesa y dos más sobre la chimenea. En la esquina, inclinándose sobre un escritorio, se sentaba lo que parecía ser una niñita. Estaba de espaldas cuando entramos, pero pudimos ver que lucía un vestido rojo y llevaba puestos unos largos guantes blancos. Al girarse para mirarnos, di un grito de sorpresa y horror. La cara que se había vuelto hacia nosotros era del tono lívido más extraño que había visto jamás y los rasgos carecían de expresión. Un momento después, se explicó el misterio. Riendo, Holmes pasó su mano tras la oreja de la niña y despegó de su cara una máscara, apareciendo ante nosotros una niñita negra como el carbón, que mostraba todo el brillo de su dentadura con una expresión divertida al ver el asombro pintado en nuestros rostros. Rompí a reír por pura simpatía ante su alegría, pero Grant Munro se quedó mirándola fijamente, con la mano aferrándose la garganta.

—¡Dios mío! —exclamó—. ¿Qué puede significar todo esto?

—Te diré lo que significa —exclamó la dama entrando en la habitación con una expresión de orgullo y firmeza en el rostro—. Contra mis propias convicciones, me has obligado a decírtelo y ahora veremos cómo lo arreglamos. Mi marido murió en Atlanta. Mi hija sobrevivió.

—¡Tu hija!

Extrajo de su pecho un medallón de plata.

—Nunca has visto esto abierto.

—Pensaba que no se abría.

Apretó un resorte y la tapa se abrió. Dentro había el retrato de un hombre, extremadamente atractivo y de expresión inteligente, pero cuyos rasgos llevaban el sello inconfundible de su ascendencia africana.

—Éste es John Hebron, de Atlanta —dijo la señora—, y el hombre más noble que jamás haya pisado la tierra. Renuncié a mi raza para casarme con él, pero mientras vivió jamás me arrepentí de ello. Nuestra desgracia fue que nuestra única hija salió de su raza, en vez de la mía. Suele ocurrir en matrimonios así, y la pequeña Lucy es todavía más morena de lo que lo era su padre. Pero, blanca o negra, es mi querida hijita y el amor de su madre.

La pequeña criatura, al escuchar estas palabras, atravesó corriendo el cuarto y se apretujó contra el vestido de la señora Munro.

—Cuando la dejé en América —continuó— fue únicamente porque estaba delicada de salud y el cambio sólo la habría perjudicado. La dejé al cuidado de la leal mujer escocesa que había sido nuestra sirvienta. Ni por un instante se me ocurriría negar que fuese hija mía. Pero, Jack, cuando el azar te puso en mi camino y aprendí a amarte, me entró miedo de hablarte de ella. Que Dios me perdone, pero temí perderte y no tuve el valor de contártelo. Tenía que escoger entre vosotros, flaqueé y escogí alejarme de mi hijita. Durante tres años he mantenido en secreto su existencia, pero recibía noticias de su niñera y sabía que estaba bien. Sin embargo, al fin, se apoderó de mí el abrumador deseo de verla una vez más. Luché contra él en vano. Aunque sabía que corría riesgos, me decidí a traerla aquí, aunque sólo fuese durante algunas semanas. Envié cien libras a la niñera y le di instrucciones sobre esta casita de campo, para que viniese como vecina sin que se la pudiese relacionar conmigo en modo alguno. Tomé muchas precauciones, hasta el punto de ordenarle que no dejase salir a la niña durante el día y que cubriera su carita y sus manos, así, aunque la vieran desde la ventana, no surgirían habladurías sobre una niña negra que viviera en los alrededores. Quizá hubiera sido mejor que no hubiese tomado tantas precauciones, pero estaba medio loca a causa del temor que tenía a que averiguases la verdad.

»Fuiste tú quien me dijo que la casita estaba habitada. Yo hubiera esperado a la mañana, pero no podía dormir a causa de la agitación, así que me deslicé fuera de la casa, sabiendo que era muy difícil que te despertases. Pero me viste salir y aquello fue el principio de todos mis problemas. Al día siguiente, mi secreto estaba a tu merced, pero, noblemente, no quisiste aprovecharte de ello. Sin embargo, tres días después, la niñera y la niña tuvieron el tiempo justo de escapar por la puerta de atrás mientras tú entrabas en la casa por la puerta delantera. Y por fin esta noche lo has sabido todo y yo te pregunto qué va a ser ahora de nosotros, de mí y de mi hija. Cerró las manos y esperó la respuesta.

Pasaron dos largos minutos antes de que Grant Munro rompiera su silencio, y cuando contestó lo hizo con una respuesta que siempre me agrada recordar. Tomó a la niña en brazos, la besó y, entonces, todavía con ella en sus brazos, alargó la mano a su mujer y se dirigió hacia la puerta.

—Podemos hablar de ello más cómodamente en casa —dijo—. No soy un hombre muy bueno, Effie, pero sí creo que soy mejor persona de lo que crees.

Holmes y yo les seguimos hasta salir al sendero y mi amigo me tiró de la manga en el momento en que cruzamos la puerta.

—Creo —dijo— que seremos de más utilidad en Londres que en Norbury.

No volvió a decir nada más sobre el caso hasta muy entrada la noche, cuando se dirigía a su habitación con una vela encendida.

—Watson —dijo—, si alguna vez le da la impresión de que me muestro demasiado confiado en mis facultades o le dedico menos esfuerzos a un caso de los que se merece, tenga la amabilidad de susurrarme «Norbury» al oído, y le quedaré infinitamente agradecido.

El oficinista del corredor de bolsa

Poco después de casarme compré una consulta en el distrito de Paddington. El viejo señor Farquhar, a quien se la compré, llegó a tener una excelente clientela de medicina general, pero su edad y la enfermedad que padecía, similar al baile de san Vito, la habían disminuido mucho. El público, con razón, sigue el principio según el cual aquel que cura a los demás debe estar sano él mismo, y mira con recelo las dotes curativas de un hombre cuya enfermedad está más allá de poder ser curada con las medicinas que receta. A medida que mi predecesor se debilitaba, fue menguando su clientela, y cuando yo se la compré se había reducido de mil doscientas a trescientas visitas. Pero, tenía confianza en mi juventud y energía y estaba convencido de que en pocos años la consulta volvería a ser tan floreciente como antes.

Durante los tres meses posteriores a la adquisición, estuve muy centrado en mi trabajo y vi poco a mi amigo Sherlock Holmes, puesto que me encontraba demasiado ocupado como para visitar Baker Street y él rara vez salía de casa, a no ser que se tratase de algún asunto profesional. Por tanto, me sorprendió que una mañana de junio, mientras me encontraba leyendo el *British Medical Journal* después de desayunar, sonara la campanilla del timbre seguida del alto y algo estridente tono de voz de mi compañero.

—Ah, mi querido Watson —dijo entrando en la habitación a grandes zancadas—. Me alegra muchísimo verle. Confío en que la señora Watson se haya recuperado completamente de las pequeñas emociones relacionadas con nuestra aventura de *El signo de los cuatro.*

—Muchas gracias, ambos nos encontramos muy bien —dije estrechándole cálidamente la mano.

—Y también confío —continuó, sentándose en la mecedora— en que las preocupaciones de la medicina activa no hayan borrado por completo el interés que solía demostrar usted en nuestros pequeños enigmas deductivos.

—Al contrario —respondí—. Anoche mismo estuve revisando mis antiguas notas y clasificando algunos de nuestros resultados.

—Espero que no dé por concluida su colección.

—En absoluto. Nada me sería más grato que ser testigo de un caso más.

—¿Hoy, por ejemplo?

—Sí, hoy, si usted quiere.

—¿Aunque tuviera que ir a un lugar tan alejado como Birmingham?

—Por supuesto, si lo desea.

—¿Y la consulta?

—Sustituyo a mi vecino cuando se ausenta. Y él siempre está dispuesto a devolverme el favor.

—¡Ajá! ¡Pues, entonces, todo arreglado! —dijo Holmes reclinándose en su asiento y mirándome intensamente con los párpados entreabiertos—. Por lo que veo, ha estado usted enfermo últimamente. Los resfriados de verano siempre resultan algo molestos.

—Estuve recluido en casa durante tres días a causa de un catarro grave. Sin embargo, pensaba que ya no me quedaba ningún rastro.

—Así es. Su aspecto es notablemente saludable.

—Entonces, ¿cómo supo que había estado enfermo?

—Mi querido amigo, ya conoce mis métodos.

—¿Lo dedujo entonces?

—Por supuesto.

—¿Y qué le dio la clave?

—Sus zapatillas.

Bajé la vista mirando las nuevas zapatillas de charol que llevaba.

—¿Cómo demonios...? —empecé a decir, pero Holmes respondió a mi pregunta antes de que la formulase.

—Sus zapatillas son nuevas —dijo—. No puede haberlas llevado más que unas semanas. Las suelas que expone ante mi vista están ligeramente chamuscadas. Por un momento pensé que se habían mojado y que se chamuscaron al ponerlas a secar. Pero junto al empeine hay un pequeño trozo de papel circular con los jeroglíficos del vendedor. Si se hubiesen mojado, el papel no seguiría ahí. Por tanto, usted se sentó con los pies estirados hacia el fuego, lo que nadie haría en pleno junio, aun siendo uno tan húmedo como éste, si gozase de buena salud.

Al igual que todos los razonamientos de Holmes, parecía la simplicidad misma una vez explicado. Leyó este pensamiento en mi cara y su sonrisa tenía un tono de amargura.

—Me temo que me dejo llevar cuando explico mis deducciones —dijo—. Los resultados impresionan más cuando no se conocen las causas. Bueno, ¿está usted listo para venir a Birmingham?

—Por supuesto. ¿De qué trata el caso?

—Se lo explicaré en el tren. Mi cliente espera fuera en un cuatro ruedas. ¿Puede venir usted ahora mismo?

—Un momento. —Garabateé una nota para mi vecino, corrí escaleras arriba para explicarle el asunto a mi esposa y me reuní con Holmes en el umbral de la puerta.

—¿Su vecino es médico? —dijo señalando la placa de bronce.

—Sí, compró una consulta, como hice yo.

—¿De algún médico ya establecido?

—Como la mía. Ambas están aquí desde que se construyeron las casas.

—Ah, pero la de usted tenía más clientela.

—Creo que sí. Pero ¿cómo lo sabe?

—Por los escalones, amigo mío. Los suyos están desgastados tres pulgadas más que los de él. Ah, este caballero que nos espera es mi cliente, el señor Hall Pycroft. Permítame presentárselo. Cochero, arree a su caballo, tenemos el tiempo justo para tomar el tren.

El hombre que tenía sentado enfrente era un joven de complexión fuerte, bien proporcionado, con un rostro franco y honesto y un bigote pequeño, rubio y bien recortado. Llevaba una chistera muy brillante y un discreto y sobrio traje negro que le daba el aspecto de lo que era: un inteligente joven de la City, de esa clase social que llaman *cockney*,[7] de la que se nutren nuestros valerosos regimientos de voluntarios y de la que surgen nuestros mejores atletas y deportistas, superior a la que produce ninguna otra clase social de las islas. Su rostro redondo y rubicundo rebosaba alegría, pero me pareció que algo tiraba de las comisuras de sus labios hacia abajo, dándole un aspecto de angustia que resultaba medio cómica. Sin embargo, hasta que no nos encontramos en un vagón de primera clase y habíamos llevado un buen trecho de nuestro viaje hacia Birmingham, no supe cuál era el problema que le había hecho acudir a Sherlock Holmes.

—Tenemos por delante setenta minutos de viaje —comentó Holmes—. Señor Pycroft, sírvase relatarle a mi amigo su interesante caso, tal como me lo ha contado a mí, o en mayor detalle si fuera posible. Me resultará útil escuchar de nuevo cómo ocurrieron los hechos. Watson, se trata de un caso que al final puede que sea importante o puede que no, pero que al menos presenta esos aspectos insólitos y extravagantes que usted aprecia tanto como yo. Ahora, señor Pycroft, no le volveré a interrumpir.

Nuestro joven compañero me miró con un brillo en los ojos.

—Lo peor de mi historia es que me hace quedar como un completo idiota. Por supuesto, puede acabar bien, y no creo que pudiera haber obrado de un modo diferente; pero si resulta que he perdido mi trabajo y no consigo nada a cambio, tendré que reconocer que he sido un pardillo. No se me da bien contar historias, señor Watson, pero tendrá que aceptarme como soy.

»Hasta hace poco trabajaba en Coxon & Woodhouse, en Drapers' Gardens, pero a principios de primavera se vieron en dificultades por culpa de los préstamos a Venezuela, como recordarán, y se fastidió la cosecha de mala manera. Había estado con ellos cinco años, así que, cuando vino la catástrofe, el viejo Coxon me escribió una estupenda carta de recomendación,

7 Un auténtico londinense, habitante de los bajos fondos del East End de Londres *[N. de la T.]*.

pero, por supuesto, los veintisiete oficinistas nos quedamos en la calle. Busqué aquí y allí, pero había mucha gente en las mismas y durante mucho tiempo las pasé canutas. Ganaba tres libras a la semana en Coxon y había ahorrado setenta, pero pronto me quedé sin nada que rebuscar en el bolsillo, e incluso hurgué al otro lado de la tela. Al final me encontré al límite de mis recursos y ni siquiera tenía para comprar sellos y sobres con los que contestar a los anuncios de empleo. Gasté las botas subiendo y bajando escaleras de oficinas y estaba tan lejos de encontrar un empleo como el primer día.

»Al fin encontré una vacante en Mawson & Williams, la importante compañía de corredores de bolsa de Lombard Street. Es posible que no estén muy enterados de lo que se cuece en el E. C., pero puedo asegurarles que se trata de la firma más rica de Londres. El anuncio sólo se podía responder por carta. Envié mi carta de recomendación y mi solicitud sin la menor esperanza. Me contestaron a vuelta de correo, diciéndome que si me presentaba el lunes siguiente podía hacerme cargo en el acto de mis nuevas obligaciones si mi aspecto externo era satisfactorio. Nadie sabe cómo funcionan estas cosas. Algunos dicen que el gerente mete la mano en el montón de solicitudes y saca la primera que pilla. De cualquier modo, aquella vez me tocó a mí, y no creo que haya en el mundo un placer mayor. El salario me salía por una libra más de lo que ganaba antes y el trabajo sería más o menos el mismo.

»Y ahora llegamos a la parte más extraña del asunto. Estaba en mis cuarteles de Hampstead, en el 17 de Porter Terrace. Bien, la misma tarde en que se me había concedido el empleo, me encontraba fumando cuando vino mi casera con una tarjeta donde se leía "Arthur Pinner, agente financiero". Nunca había oído hablar de él y ni me podía imaginar lo que quería de mí, pero, por supuesto, le dije a mi patrona que le hiciese pasar. Entró un hombre de estatura mediana, ojos oscuros, cabello oscuro, barba oscura, con una nariz que podría ser *sheeny*.[8] Tenía unos modales bastante bruscos y hablaba con vivacidad, como alguien que sabía lo valioso que era el tiempo.

»—Es usted el señor Hall Pycroft, ¿verdad? —dijo.

»—Sí, señor —respondí acercándole una silla.

---

8 Brillante *[N. de la T.]*.

»—¿El mismo que trabajaba recientemente en Coxon & Woodhouse?

»—Sí, señor.

»—¿Y que ahora forma parte del personal de Mawson?

»—Exactamente.

»—Bien —dijo él—, el hecho es que he oído historias extraordinarias acerca de sus habilidades financieras. ¿Se acuerda de Parker, el gerente de Coxon? No para de hablar de sus habilidades.

»Me agradó oír aquello. Siempre había sido un tipo inteligente en la oficina, pero no pensaba que se hablase tan bien de mí en la City.

»—¿Tiene buena memoria? —dijo.

»—No está mal —respondí con modestia.

»—¿Se ha mantenido al tanto de lo que ocurría en el mercado mientras se encontraba sin empleo? —preguntó.

»—Sí, leo todas las mañanas las cotizaciones de bolsa.

»—¡Eso sí que es dedicación! —exclamó—. ¡Así se prospera! No le importará que le ponga a prueba, ¿verdad? Veamos, ¿cómo van las Ayrshires?

»—De ciento cinco a ciento cinco y un cuarto.

»—¿Y la New Zealand Consolidated?

»—A ciento cuatro.

»—¿Y las British Broken Hills?

»—De setenta a setenta y seis.

»—¡Maravilloso! —exclamó levantando las manos—. Ha cumplido usted con mis expectativas. ¡Muchacho, muchacho, es usted demasiado bueno como para acabar de oficinista en Mawson!

»Este arrebato me impresionó, como se imaginarán ustedes.

»—Bien —dije—, hay gente que no me tiene en tan alta consideración como usted, señor Pinner. He tenido que luchar mucho para conseguir este empleo y estoy muy contento de haberlo conseguido.

»—Pero, hombre, usted debería picar más alto. No es un empleo a su altura. Escuche lo que le propongo. Lo que le ofrezco es poca cosa, si se compara con lo que usted vale, pero, si se compara con lo que le ofrece Mawson, es como el día y la noche. Veamos, ¿cuándo entra a trabajar en Mawson & Williams?

»—El lunes.

»—¡Ja, ja! Estoy dispuesto a hacer un pequeño envite a que no irá a trabajar allí el próximo lunes.

»—¿Qué no iré a Mawson?

»—No, señor. Ese día será usted gerente de la Franco-Midland Hardware Company, Limited, que posee ciento treinta y cuatro sucursales en las ciudades y pueblos de Francia, sin contar las de Bruselas y San Remo.

»Me dejó sin aliento.

»—Nunca había oído hablar de ellos —repuse.

»—Es muy probable que no. Se ha mantenido en secreto, puesto que el capital aportado se ha suscrito mediante contribuciones particulares y es un negocio demasiado bueno como para abrirlo al público. Mi hermano, Harry Pinner, ha sido el organizador y ha entrado en la junta de accionistas tras ser nombrado director gerente. Sabía que yo estaba aquí, metido en el mundillo,[9] y me pidió que contratara a un buen trabajador a bajo coste: un joven emprendedor, con nervio. Parker me habló de usted y aquí estoy. Sólo podemos ofrecerle unas míseras quinientas libras para empezar...

»—¡Quinientas libras al año! —grité.

»—Eso sería al principio, más una comisión de un uno por ciento en todas las ventas que hiciesen sus agentes, y puedo darle mi palabra de que el total de esas comisiones superará su salario.

»—Pero no sé nada de ferretería.

»—Va, va, pero usted entiende de números, muchacho.

»Me zumbaba la cabeza y apenas podía estar quieto en la silla. Pero, de repente, me entró un pequeño escalofrío de duda.

»—Debo ser sincero con usted —dije—. Mawson sólo me paga doscientas al año, pero Mawson es seguro. La verdad es que sé tan poco sobre su empresa que...

»—¡Ah, es usted inteligente, vaya que sí! —exclamó en lo que parecía una especie de éxtasis de placer—. ¡Usted es el hombre que necesitamos! A usted no se le engatusa con palabras y tiene mucha razón. Bien, aquí tiene un

---

9 *In the swim* en el original, literalmente «zambullido» *[N. de la T.].*

billete de cien libras; si cree que podemos llegar a un acuerdo, métaselo en el bolsillo como adelanto de su salario.

»—Es muy amable por su parte —dije—. ¿Cuándo me haré cargo de mis nuevas obligaciones?

»—Esté en Birmingham mañana a la una —dijo—. He traído una nota que le presentará a mi hermano. Le encontrará en el 126B de Corporation Street, donde están las oficinas provisionales de la compañía. Por supuesto, deberá confirmar su contratación, pero no habrá ningún inconveniente.

»—De verdad, señor Pinner, no sé cómo expresarle mi gratitud —dije.

»—No tiene nada que agradecerme, muchacho. No es menos de lo que se merece usted. Sólo quedan por arreglar dos cosillas, simples formalidades. Veo que tiene una hoja de papel ahí al lado; escriba, por favor: "Acepto por propia voluntad el cargo de gerente comercial de la Franco-Midland Hardware Company, Limited, por un salario mínimo de quinientas libras".

»Hice lo que me pidió y se metió el papel en el bolsillo.

»—Queda un detalle —dijo—. ¿Qué piensa hacer con respecto a Mawson?

»Me había olvidado completamente de Mawson debido a mi alegría.

»—Les escribiré renunciando al empleo —dije.

»—Eso es precisamente lo que no quiero que haga. Tuve una discusión acerca de usted con el gerente de Mawson. Había ido a preguntar sobre usted y se comportó de un modo muy ofensivo: me acusó de engatusarle para que no entrara a trabajar en la firma y ese tipo de cosas. Al final perdí los nervios. "Si quiere buenos trabajadores, págueles buenos sueldos", dije. "Preferirá nuestro pequeño sueldo a su enorme paga", dijo. "Le apuesto cinco libras —dije— a que cuando escuche mi oferta no volverá a oír hablar de él." "¡Hecho! —dijo—: le sacamos del arroyo y no nos abandonará tan fácilmente." Aquéllas fueron sus palabras.

»—¡Insolente sabandija! —exclamé—. No le he visto en la vida. ¿Por qué iba a mostrar alguna consideración con él? Por supuesto que no le escribiré, si usted prefiere que no lo haga.

»—¡Bien! ¡Recuerde que lo ha prometido! —dijo levantándose de la silla—. Me alegra haberle conseguido un hombre tan valioso a mi hermano. Aquí está su adelanto de cien libras y aquí está la carta. Anote la dirección, el

126B de Corporation Street, y recuerde que su cita es mañana a la una de la tarde. Buenas noches, ¡y que tenga la buena suerte que se merece!

»Eso fue lo que pasó entre los dos, hasta donde yo recuerdo. Podrá imaginarse, doctor Watson, mi satisfacción ante aquel golpe de buena suerte. Me pasé casi toda la noche en vela recreándome en ello, y al día siguiente salí hacia Birmingham en un tren que me permitiría llegar con tiempo más que suficiente para asistir a mi cita. Dejé mis cosas en un hotel en New Street y luego me encaminé a la dirección que me habían dado.

»Faltaba un cuarto de hora para la una, pero pensé que daría lo mismo. El 126B era un pasadizo entre dos grandes tiendas que llevaba a una escalera que subía en curva y de la que surgían muchos apartamentos, alquilados como oficinas a compañías o a profesionales. Los nombres de los ocupantes figuraban en la pared de entrada, pero no aparecía la Franco-Midland Hardware Company, Limited. Permanecí unos minutos con el corazón en un puño, preguntándome si todo aquello no habría sido más que un complicado engaño, cuando se acercó un hombre a saludarme. Se parecía mucho al tipo que me había visitado la noche anterior, la misma voz y el mismo porte, pero estaba perfectamente afeitado y su cabello era menos oscuro.

»—¿Es usted el señor Hall Pycroft? —preguntó.

»—Sí —dije yo.

»—¡Ah! Le esperaba, pero ha llegado antes de la hora. Mi hermano me ha enviado una nota esta mañana en la que se deshace en elogios con usted.

»—Estaba buscando sus oficinas cuando ha llegado usted.

»—Nuestro nombre no figura todavía, puesto que adquirimos estas oficinas temporales la semana pasada. Suba conmigo y hablaremos del asunto.

»Le seguí hasta el final de una empinada escalera y allí, debajo del tejado, había dos habitacioncitas polvorientas y vacías, sin alfombras ni cortinas, donde me hizo entrar. Yo esperaba una gran oficina con mesas relucientes e hileras de oficinistas, que era a lo que estaba acostumbrado, y no miento si digo que miré con cierto desagrado las dos sillas de madera y la mesita que, junto con un libro de cuentas y una papelera, formaban el mobiliario.

»—No se desanime, señor Pycroft —dijo el hombre al que acababa de conocer, al ver la cara larga que había puesto—. Roma no se construyó en un día. Nos respalda un gran capital, aunque no tengamos unas oficinas de lujo. Por favor, siéntese y déjeme ver su carta.

»Se la entregué y la leyó atentamente.

»—Parece que le ha causado una impresión muy favorable a mi hermano Arthur —dijo—, y es un hombre perspicaz emitiendo juicios. Él tiene una fe ciega en Londres y yo en Birmingham, ya sabe, pero esta vez seguiré su consejo. Por favor, considérese usted definitivamente contratado.

»—¿Cuáles serán mis obligaciones? —pregunté.

»—En su debido momento, dirigirá el gran almacén de París, que servirá para inundar con loza inglesa las tiendas de ciento treinta y cuatro agentes que tenemos en Francia. La adquisición se completará en una semana y, mientras tanto, permanecerá en Birmingham, donde será usted más útil.

»—¿De qué manera?

»Como respuesta sacó un gran libro rojo de un cajón.

»—Esto es una guía de París donde figura la profesión de cada persona y sus nombres y apellidos. Quiero que se lo lleve y señale a todos los vendedores de ferretería con sus direcciones. Me resultará de la mayor utilidad.

»—¿Y no habrá listas clasificadas? —sugerí.

»—No son fiables. Su sistema es diferente. Póngase a ello y entrégueme las listas el lunes a las doce. Buenos días, señor Pycroft. Si continúa con entusiasmo e inteligencia ya verá que la compañía se porta bien con usted.

»Volví al hotel con el voluminoso libro bajo el brazo y albergando sentimientos encontrados en el corazón. Por un lado, me habían contratado definitivamente y tenía cien libras en el bolsillo; por otro, el aspecto de las oficinas, la ausencia del nombre en la pared y otros detalles que sorprenderían a un hombre de negocios me habían dejado una mala impresión acerca de la posición de mis patronos. Sin embargo, pasase lo que pasase, ya me había embolsado mi dinero, así que me puse manos a la obra. Trabajé duramente todo el domingo y, aun así, el lunes sólo había llegado hasta la H. Volví a visitar a mi patrón y le encontré en la misma habitación desvencijada, me dijo que siguiera trabajando hasta el miércoles y que volviera entonces. Tampoco el miércoles había acabado, así que seguí hasta el viernes, ayer. Entonces le llevé todo lo que había hecho al señor Harry Pinner.

»—Muchas gracias —dijo—. Me temo que subestimé la dificultad de la tarea. Esta lista será de gran ayuda en mi trabajo.

»—Me llevó algún tiempo —dije.

»—Ahora —dijo— quiero que haga una lista de todas las tiendas de muebles, puesto que también venden vajillas.

»—Muy bien.

»—Y puede venir mañana por la tarde, a las siete, para enseñarme qué tal le está yendo. No trabaje demasiado. Un par de horas en el Day's Music Hall[10] por la noche no le harán ningún daño después de su jornada laboral.

»Dicho esto, se rio a carcajadas y, con un estremecimiento, me fijé en que su segundo diente del lado izquierdo había sido chapuceramente empastado con oro.

Sherlock Holmes se frotó las manos con satisfacción y yo miré con asombro a nuestro cliente.

—Parece sorprendido, señor Watson, pero la razón es la siguiente —dijo—: cuando hablé con el otro tipo en Londres y se rio burlándose de la idea de que yo pudiera ir a trabajar a Mawson, me fijé, casualmente, en que su diente estaba empastado de un modo idéntico. En cada caso, el brillo del oro atrajo mi atención. Juntando ese detalle con el hecho de que su voz y su porte son iguales, y que los rasgos que les diferencian pueden arreglarse con una navaja o una peluca, no me quedó ninguna duda de que eran la misma persona. Por supuesto, uno espera que dos hermanos se parezcan mucho, pero no que tengan el mismo diente empastado de idéntica manera. Me despidió con una inclinación de cabeza y me encontré en la calle, sin saber si estaba de pie o patas arriba. Volví a mi hotel, metí la cabeza en una palangana de agua fría e intenté razonar sobre lo que ocurría. ¿Por qué me habían enviado desde Londres a Birmingham? ¿Por qué había llegado él antes que yo? ¿Y por qué se había escrito una carta a sí mismo? Todo aquello era demasiado para mí y no tenía ni pies ni cabeza. De repente se me ocurrió que lo que para mí era oscuro podía ser la misma claridad para Sherlock Holmes. Si tomaba el tren de la noche tenía el tiempo justo

10 Los *music halls* son espectáculos teatrales que consisten en comedia, canciones populares y baile, similares a la revista española *[N. de la T.].*

para llegar a Londres, visitarle esta mañana y que ambos viniesen conmigo a Birmingham.

Cuando el oficinista del corredor de bolsa concluyó su sorprendente relato, se produjo un momento de silencio. Entonces, Holmes, reclinándose en los cojines con una expresión satisfecha pero crítica, como un experto al dar el primer sorbo del vino de una añada extraordinaria, me miró de soslayo.

—No está mal, ¿verdad, Watson? —dijo—. Hay detalles de la historia que me agradan. Creo que estará de acuerdo conmigo en que una entrevista con el señor Pinner, en las oficinas provisionales de la Franco-Midland Hardware Company, Limited, sería una experiencia interesante para ambos.

—¿Pero cómo lo haremos? —pregunté.

—Oh, será fácil —dijo Hall Pycroft alegremente—. Son dos amigos míos que necesitan empleo y lo normal es que les lleve a ver al director gerente.

—¡Eso es! ¡Por supuesto! —dijo Holmes—. Me gustaría echarle un vistazo al caballero y ver si podemos averiguar qué jueguecito se trae entre manos. ¿Qué cualidades atesora usted, amigo mío, que hacen que sus servicios sean tan valiosos? O a lo mejor es que... —Comenzó a morderse las uñas y se quedó mirando a lo lejos por la ventana, y no pudimos sacarle nada más hasta que llegamos a New Street.

A las siete de aquella tarde nos encontramos los tres bajando por Corporation Street en dirección a las oficinas de la compañía.

—No servirá de nada llegar antes de la hora. Aparentemente sólo va a la oficina para verme, ya que el lugar está desierto hasta la hora de la cita.

—Eso es muy revelador —comentó Holmes.

—Por Júpiter, ¡se lo dije! —exclamó el oficinista—. Ahí va, caminando delante de nosotros.

Nos señaló a un hombre más bien pequeño, rubio y bien vestido, que marchaba raudo por el lado opuesto de la carretera. Mientras le vigilábamos miró hacia un chico que voceaba la última edición del periódico vespertino y, corriendo entre los coches y autobuses, le compró un ejemplar. Entonces, aferrando el periódico con la mano, desapareció por el portal de una casa.

—¡Ahí va! —exclamó Pycroft—. Ha entrado en las oficinas de la compañía. Vengan conmigo y arreglaré una entrevista tan rápido como pueda.

Subimos cinco pisos tras él, hasta que nos encontramos ante una puerta a medio abrir a la que nuestro cliente llamó dando unos golpecitos. Una voz nos invitó desde dentro, «Adelante», y entramos en una habitación desnuda y sin amueblar, como nos había descrito Hall Pycroft. En la única mesa estaba sentado el hombre que habíamos visto en la calle, con el periódico vespertino abierto frente a él, y, cuando levantó la mirada, me pareció que no había visto nunca un rostro con tal expresión de dolor, o algo que estaba más allá del dolor: un horror que pocos hombres conocen en sus vidas. Brillaban gotas de sudor en su frente, sus mejillas eran de un color lívido como el de la panza del pescado y sus ojos enloquecidos no parpadeaban. Miró a su oficinista como si no pudiera reconocerle y pude comprobar, por el asombro que mostraba el rostro de nuestro guía, que ésta no era, en absoluto, la apariencia habitual de su patrón.

—¡Parece que está usted enfermo, señor Pinner! —exclamó.

—Sí, no me encuentro muy bien —respondió el otro haciendo evidentes esfuerzos para recuperar la compostura y humedeciendo sus resecos labios antes de hablar—. ¿Quiénes son estos caballeros que vienen con usted?

—Uno es el señor Harris, de Bermondsey, y el otro es el señor Price, de la ciudad —mintió nuestro oficinista—. Son amigos míos y caballeros con mucha experiencia, pero llevan algún tiempo sin empleo y esperaban que quizá usted pudiera encontrar algún puesto para ellos en la compañía.

—¡Muy posiblemente! ¡Muy posiblemente! —exclamó el señor Pinner con una sonrisa espantosa—. Sí, no me cabe duda de que podremos encontrar algo para ustedes. ¿Cuál es su especialidad, señor Harris?

—Soy contable —dijo Holmes.

—Ah, sí, necesitaremos algo así. ¿Y usted, señor Price?

—Oficinista —dije yo.

—Tengo esperanzas en que la compañía tenga un puesto para ustedes. Se lo haré saber en cuanto tomemos una decisión. Y ahora, les ruego que se marchen. ¡Por el amor de Dios, déjenme solo!

Gritó estás últimas palabras como si el esfuerzo que venía haciendo para reprimirse hubiera reventado total y repentinamente. Holmes y yo nos miramos el uno al otro y Hall Pycroft dio un paso hacia la mesa.

—Olvida, señor Pinner, que estoy aquí porque me citó para darme nuevas instrucciones —dijo.

—Desde luego, señor Pycroft, desde luego —contestó el otro más calmado—. Haga el favor de esperar aquí un momento, y que sus amigos esperen con usted. Estaré a su completa disposición en tres minutos, si me permiten abusar de su paciencia.

Se levantó con aire cortés y, saludándonos con una inclinación, desapareció por una puerta que había al otro lado de la habitación cerrando tras él.

—¿Y ahora qué? —susurró Holmes—. ¿Nos está dando esquinazo?

—Imposible —respondió Pycroft.

—¿Por qué no?

—Esa puerta lleva a una habitación interior.

—¿No hay salida?

—Ninguna.

—¿Está amueblada?

—Ayer estaba vacía.

—Entonces, ¿qué demonios está haciendo? Hay algo en este asunto que no entiendo. Si ha habido alguna vez un hombre enloquecido por el terror ése es Pinner. ¿Qué puede haber causado ese espanto?

—Sospecha que somos detectives —sugerí.

—Eso es —exclamó Pycroft.

Holmes sacudió la cabeza.

—No se puso pálido. Ya estaba pálido cuando entramos en la habitación —dijo—. Es posible que...

Sus palabras se vieron interrumpidas por un fuerte martilleo que provenía de la puerta de la habitación interior.

—¿Para qué demonios está llamando a su propia puerta? —exclamó el oficinista.

El martilleo se escuchó de nuevo con más fuerza. Todos miramos con expectación hacia la puerta cerrada. Miré a Holmes y vi cómo su rostro se ponía rígido y se inclinaba hacia adelante con visible agitación.

De repente surgió un ronco borboteo, como si alguien estuviese haciendo gárgaras, y luego un rápido repiqueteo sobre la madera del piso. Holmes cruzó la habitación de un salto y se lanzó contra la puerta. Estaba cerrada por dentro. Siguiendo su ejemplo nos abalanzamos contra ella con todo nuestro peso. Saltó una de las bisagras, luego la otra, y la puerta cayó con estrépito. Precipitándonos por encima de ella, entramos en la habitación interior.

Estaba vacía.

Pero nuestro desconcierto sólo duró un instante. En una esquina, en el rincón más cercano a la habitación que habíamos abandonado, había otra puerta. Holmes saltó hacia ella y la abrió. En el suelo había un abrigo y un chaleco, y detrás de la puerta, ahorcado de un gancho con sus propios tirantes, estaba el director gerente de la Franco-Midland Hardware Company. Tenía las rodillas dobladas, su cabeza colgaba en un ángulo espantoso respecto al cuerpo y el repiqueteo de sus tacones contra la puerta era la causa del ruido que había interrumpido nuestra conversación. Al momento lo sujeté por la cintura y lo sostuve, mientras Holmes y Pycroft desataban las tiras elásticas que se le habían hundido entre los pliegues de la piel. Entonces le llevamos a la otra habitación, donde le tumbamos con el rostro del color de la pizarra; los labios amoratados se abrían y cerraban con cada inspiración: se había convertido en la espantosa parodia del hombre que había sido cinco minutos antes.

—¿Qué opina de su estado, Watson? —preguntó Holmes.

Me incliné sobre él para examinarle. Su pulso era débil e intermitente, pero su respiración se hizo más fuerte y sus párpados temblaron dejando ver una pequeña ranura blanca perteneciente a su globo ocular.

—Se ha salvado por poco —dije—, pero vivirá. Abran esa ventana y acérquenme esa garrafa de agua. —Le abrí el cuello de la camisa, le eché agua fría en la cara y levanté y bajé sus brazos hasta que respiró de manera normal.

—Ahora sólo es cuestión de tiempo —dije apartándome de él.

Holmes permanecía junto a la mesa, con las manos profundamente hundidas en los bolsillos de su pantalón y con la barbilla sobre el pecho.

—Supongo que deberíamos llamar ya a la policía —dijo—. Y confieso que me gustaría darles el caso cerrado cuando lleguen.

—Para mí sigue siendo un condenado misterio —exclamó Pycroft rascándose la cabeza—. ¿Para qué me trajeron hasta aquí, si luego...?

—¡Bah! Eso está bastante claro —dijo Holmes con impaciencia—. Me refiero a este giro inesperado.

—¿Entonces ha entendido lo demás?

—Creo que es bastante obvio. ¿Qué opina, Watson?

Me encogí de hombros.

—Debo confesar que estoy perdido —dije.

—Oh, pero si estudian los hechos desde un principio, verán que conducen a una sola conclusión.

—¿Y cuál es?

—Bueno, todo el asunto gira alrededor de dos hechos. El primero es conseguir que Pycroft escriba una declaración según la cual entraba a trabajar al servicio de esta absurda compañía. ¿No ve lo revelador que es esto?

—Me temo que no lo alcanzo a comprender.

—Bien, ¿por qué querrían que lo hiciera? No es por una cuestión de negocios, pues lo habitual es que estos acuerdos sean verbales y no había razón por la que este negocio fuera diferente. ¿No ve, mi joven amigo, que lo que querían era una muestra de su escritura y ésa era la manera de conseguirla?

—¿Y por qué?

—Eso es, ¿por qué? Cuando respondamos esa pregunta habremos avanzado un poco en nuestro problema. ¿Por qué? Sólo puede existir una razón coherente. Alguien quería aprender a imitar su letra, y para ello tenía que conseguir primero una muestra. Y ahora, si pasamos al siguiente hecho, descubriremos que uno aclara el otro. Ese hecho es que Pinner le pidió que no rechazara su empleo y que dejase al mánager de aquella importante empresa esperando que un tal señor Hall Pycroft, a quien nunca había visto, se incorporara a la oficina el lunes por la mañana.

—¡Dios mío! —exclamó Hall—. ¡He estado ciego como un murciélago!

—Ahora entenderá por qué necesitaban su escritura. Suponga que alguien apareciese en su lugar y que escribiese con una letra completamente diferente a la que usted empleó al solicitar el puesto; desde luego, el juego habría terminado ahí. Pero, entretanto, el sinvergüenza había aprendido a imitarle a usted y, por tanto, podía estar tranquilo en su puesto, ya que imagino que nadie de aquella oficina le conocía en persona.

—Absolutamente nadie —gimió Hall Pycroft.

—Muy bien. Por supuesto, era de la mayor importancia que usted no se lo pensase mejor, y también lo era evitar que se pusiese en contacto con alguien que le dijese que tenía un doble trabajando en Mawson. Así, le entregaron un atractivo adelanto de su sueldo y le enviaron a las Midlands, donde le dieron trabajo suficiente como para prevenir que regresara a Londres, donde podría haber echado a perder su jueguecito. Esto está bastante claro.

—¿Pero por qué este hombre fingió ser su hermano?

—Bien, eso también está bastante claro. Evidentemente, sólo hay dos personas implicadas. La otra está haciéndose pasar por usted en la oficina. Éste de aquí actuó como empleador, y entonces se dio cuenta de que, si debía buscarle a usted un supervisor, debía implicar a una tercera persona en la trama. Eso era algo que en absoluto tenía intención de hacer. Cambió su apariencia tanto como pudo y confió en que las semejanzas, que sin duda usted advertiría, podrían achacarse a un parecido familiar. Si no llega a ser por la afortunada casualidad del empaste de oro, probablemente no se hubiesen despertado sus sospechas.

Hall Pycroft agitó sus puños en el aire.

—¡Por Dios santo! —exclamó—. ¿Qué habrá estado haciendo el otro Hall Pycroft en Mawson mientras me tenían aquí engañado? ¡Dígame qué puedo hacer!

—Debemos enviar un telegrama a Mawson.

—Los sábados cierran a las doce.

—No importa; debe quedar alguien en recepción o algún ayudante...

—Ah, sí; tienen un guarda permanente, dado el gran valor de las acciones que guardan. Recuerdo que se hablaba de ello en la City.

—Estupendo. Le enviaremos un telegrama y veremos si no ha ocurrido nada malo y si un oficinista con su mismo nombre trabaja allí. Todo eso está ya bastante claro. Lo que no está tan claro es por qué, nada más vernos, uno de estos sinvergüenzas salió al instante de la habitación para ahorcarse.

—¡El periódico! —gruñó una voz detrás de nosotros. El hombre se estaba sentando, lívido y cadavérico, la razón volvía a sus ojos y se frotaba nerviosamente la ancha franja enrojecida que le recorría la garganta.

—¡El periódico! ¡Claro! —gritó Holmes llegando al paroxismo debido a su agitación—. ¡Qué idiota he sido! Estaba tan obsesionado con nuestra visita que ni por un instante se me ocurrió pensar en el periódico. Sin duda alguna ahí está la clave.

Lo alisó encima de la mesa y un grito de triunfo surgió de sus labios.

—¡Mire esto, Watson! —exclamó—. Es un periódico londinense, la primera edición del *Evening Standard.* Aquí está lo que queremos. Mire los titulares: «Crimen en la City. Asesinato en Mawson & Williams. Gran intento de robo. El criminal fue capturado». Por favor, Watson, todos estamos ansiosos de escucharlo, sea tan amable de leerlo en voz alta.

Por el lugar donde estaba situada la noticia, parecía que había sido el único acontecimiento de importancia en la ciudad, y el relato decía así:

> Esta tarde se ha descubierto en la City un temerario intento de robo, que ha culminado con la muerte de un hombre y con la captura del criminal. Desde hace algún tiempo, Mawson & Williams, la famosa firma financiera, custodia valores cuyo monto total podría ascender a una suma que sobrepasaría el total de un millón de libras esterlinas. Tan consciente era el gerente de la responsabilidad que recaía sobre él, a consecuencia de los grandes intereses que estaban en juego, que empleó las más modernas cajas de seguridad y un hombre armado montaba guardia noche y día en el edificio. Parece ser que la semana pasada un oficinista llamado Hall Pycroft fue contratado por la compañía. Al parecer, esta persona no era otra que Beddington, el famoso falsificador y atracador que salió recientemente de la cárcel con su hermano tras cumplir una condena de cinco años de trabajos forzados. Valiéndose de medios aún no del todo claros, logró obtener un empleo en esta oficina bajo un nombre falso, el cual utilizó para obtener moldes de diversas cerraduras y un exhaustivo conocimiento de la ubicación de la caja fuerte y de las cajas de seguridad.
>
> Es costumbre en Mawson que el sábado los oficinistas terminen su jornada a mediodía. Por tanto, al sargento Tuson, de la policía de la City, le sorprendió encontrarse a un individuo bajando las escaleras de la oficina pasada la una y veinte, acarreando una bolsa de viaje. Despertadas sus sospechas, el sargento siguió al hombre y, con la ayuda del agente de policía Pollock, logró arrestar al individuo, a pesar de ofrecer una

resistencia desesperada. Enseguida quedó claro que se había cometido un temerario y gigantesco robo. En la bolsa de viaje se descubrieron bonos de los ferrocarriles norteamericanos por valor de cien mil libras y una gran cantidad de pagarés de empresas mineras y de otras compañías.

Al registrar las oficinas, se encontró el cadáver del desafortunado vigilante, retorcido y acurrucado en la caja fuerte más espaciosa, donde no se le habría descubierto hasta la mañana del lunes si no hubiese sido por la rápida reacción del sargento Tuson. El cráneo del hombre había sido roto en pedazos a causa del golpe que le propinó el ladrón por la espalda con un atizador. No cabía duda de que Beddington había logrado que le dejasen entrar fingiendo que había olvidado algo y, tras asesinar al vigilante, saqueó la caja más grande y se marchó de allí con el botín. Su hermano, que suele trabajar con él, no está implicado en este caso, hasta donde se sabe, aunque la policía sigue investigando su paradero.

—Bien, le podemos ahorrar a la policía algunos problemas en ese sentido —dijo Holmes mirando hacia la demacrada figura que se acurrucaba junto a la ventana—. La naturaleza humana es una extraña combinación, Watson. Ya ve que incluso un canalla y asesino puede inspirar afecto hasta tal punto que su hermano quiso suicidarse cuando supo que el cuello de Beddington estaba destinado a la horca. Sin embargo, no tenemos elección. Señor Pycroft, si es tan amable de salir a buscar a la policía, el doctor y yo nos quedaremos aquí de guardia.

La Gloria Scott

—Guardo aquí algunos documentos —dijo mi amigo Sherlock Holmes una noche de invierno, mientras nos sentábamos junto al fuego— que creo, Watson, que merecerían que les echase un vistazo. Son los documentos del extraordinario caso de la Gloria Scott y éste es el mensaje que llenó de espanto al juez de paz Trevor en el momento en que lo leyó.

Había sacado de un cajón un pequeño cilindro viejo y desgastado y, desatando su cinta, me tendió una breve nota garabateada en media hoja de papel gris pizarra.

> El suministro de caza para Londres aumenta regularmente. Creemos que ya se le ha comunicado al guardabosques en jefe Hudson que reciba todos los pedidos de papel atrapamoscas y que conserve la vida de sus faisanes hembra.

Cuando levanté la mirada después de leer este enigmático mensaje vi cómo Holmes se reía de la expresión que había en mi rostro.

—Parece un poco desconcertado —dijo.

—No comprendo cómo un mensaje semejante pudo causar tanto espanto. A mí me parece grotesco, más que nada.

—No me extraña en absoluto. Aun así, el hecho es que el lector, que era un anciano robusto y sano, se desplomó al leerlo como si le hubiesen golpeado con la culata de una pistola.

—Está picando mi curiosidad —dije—. Pero ¿por qué dijo usted que había razones muy específicas por las que debía estudiar el caso?

—Porque fue el primer caso en el que intervine.

Muchas veces había intentado obtener de los labios de mi compañero la razón por la que se había inclinado por la investigación criminal, pero hasta el momento nunca le había encontrado de humor comunicativo. Ahora se sentaba en su sillón y desplegaba los documentos sobre sus rodillas. Luego encendió su pipa y permaneció durante algún tiempo fumando y hojeándolos.

—¿Nunca me ha oído hablar de Victor Trevor? —preguntó—. Fue el único amigo que hice durante los dos años que asistí a la universidad. Yo no era sociable, Watson, siempre preferí quedarme en mi habitación y desarrollar mis métodos de razonamiento, así que no alterné mucho con mis compañeros. Excepto la esgrima y el boxeo, no tenía grandes aficiones deportivas, y en aquel entonces mi especialidad de estudio era bastante diferente a la de mis compañeros, así que no teníamos mucho en común. Trevor era el único al que conocía y sólo gracias al accidente con su bull terrier, que me mordió y se quedó congelado en mi tobillo una mañana cuando me dirigía a la capilla.

»Fue una manera prosaica de hacer una amistad, pero resultó efectiva. Tuve que permanecer con las piernas en alto durante diez días y Trevor solía venir a ver qué tal me encontraba. La primera vez sólo charlamos un par de minutos, pero sus visitas no tardaron en prolongarse y, antes de acabar el curso, éramos íntimos amigos. Era un muchacho cordial y enérgico, lleno de ánimo y vitalidad, el extremo opuesto a mí en muchos aspectos; pero teníamos algunas cosas en común, y que ambos careciésemos de amigos se convirtió en un vínculo más. Finalmente, me invitó a casa de su padre en Donnithorpe, en Norfolk, y acepté su hospitalidad durante un mes de las largas vacaciones de verano.

»El anciano Trevor era, evidentemente, un hombre de buena posición y cierta categoría, juez de paz y terrateniente. Donnithorpe es un pequeño caserío al norte de Langmere, en la región de los Broads.[11] La casa era un amplio edificio de ladrillo al estilo antiguo, con vigas de roble y una bonita avenida bordeada de tilos que conducía hasta ella. La caza del pato salvaje en las marismas era excelente, así como la pesca; disponían de una biblioteca pequeña pero selecta, heredada, según tenía entendido, de un ocupante anterior, y la cocina era tolerable, así que sólo un hombre muy remilgado no podía pasar allí un mes agradable.

»Trevor padre era viudo y mi amigo era su único hijo.

»Oí decir que hubo una hija, pero había muerto de difteria durante una visita a Birmingham. El padre me interesó extraordinariamente. Era un hombre de escasa cultura, pero de una gran fuerza bruta, tanto física como mentalmente. Apenas había leído libros, pero había viajado muy lejos, y había visto mucho mundo, y recordaba todo lo que había aprendido. Físicamente, era un hombre grueso y fornido, con una mata de cabello gris, un rostro moreno curtido por el clima y unos ojos cuya agudeza bordeaba la ferocidad. A pesar de ello, era conocido por la amabilidad e indulgencia de sus sentencias como juez.

»Una tarde, poco después de mi llegada, mientras tomábamos un vaso de oporto después de cenar, el joven Trevor comenzó a hablar sobre los hábitos de observación y deducción que yo ya había sistematizado, aunque todavía no sabía el papel que habrían de desempeñar en mi vida. Evidentemente, el anciano creía que su hijo exageraba al describir un par de insignificantes anécdotas que yo había protagonizado.

»—Vamos, señor Holmes —dijo riendo de buena gana—. Soy un excelente objeto de análisis, veamos si puede deducir algo sobre mí.

»—Me temo que no es mucho —respondí—. Diría que ha temido usted sufrir algún tipo de ataque personal durante el año pasado.

»La risa se desvaneció de sus labios y me miró fijamente con gran asombro.

»—Bien, eso es cierto —dijo—. Ya sabes, Victor —dijo dirigiéndose a su hijo—, que cuando desmantelamos aquella banda de cazadores furtivos

11 En Inglaterra los *broads* significa, literalmente, «extensión amplia» *[N. de la T.]*.

juraron apuñalarnos; y, de hecho, sir Edward Hoby fue atacado. Desde entonces siempre me he mantenido en guardia, aunque no tenía ni idea de que usted lo supiese.

»—Tiene un bastón muy bonito —respondí—. Por la inscripción he observado que no hace más de un año que está en su poder. Pero se ha tomado usted muchas molestias para vaciar el puño y verter plomo derretido dentro para convertirlo en un arma formidable. Diría que usted no tomaría tantas precauciones a no ser que temiera algún ataque contra su persona.

»—¿Algo más? —preguntó sonriendo.

»—Ha boxeado mucho durante su juventud.

»—Acertó de nuevo. ¿Cómo lo supo? ¿Es que tengo la nariz desviada por un golpe?

»—No —dije—. Se trata de sus orejas. Presentan el aplastamiento y la hinchazón característicos del boxeador.

»—¿Algo más?

»—Viendo sus callosidades, usted ha cavado bastante.

»—Amasé mi fortuna en las minas de oro.

»—Ha estado en Nueva Zelanda.

»—Acertó otra vez.

»—Ha visitado Japón.

»—Es cierto.

»—Y ha tenido una relación íntima con alguien cuyas iniciales eran J. A., alguien a quien luego quiso olvidar por completo.

»El señor Trevor se levantó lentamente, fijando sus grandes ojos en mí con una mirada extraña e ida, y entonces se desplomó entre las cáscaras de nuez que cubrían el mantel, víctima de un desmayo.

»Podrá imaginar, Watson, que tanto su hijo como yo quedamos horrorizados. Sin embargo, su ataque no duró mucho, puesto que cuando le desabrochamos el cuello y le echamos agua en la cara con un vaso, dio un par de boqueadas y se levantó.

»—¡Ah, muchachos! —dijo con una sonrisa forzada—. Espero no haberles asustado. Aunque parezca fuerte, tengo un talón de Aquiles en el corazón, y no se necesita gran cosa para ponerme fuera de combate. No sé cómo lo ha hecho, señor Holmes, pero me parece que todos los detectives, reales o ficticios, no son más que niños en comparación con usted. Ése debería ser su oficio en la vida, señor, y puede creer en la palabra de un hombre que ha visto un poco de mundo.

»Y aquella recomendación, con la exagerada estimación de mis habilidades que la precedió, fue, si quiere creerme, Watson, lo primero que me hizo pensar que podía convertir en profesión lo que no era más que un simple pasatiempo. Sin embargo, en aquel momento estaba demasiado preocupado por la repentina enfermedad de mi anfitrión como para pensar en nada más.

»—Espero no haber dicho nada que le haya disgustado —repuse.

»—Bien, la verdad es que tocó usted una zona sensible. ¿Puedo preguntarle cómo lo supo y qué es lo que sabe? —Ahora hablaba medio en broma, pero había una mirada de terror acechando detrás de sus ojos.

»—Es la simplicidad misma —dije—. Cuando se arremangó un brazo para meter aquel pez en el bote vi que se había tatuado las iniciales J. A. en la curva del codo. Las letras aún eran legibles, pero dejaban bien claro, a juzgar por su borrosa apariencia y las manchas de la piel de alrededor, que se había esforzado en hacerlas desaparecer. Por tanto, resultaba evidente que aquellas iniciales habían sido muy familiares para usted y que, posteriormente, había querido olvidarlas.

»—¡Qué vista tiene usted, señor Holmes! —exclamó con un suspiro de alivio—. Es como usted dice, pero no hablaremos de ello. De todos los fantasmas, los de nuestros antiguos amores son los más dolorosos. Pasemos a la sala de billar y fumemos tranquilamente unos cigarros.

»Desde aquel día, a pesar de su cordialidad, siempre hubo una nota de suspicacia en la actitud del señor Trevor hacia mí. Incluso me lo comentó su hijo. "Le ha dado tal susto al gobernador —dijo— que nunca tendrá la certeza de lo que sabe o deja de saber." Estoy seguro de que no quería demostrarlo, pero la sospecha estaba tan firmemente arraigada en su mente que afloraba en cualquier ocasión. Al final, estaba tan convencido de que mi presencia le causaba tal incomodidad que di por concluida mi visita. Sin embargo, aquel mismo día, antes de marcharme, ocurrió cierto incidente que después demostraría tener su importancia.

»Estábamos los tres sentados en el césped sobre nuestras sillas de jardín, tomando el sol y admirando la vista de los Broads, cuando la sirvienta vino para comunicar que había alguien que quería ver al señor Trevor.

»—¿Cuál es su nombre? —preguntó mi anfitrión.

»—No ha querido dar ninguno.

»—¿Y entonces qué quiere?

»—Dice que le conoce y que sólo quiere hablar un momento con usted.

»—Hágale pasar aquí.

»Un instante después apareció un hombrecillo arrugado con una actitud servil que arrastraba los pies. Llevaba una chaqueta abierta con una gran salpicadura de alquitrán en la manga y una camisa a cuadros rojos y negros, pantalones de *dungaree*[12] y pesadas botas muy desgastadas. Su rostro era delgado y moreno y astuto, con una sonrisa perpetua dibujada en él, la cual mostraba una hilera irregular de dientes amarillos, y sus manos arrugadas estaban cerradas a medias, del modo que distingue a los marineros. Al acercarse encorvado atravesando el prado, oí que la garganta del señor Trevor hacía un ruido semejante a un hipido y, saltando de su silla, salió corriendo hacia la casa. Volvió en un momento, y pude notar un fuerte olor a brandy cuando pasó junto a mí.

»—Bien, amigo mío —dijo—. ¿En qué puedo ayudarle?

»El marinero se quedó allí, mirándole con los ojos entrecerrados y con la misma sonrisa estúpida en la cara.

»—¿No me conoce? —preguntó.

»—Pero, hombre, ¡si no es otro que Hudson! —dijo el señor Trevor en tono de sorpresa.

»—Hudson soy, señor —dijo el marinero—. Es que han pasado más de treinta años desde la última vez que le vi. Aquí está usted en su casa y yo todavía sigo comiendo carne en salazón del barril de a bordo.

»—Bah, ya se dará cuenta de que no he olvidado los viejos tiempos —exclamó el señor Trevor, y, caminando hacia el marinero, le dijo algo en voz baja.

---

12 Pantalones de tela basta semejante a la vaquera *[N. de la T.]*.

»—Vaya a la cocina —continuó en voz alta—, y le darán de comer y de beber. No me cabe duda de que le encontraré un puesto en mi casa.

»—Gracias, señor —dijo el marinero llevándose la mano a la visera de la gorra—. Acabo de terminar dos años de servicio en un vagabundo de ocho nudos en el que éramos muy poca tripulación, así que deseaba un descanso. Pensé que lo conseguiría con el señor Beddoes o con usted.

»—¡Ah! —exclamó el señor Trevor—. ¿Sabe dónde está el señor Beddoes?

»—Por favor, señor, sé dónde están todos mis viejos amigos —dijo el tipo con una sonrisa siniestra, y se fue arrastrando los pies detrás de la sirvienta.

»El señor Trevor nos murmuró algo sobre que había navegado con aquel hombre cuando volvió de las minas y, dejándonos allí, entró en la casa. Al entrar nosotros, una hora más tarde, nos lo encontramos borracho perdido en el sofá del salón. Todo aquel incidente me dejó una impresión de lo más negativa, y no lamenté abandonar Donnithorpe, puesto que me daba cuenta de que mi presencia debía ser embarazosa para mi amigo.

»Todo esto ocurrió durante el primer mes de las vacaciones de verano. Volví a mis habitaciones en Londres, donde pasé siete semanas trabajando en unos experimentos sobre química orgánica. Sin embargo, un día, bien entrado ya el otoño y cuando las vacaciones tocaban a su fin, recibí un telegrama de mi amigo suplicándome que regresase a Donnithorpe y diciéndome que necesitaba desesperadamente mi ayuda y consejo. Por supuesto dejé todo lo que estaba haciendo y salí hacia el norte una vez más.

»Vino a buscarme con un *dog-cart* a la estación y se podía ver con sólo un vistazo que los dos últimos meses habían resultado muy difíciles para él. Había adelgazado y se encontraba agobiado por alguna preocupación, puesto que había perdido el carácter jovial y amable que le caracterizaba.

»—El gobernador se muere —fue lo primero que dijo.

»—¡Imposible! —exclamé—. ¿Qué le ocurre?

»—Apoplejía. Un *shock* nervioso. Todo el día ha estado a las puertas de la muerte. Dudo que esté vivo cuando lleguemos.

»Como se puede imaginar, Watson, estaba horrorizado por estas inesperadas noticias.

»—¿Qué se lo ha causado? —pregunté.

»—Ah, ésa es precisamente la cuestión. Suba y se lo contaré mientras viajamos. ¿Recuerda a aquel tipo que vino la tarde anterior a su partida?

»—Por supuesto.

»—¿Sabe a quién dejamos entrar en casa aquel día?

»—No tengo ni idea.

»—Era el mismo diablo, Holmes —exclamó.

»Le miré atónito.

»—Sí, era el diablo en persona. No hemos tenido ni un momento de paz desde entonces, ni uno solo. El gobernador no ha levantado cabeza desde aquella tarde, y ahora le han arrancado la vida y se le ha partido el corazón, y todo por culpa de este maldito Hudson.

»—¿Qué poder tiene, pues?

»—Ah, yo daría cualquier cosa por saber eso. ¡El bueno del gobernador, tan amable y caritativo! ¿Cómo pudo caer en las garras de semejante rufián? Pero me alegra que haya venido, Holmes. Confío sobremanera en su juicio y discreción y sé que me dará su mejor consejo.

»Avanzábamos por la suave y blanca carretera rural, y ante nosotros brillaba la amplia extensión de los Broads a la roja luz del sol poniente. En una arboleda a nuestra izquierda podía ver ya las altas chimeneas y el mástil de la bandera que señalaba el hogar del terrateniente.

»—Mi padre lo empleó como jardinero —dijo mi compañero—, y como eso no le satisfizo fue ascendido a mayordomo. Tenía la casa a su merced, hacía en ella lo que se le antojaba e iba adonde quería. Las sirvientas se quejaban de su afición a la bebida y de su lenguaje soez, pero mi padre les subió el sueldo para compensarlas por las molestias. El tipo usaba el bote y la mejor escopeta de mi padre y se embarcaba en cacerías. Y todo eso lo hacía con una expresión de insolencia, malicia y desprecio que, si hubiera sido un hombre de mi edad, lo hubiese tumbado veinte veces de un puñetazo. Le aseguro que he tenido que hacer grandes esfuerzos para controlarme, y ahora me pregunto si no hubiera sido mucho más sabio dejarme llevar por mis impulsos.

»—Bueno, las cosas sólo fueron a peor, y esta alimaña, Hudson, se mostraba cada vez más impertinente, hasta que al fin, cuando un día estando yo presente le contestó con una insolencia a mi padre, lo sujeté por los hombros y lo eché de la habitación. Se escabulló con el rostro lívido y los ojos llenos de veneno y profirió más amenazas de las que su lengua era capaz de pronunciar. Después de aquello no sé qué pasó entre mi pobre padre y él, pero papá vino al día siguiente y me pidió que, por favor, me disculpara con él. Me negué, como se puede imaginar, y le pregunté a mi padre cómo podía permitir que semejante miserable se tomara estas libertades con él y en su casa.

»—Ah, hijo mío —dijo—, es muy fácil hablar, pero no sabes en qué situación estoy. Pero ya lo sabrás, Victor. Yo me ocuparé de que lo sepas, pase lo que pase. ¿Verdad que no crees que tu padre haya hecho nada malo, muchacho?

»—Estaba muy emocionado y se encerró en el estudio todo el día, donde, como pude ver por la ventana, escribía afanosamente.

»—Aquella tarde se produjo lo que para mí representó un gran alivio, puesto que Hudson dijo que nos abandonaba. Después de que termináramos de cenar entró en el salón y anunció sus intenciones con la voz pastosa de un hombre medio borracho.

»—Ya me he hartado de Norfolk —dijo—. Iré a ver al señor Beddoes, en Hampshire. Sé que se alegrará de verme, lo mismo que usted.

»—No se marcha enfadado, ¿verdad, Hudson? —dijo mi padre con tal sumisión que me hizo hervir la sangre.

»—No se han disculpado conmigo —dijo de mal humor mirando en mi dirección.

»—Victor, ¿reconoces que has tratado con dureza a este buen hombre? —dijo papá dirigiéndose a mí.

»—Al contrario, creo que ambos hemos demostrado una paciencia infinita con él —respondí.

»—Ah, ¡conque esas tenemos! —gruñó—. Pues muy bien, hombre, ¡te vas a enterar!

»—Se arrastró fuera de la habitación y una hora y media después abandonó la casa, dejando a mi padre en un estado lamentable de nerviosismo. Noche tras noche le escuché caminar por la habitación y, cuando ya estaba recuperando la confianza en sí mismo, aconteció la desgracia.

»—¿Y cómo ocurrió? —pregunté con impaciencia.

»—De la manera más increíble. Ayer por la tarde llegó una carta dirigida a mi padre, con matasellos de Fordingbridge. Mi padre la leyó, se llevó las manos a la cabeza y comenzó a correr por la habitación en pequeños círculos, como un hombre que ha perdido la razón. Cuando conseguí tumbarle en el sofá, su boca y sus párpados estaban fruncidos en un lado y supe que había tenido un ataque. El doctor Fordham vino enseguida y le acostamos, pero la parálisis se había extendido por todo su cuerpo y no ha mostrado señales de recuperar la conciencia. Creo que es difícil que esté vivo cuando lleguemos.

»—¡Me horroriza, Trevor! —exclamé—. Entonces, ¿qué habría escrito en esa carta que ha provocado un resultado tan espantoso?

»—Nada. Y eso es lo inexplicable. El mensaje era absurdo y trivial. ¡Oh, Dios mío, es lo que me temía!

»Mientras hablábamos enfilamos la curva de la avenida de entrada y, con la luz mortecina, vimos que todas las persianas de la casa estaba echadas. Al correr hacia la puerta, el semblante de mi amigo se convulsionó por el dolor al ver que un caballero vestido de negro aparecía en el umbral.

»—¿Cuándo ocurrió, doctor? —preguntó Trevor.

»—Casi inmediatamente después de marcharse usted.

»—¿Recuperó la conciencia?

»—Durante un instante, antes del final.

»—¿Dejó algún mensaje para mí?

»—Sólo que los documentos están en el cajón posterior del armario japonés.

»Mi amigo subió con el doctor a la habitación donde se había producido el fallecimiento mientras yo me quedé en el estudio, dando vueltas en la cabeza a todo aquel asunto y sintiéndome más sombrío de lo que lo había hecho jamás en la vida. ¿Cuál era el pasado de este Trevor, boxeador, viajero y buscador de oro, y cómo había caído en las garras de aquel mordaz marinero? Y, además, ¿por qué se desplomaría ante la alusión a las iniciales medio borradas de su brazo y se moriría de miedo al recibir una carta de Fordingbridge? Entonces me acordé de que Fordingbridge estaba en Hampshire, y que se había mencionado que el señor Beddoes, a quien el marinero había ido a visitar probablemente con la intención de chantajear, también vivía en Hampshire. Entonces, la carta podía haber sido enviada por Hudson, el marinero, comunicándole que había traicionado el vergonzoso secreto que parecía existir, o podría haber sido enviada por Beddoes, avisando a su antiguo cómplice de que dicha traición era inminente. Hasta ahí parecía claro. Pero ¿cómo podría ser esta carta trivial y grotesca, tal como la describió el hijo? Debe haber malinterpretado su significado. De ser así, debía estar escrita con un ingenioso código secreto que significaba una cosa mientras parecía decir otra. Debía ver aquella carta. Si en ella había un significado oculto, confiaba en poder desentrañarlo. Durante una hora estuve sentado en la penumbra pensando sobre todo esto, hasta que una doncella que lloraba llegó con una lámpara y detrás de ella vino mi amigo Trevor, pálido pero sereno, trayendo consigo estos mismos documentos que tengo sobre las rodillas. Se sentó frente a mí, acercó la lámpara al borde de la mesa y me tendió una breve nota, escrita, como puede ver usted, en una hoja de papel gris. "El suministro de caza para Londres aumenta regularmente —decía—. Creemos que ya se le ha comunicado al guardabosques en jefe Hudson que reciba todos los pedidos de papel atrapamoscas y que conserve la vida de sus faisanes hembra."

»Le aseguro que mi rostro reflejó el mismo asombro que el suyo cuando leí por primera vez este mensaje. Volví a leerlo cuidadosamente. Como había pensado, era evidente que debía haber otro significado oculto en aquella extraña combinación de palabras. ¿O podría ser que existiera un significado acordado previamente para "papel atrapamoscas" y "faisanes hembra"? Dicho significado podría ser arbitrario, por lo que no podría deducirlo de ninguna de las maneras. Aun así, no me sentía inclinado a creer que ése fuese el caso, y que figurase la palabra "Hudson" parecía indicar que el tema de la carta era el que yo había supuesto, y que había sido enviado por Beddoes y no por el marinero. Intenté leerlo al revés, pero la combinación "vida de sus faisanes hembra" no me dio un resultado alentador. Entonces intenté leer las palabras alternativamente, pero ni "de para" ni "suministro caza Londres" arrojaban alguna luz sobre aquello.

»Y entonces, de pronto, tuve en mis manos la clave para aquel enigma, y me di cuenta de que, anotando cada tercera palabra, a partir de la primera,

aparecía un mensaje que bien podría haber llevado al viejo Trevor a la desesperación.

»El aviso era corto y lacónico, y así se lo leí a mi compañero:

> El juego ha terminado. Hudson lo ha contado todo. Huya para salvar su vida.[13]

»Victor Trevor hundió el rostro entre las manos temblorosas.

»—Supongo que debe significar eso —dijo—. Esto es peor que la muerte, puesto que significa también la deshonra de la memoria de mi padre. ¿Pero cuál es el significado de "guardabosques" y "faisanes hembra"?[14]

»—En el mensaje nada, pero podrían ser muy útiles para nosotros si no tuviéramos otros medios para descubrir al remitente. Puede ver que ha comenzado escribiendo «el [...] juego [...] ha», y así sucesivamente. Y luego tuvo que completar el cifrado acordado previamente incluyendo dos palabras en cada espacio. Naturalmente emplearía las primeras palabras que le viniesen a la mente, y si de esas palabras hubiera muchas que se refirieran al deporte de la caza, puede estar bastante seguro de que es un apasionado de la caza o tiene interés por la cría de animales. ¿Sabe algo del tal Beddoes?

»—Bueno, ahora que lo menciona —dijo—, recuerdo que mi pobre padre solía recibir invitaciones suyas para ir a cazar a sus cotos todos los otoños.

»—Entonces, sin duda, es él quien envió la nota —dije—. Sólo nos queda averiguar en qué consiste este secreto que el marinero Hudson hacía pender sobre las cabezas de estos dos hombres ricos y respetados.

»—¡Ay, Holmes, mucho me temo que sea un pecado vergonzoso! —exclamó—. Pero yo no tendré secretos con usted. Aquí está la declaración que

---

13 Con el objeto de clarificar el razonamiento de Holmes y de que el cifrado tenga sentido en castellano, se incluye el original inglés y la codificación del mensaje:

The supply of game for London is going steadily up. Head-keeper Hudson, we believe, has been now told to receive all orders for fly-paper and for preservation of your hen-pheasant»s life.

Lo que daría como resultado:
The game is up Hudson has told all fly for your life.

Es decir:
El juego ha terminado. Hudson lo ha contado todo. Huya para salvar su vida *[N. de la T.]*.

14 «Guardabosques» (*head-keeper* en el original), «atrapamoscas» (*fly-paper* en el original) y «faisanes hembra» (*hen-pheasants* en el original) *[N. de la T.]*.

escribió mi padre cuando supo que el peligro que representaba Hudson era inminente. Lo descubrí en el armario japonés, como me dijo el doctor. Tómela y léamela, ya que no tengo ni la fuerza ni el valor de hacerlo yo mismo.

»Watson, éstos son los mismos papeles que me tendió, y se los leeré a usted igual que se los leí a él en el viejo estudio aquella noche. Como ve, están titulados en el reverso: "Detalles del viaje de la corbeta Gloria Scott, desde su salida de Falmouth el 8 de octubre de 1855 hasta su destrucción en lat. 15° 20' N, long. 25° 14' O el 6 de noviembre". Está presentada en forma de carta y dice así:

> Mi querido, querido hijo:
>
> Ahora que se aproxima la desgracia que oscurece los últimos años de mi vida, puedo escribirte, honesta y sinceramente, que no es temor a la ley, ni a la pérdida de mi cargo en el condado, ni a caer en desgracia a ojos de todos los que me han conocido lo que me destroza el corazón, sino la idea de que tú te avergüences de mí, tú que me amas y que, espero, rara vez has tenido ocasión de perderme el respeto. Pero si acontece la desgracia que siempre ha pendido sobre mi cabeza, entonces quiero que leas esto para que sepas a través de mí hasta qué punto se me puede echar la culpa. Por otro lado, si todo fuera bien (¡así lo quiera el Señor Todopoderoso!), entonces, si por alguna casualidad este documento no se ha destruido y llega a tus manos, por todo lo que es sagrado, por la memoria de tu querida madre y por todo el amor que ha habido entre nosotros, te suplico que lo lances al fuego y no vuelvas a dedicarle ni un solo pensamiento.
>
> En cambio, si tus ojos recorren estas líneas querrá decir que he sido denunciado y expulsado de mi hogar o, como resultaría más probable —pues ya sabes que tengo el corazón débil—, yaceré con la boca sellada para siempre con la muerte. En cualquier caso, se han acabado los secretos y todo lo que te cuento a continuación es la pura verdad; lo juro por la piedad que espero recibir cuando llegue mi hora.
>
> Mi nombre, querido muchacho, no es Trevor. Me llamaba James Armitage cuando era joven, y ahora podrás entender la impresión que me causó, hace unas semanas, que tu amigo de la universidad me dirigiera aquellas palabras que me dieron a entender que había descubierto

mi secreto. Como Armitage entré a trabajar en un banco de Londres y como Armitage fui acusado de quebrantar las leyes de mi país y sentenciado a ser deportado. No me juzgues con dureza, hijo, me vi obligado a pagar una especie de deuda de honor y usé un dinero que no era mío para hacerlo, con la convicción de que podría devolverlo antes de que alguien lo echara en falta. Pero tuve la peor de las suertes. El dinero con el que yo había contado nunca llegó a mis manos y una prematura revisión de las cuentas bancarias dejó al descubierto mi desfalco. El caso hubiera podido ser juzgado con más benevolencia, pero hace treinta años las leyes se administraban con más dureza que ahora y en mi veintitrés cumpleaños me encontré encadenado como un vulgar delincuente junto a otros treinta y siete presidiarios en el entrepuente de la corbeta Gloria Scott, rumbo a Australia.

Era el año 55, cuando la guerra de Crimea estaba en su apogeo y los viejos navíos para transportar presidiarios se empleaban como transporte en el mar Negro. Por tanto, el Gobierno se vio obligado a usar navíos más pequeños y menos adecuados para deportar a sus prisioneros. La Gloria Scott se había empleado en el transporte de té chino, pues se trataba de un buque anticuado de proa roma y gran manga y los nuevos clíperes la habían arrinconado. Era un navío de quinientas toneladas y, además de sus treinta y ocho presidiarios, transportaba a veintiséis tripulantes, dieciocho soldados, un capitán, tres pilotos, un médico, un capellán y cuatro guardianes. En total, casi un centenar de almas íbamos a bordo cuando zarpamos de Falmouth.

Las divisiones de las celdas, en vez de ser de grueso roble, como es habitual en los barcos que transportan prisioneros, eran bastante delgadas y frágiles. El preso contiguo a mi celda en dirección a popa ya había llamado mi atención cuando llegamos al muelle. Era un joven barbilampiño, con una nariz larga y delgada y mandíbulas poderosas. Mantenía la cabeza alta y desafiante, caminaba arrastrando los pies y, sobre todo, destacaba por su extraordinaria estatura. No creo que ninguno de nosotros le llegase al hombro, y estoy seguro de que no medía menos de seis pies y medio. Era extraño ver a alguien de su energía y resolución entre tantos rostros cansados y tristes. Su visión fue para mí como la de una hoguera en una tormenta de nieve. Me alegró descubrir que era mi vecino de celda, y me alegró más aún cuando, en la quietud de la noche, escuché que me susurraban al oído y descubrí que se las había arreglado para hacer una abertura en la pared de madera que nos separaba.

—¡Hola, compañero! —dijo—, ¿cómo te llamas y por qué estás aquí?

—Le respondí y le pregunté, a mi vez, con quién hablaba.

—Soy Jack —dijo— y juro por Dios que llegarás a bendecir mi nombre antes de lo que tarda en cantar un gallo.

Recordé que había oído hablar de su caso, puesto que causó una sensación enorme por todo el país poco antes de mi propio arresto. Era un hombre de buena familia y de gran talento, aunque de peligrosos e incurables hábitos, que había ingeniado un astuto fraude y obtenido enormes sumas de dinero de los más importantes comerciantes de Londres.

—¡Ja, ja! ¿Así que recuerdas mi caso?

—Desde luego que sí.

—Entonces tal vez recordarás que había un detalle un tanto extraño.

—¿Y cuál era?

—Había conseguido casi un cuarto de millón, ¿cierto?

—Eso se decía.

—Pero no lograron recuperar ni un céntimo, ¿eh?

—No.

—Bien, ¿y dónde supones que está el botín? —preguntó.

—No tengo ni idea —dije.

—Justo aquí, entre mi índice y mi pulgar —exclamó—. Por Dios que tengo más libras a mi nombre que pelos tú en la cabeza. Y si tienes dinero, hijo mío, y sabes cómo manejarlo y hacerlo circular, puedes hacer lo que quieras. Y no creerás que un hombre que puede hacer lo que quiera va a desgastarse los pantalones sentado en la apestosa bodega de un mohoso carguero de las costas de China, infestado de ratas y cucarachas como un ataúd putrefacto. No, señor, un hombre así sabe cuidar de sí mismo y sabe cuidar de sus compañeros. ¡Puedes estar seguro de ello! Confía en él y, tan cierto como la Biblia, te sacará adelante.

Así era su manera de hablar, y al principio pensé que no quería decir nada, pero luego, pasado un tiempo, después de haberme puesto a prueba y haberme obligado a jurar con toda solemnidad, me hizo saber que había un complot en marcha para hacerse con el mando del barco. Una docena de prisioneros lo había tramado antes de subir a bordo; Prendergast era el líder y su dinero era la motivación.

—Tenía un socio —dijo—, un hombre de un valor difícil de encontrar, tan leal como la culata de un fusil lo es a su cañón. Él es quien guarda la pasta, ¿y dónde crees que está ahora? Pues bien, es el capellán de este barco, ¡el capellán, nada menos! Vino a bordo con un abrigo negro y los papeles en regla y con dinero suficiente como para comprar esta cáscara de nuez, desde la quilla hasta la gorra del palo mayor. La tripulación es suya en cuerpo y alma. Podía comprarla al por mayor con descuento por pagar al contado y lo hizo antes de que firmaran la conformidad de embarque. Cuenta con dos de los guardianes y con Mereer, el segundo piloto; compraría al propio capitán si considerase que vale la pena.

—¿Y qué vamos a hacer ahora? —pregunté.

—¿Qué crees? —dijo—. Vamos a hacer que las casacas de estos soldados se vuelvan más rojas que cuando las tiñó el sastre.

—Pero están armados —dije.

—Y nosotros también lo estaremos, muchacho. Hay un par de pistolas para cada uno de nosotros, y si no podemos hacernos con el barco con la tripulación de nuestra parte, más vale que nos manden a todos a un internado de señoritas. Habla con tu compañero de la izquierda esta noche y comprueba si es digno de confianza.

Desde el primer momento no hubo nada que evitase que nos hiciésemos con el barco. La tripulación era una panda de rufianes escogidos especialmente para el trabajo. El supuesto capellán venía a nuestras celdas para animarnos y llevaba una bolsa negra que se suponía que estaba llena de libros religiosos; y venía tan a menudo que, al tercer día, cada uno de nosotros tenía ocultos al pie del camastro una lima, un par de pistolas, una libra de pólvora y veinte postas. Dos de los guardianes eran agentes de Prendergast, y el segundo piloto era su mano derecha. El capitán, los dos pilotos, los dos guardianes, el teniente Martin, sus dieciocho soldados y el doctor eran todos a los que debíamos hacer frente. No obstante, a pesar de que era un asunto seguro, nos decidimos a tomar las mayores precauciones y desatar nuestro ataque por sorpresa y por la noche. Sin embargo, se produjo antes de lo que esperábamos y fue de la siguiente manera:

Una noche, unas tres semanas después de zarpar, el doctor bajó para ver a uno de los prisioneros que estaba enfermo, y al poner la mano en la parte inferior del catre sintió el contorno de las pistolas. Si hubiera permanecido en silencio, hubiese mandado todo al traste, pero era un tipo nervioso, así que dio un grito de sorpresa y se puso tan pálido que el preso supo al instante lo que había ocurrido y lo inmovilizó. Fue amordazado antes de que pudiera dar el grito de alarma y le ataron al camastro. Había dejado abierta la puerta que llevaba a la cubierta y por allí salimos todos rápidamente. Los dos centinelas fueron abatidos a tiros, y lo mismo le ocurrió a un cabo que acudió corriendo a ver qué sucedía. Había dos soldados más junto a la puerta del salón, pero al parecer sus mosquetes no estaban cargados, puesto que no dispararon sobre nosotros, y ambos fueron acribillados a balazos mientras intentaban calar sus bayonetas. Entonces nos abalanzamos hacia el camarote del capitán, pero al abrir la puerta se produjo una detonación en el interior y lo encontramos con la cabeza sobre el mapa del Atlántico que estaba sujeto con chinchetas en la mesa, mientras el capellán, que estaba de pie junto a él, sujetaba una pistola humeante en la mano. Los dos pilotos habían sido atrapados por la tripulación y la situación parecía estar totalmente bajo control.

El salón era contiguo al camarote del capitán; entramos allí en bandada y nos acomodamos en los asientos hablando todos a la vez, puesto que nos había enloquecido la sensación de ser libres de nuevo. Había armarios a nuestro alrededor y Wilson, el falso capellán, rompió uno de ellos y sacó una docena de botellas de jerez añejo. Abrimos las botellas rompiendo los golletes y vertimos el vino en los vasos, y, cuando los estábamos apurando, de repente y sin avisar, llegó el rugido de los mosquetes a nuestros oídos y el salón se llenó de humo hasta tal punto que no podíamos ver lo que había al otro lado de la mesa. Cuando el humo se aclaró, el lugar era un desastre. Wilson y ocho hombres más se retorcían en el suelo, tirados unos sobre otros, y la imagen de la sangre mezclada con el jerez añejo de aquella mesa todavía me pone enfermo cuando lo recuerdo. Estábamos tan acobardados al ver aquello que creo que nos hubiésemos rendido de no ser por Prendergast. Bramó como un toro y se abalanzó hacia la puerta con todos los supervivientes pisándole los talones. Salimos corriendo a cubierta y allí, en la popa, estaba el teniente con diez de sus hombres. Nos habían disparado a través de los tragaluces entreabiertos del salón. Caímos sobre ellos antes de que pudiesen recargar y aguantaron como valientes, pero pudimos con ellos y en cinco minutos todo hubo terminado. ¡Dios mío! No creo que haya habido jamás un matadero como el de aquel barco. Prendergast parecía un diablo enloquecido, levantó a los soldados como si fuesen niños y los tiró por la borda, estuviesen vivos o muertos. Hubo un sargento con heridas terribles que, sorprendentemente, se mantuvo a flote durante algún tiempo, hasta que alguien tuvo la piedad de volarle la cabeza. Cuando acabó la lucha, no quedaba ninguno de nuestros enemigos, excepto los guardias, los pilotos y el doctor.

Precisamente a causa de ellos se produjo una gran discusión. Muchos de nosotros nos dábamos por satisfechos con haber recuperado nuestra libertad y no deseábamos cargar con aquellos asesinatos. Una cosa era tumbar a soldados armados con mosquetes y otra presenciar cómo se asesinaba a unos hombres a sangre fría. Ocho de nosotros, cinco presos y tres marineros, dijimos que no queríamos presenciar aquella atrocidad, pero no hubo manera de convencer a Prendergast y a los que estaban con él. Decía que nuestra única posibilidad de salvación residía en completar el trabajo y no dejaría una sola lengua capaz de hablar en el estrado de los testigos. Casi acabamos corriendo la misma suerte que los prisioneros, pero al final dijo que si queríamos podíamos tomar un bote y marcharnos. Aceptamos en el acto, puesto que estábamos hartos de tantos sucesos sangrientos y vimos que las cosas no harían sino empeorar. Nos dieron un traje de marinero a cada uno, un tonel de agua, uno de bazofia, y uno de galletas y un compás. Prendergast nos arrojó una carta de navegación, nos dijo que éramos marineros cuyo buque había naufragado a 15° de latitud y 25° de longitud oeste, cortó la amarra y nos dejó marchar.

Y ahora viene la parte más sorprendente de mi historia, mi querido hijo. Los marineros, para inmovilizar el barco durante la rebelión, habían plegado la vela de trinquete, pero ahora, mientras nos alejábamos de ellos, la habían izado de nuevo y, puesto que soplaba una ligera brisa proveniente del norte y del este, la corbeta comenzó a alejarse lentamente de nosotros. Nuestro bote subía y bajaba a merced del suave oleaje, y Evans y yo, que éramos los hombres más cultos del grupo, estábamos sentados a popa calculando nuestra posición y planificando a qué costa podríamos dirigirnos. Era una cuestión peliaguda, puesto que Cabo Verde se encontraba a quinientas millas al norte y la costa de África estaba a setecientas millas al este. Finalmente, puesto que el viento venía del norte, pensamos que Sierra Leona sería el mejor destino y enfilamos en aquella dirección, cuando a estribor perdíamos contacto en el horizonte con la corbeta. De repente, mientras mirábamos en su dirección, vimos que brotaba de ella una densa nube de humo negro que colgaba sobre el horizonte como un árbol monstruoso. Unos segundos después, una explosión retumbó en nuestros oídos como un trueno y, mientras el humo se disipaba, no quedó ni rastro de la Gloria Scott. Instantes después viramos en redondo y remamos con todas nuestras fuerzas hacia el lugar, donde el humo que aún flotaba sobre el agua señalaba la escena de la catástrofe.

Pasó una hora larga antes de que llegásemos allí y al principio temimos haberlo hecho demasiado tarde para salvar a alguien. Un bote hecho astillas y varias cajas de embalaje y trozos de la arboladura se mecían sobre las olas indicándonos dónde se había ido a pique la corbeta. Al no advertirse señales de vida, abandonamos toda esperanza; entonces escuchamos un grito de ayuda y vimos, a cierta distancia, unos restos del naufragio con un hombre tendido sobre ellos. Cuando le subimos a bordo, resultó ser un joven marinero llamado Hudson, que estaba tan exhausto y lleno de quemaduras que no nos pudo contar nada de lo que había ocurrido hasta la mañana siguiente.

Parece ser que después de que nos marchásemos, Prendergast y su banda habían comenzado a dar muerte a los prisioneros que quedaban; los dos guardias habían sido asesinados a tiros y arrojados por la borda y lo mismo hicieron con el tercer piloto. Posteriormente, Prendergast bajó al entrepuente y con sus propias manos degolló al desafortunado cirujano. Sólo quedaba el primer piloto, que era un hombre valiente y decidido. Cuando vio al prisionero acercarse con el cuchillo ensangrentado en la mano, se desprendió de sus ataduras, que de algún modo se habían aflojado, y, echando a correr por la cubierta, se precipitó a la bodega de popa.

Una docena de convictos, que bajó con sus pistolas a buscarle, le encontró con una caja de cerillas en la mano, sentado junto a un barril de pólvora abierto, que era uno de los cien que había a bordo. Juró que los haría volar a todos por los aires si le atacaban. Un instante después se produjo la explosión, aunque Hudson pensó que fue por la bala perdida de uno de los presidiarios y no por una de las cerillas del oficial. Pero, cualquiera que fuese la causa, aquello significó el fin de la Gloria Scott y de la chusma que se había apoderado de ella.

Y ésta es, en pocas palabras, mi querido hijo, la historia de este horrible asunto en el que me vi involucrado. Al día siguiente nos avistó el bergantín Hotspur, que iba rumbo a Australia, y cuyo capitán no dudó de que éramos los supervivientes de un navío de pasajeros que se había ido a pique. El Almirantazgo pensó que el navío de transporte de presos Gloria Scott se había perdido en alta mar y ni una palabra se ha sabido jamás acerca de su verdadero destino. Tras un tranquilo viaje, el Hotspur nos desembarcó en Sídney, donde Evans y yo nos cambiamos el nombre y emprendimos nuestro camino hacia las excavaciones, donde no tuvimos la menor dificultad en perder nuestras anteriores identidades.

No es necesario que cuente el resto. Prosperamos, viajamos, volvimos a Inglaterra como ricos colonos y adquirimos propiedades en el campo. Durante más de veinte años hemos llevado una vida pacífica y útil y esperábamos que nuestro pasado estuviera enterrado para siempre. Imagina lo que sentí, pues, cuando vino aquel marinero y reconocí, al instante, al hombre al que salvamos del naufragio. De algún modo había logrado seguirnos y estaba dispuesto a vivir a expensas de nuestro miedo. Ahora comprenderás por qué me esforcé en mantener la paz con él y hasta cierto punto entenderás los temores que me invaden, ahora que se ha marchado de aquí a encontrarse con su otra víctima, profiriendo amenazas por la boca.

»Debajo había escrito, con una letra tan temblorosa que apenas era legible, “Beddoes escribe en clave para decir que H. lo ha contado todo. ¡Que el señor se apiade de nuestras almas!”.

»Tal fue la narración que aquella noche leí al joven Trevor, y creo, Watson, que dadas las circunstancias resultó de lo más dramático. El buen muchacho se quedó con el corazón destrozado y se marchó a una plantación de té en Terai donde, según oí, le iba muy bien. En cuanto al marinero y a Beddoes, no se ha vuelto a oír nada de ellos desde el día en que fue escrita la carta de advertencia. Ambos desaparecieron total y completamente.

La policía no recibió ninguna denuncia, puesto que Beddoes se tomó como hecho lo que sólo era una amenaza. Se había visto a Hudson acechar furtivamente por la zona y la policía pensó que había liquidado a Beddoes y había huido. Creo que lo más probable es que Beddoes, movido por la desesperación y creyéndose traicionado, se vengara de Hudson y huyera del país con todo el dinero que pudo reunir. Éstos son los hechos del caso, doctor y, si resultan de alguna utilidad para su colección, con mucho gusto los pongo a su disposición.

El ritual Musgrave

Una peculiaridad del carácter de mi amigo Sherlock Holmes que a menudo me llamaba la atención era que, aunque en sus procedimientos lógicos era el más ordenado y metódico de todos los hombres y aunque también mostraba cierto esmero en vestir con discreción, en cambio en sus costumbres personales era uno de los hombres más desordenados que jamás hayan llevado a la desesperación a un compañero de piso. No es que yo sea ni mucho menos convencional en este aspecto, pues tanto mi vida turbulenta en Afganistán como mi propia disposición a llevar una vida bohemia me han convertido en un hombre más descuidado de lo que correspondería a un médico. Pero hasta yo tengo un límite, y cuando me encuentro con un hombre que guarda sus cigarros en el cubo del carbón, su tabaco en la punta de una zapatilla persa y clava su correspondencia sin contestar con una navaja de bolsillo en el mismo centro de la repisa de madera de la chimenea, empiezo a considerarme un dechado de virtudes. Asimismo, siempre he sostenido que practicar con la pistola debería ser, indiscutiblemente, un pasatiempo al aire libre; y cuando Holmes, en uno de sus arrebatos de extravagante humor, se sentaba en su butaca con su revólver y cien cartuchos Boxer procediendo a adornar la pared opuesta con un patriótico V. R. escrito a balazos, yo creía firmemente que ni la atmósfera ni la apariencia de nuestra habitación mejoraban con ello.

Nuestras habitaciones siempre estaban llenas de productos químicos y recuerdos de investigaciones criminales que tenían la manía de desplazarse hasta lugares improbables, apareciendo en la mantequillera o en sitios aún más indeseables. Pero mi mayor cruz eran sus papeles. Le tenía pánico a destruir documentos, especialmente aquéllos relacionados con sus casos del pasado, y sólo una vez al año reunía energías para titularlos y ordenarlos, puesto que, como he mencionado ya en algún lugar de estas incoherentes memorias, sus arrebatos de apasionada energía, durante los cuales llevaba a cabo las extraordinarias hazañas con las que se asocia su nombre, eran seguidos por reacciones de apatía, durante las cuales permanecía tirado con su violín y sus libros, sin apenas moverse, excepto del sofá a la mesa. Así, los documentos se acumulaban meses y meses hasta que en todos los rincones de la habitación se amontonaban fajos de papel, que por nada del mundo podían quemarse y que no podían cambiarse de lugar a no ser que lo hiciese su propietario. Una noche de invierno, mientras nos sentábamos juntos al fuego, me atreví a sugerirle que, puesto que había terminado de pegar recortes en su libro de noticias, podría emplear las siguientes dos horas en hacer un poco más habitable nuestra habitación. No podía decir que mi petición era injusta, así que, con una expresión un tanto compungida, fue a su habitación, de donde regresó arrastrando detrás de él una gran caja metálica. La colocó en mitad del suelo y, acomodándose en un taburete frente a ella, abrió la tapa. Pude observar que un tercio de ella ya estaba lleno con fajos de papeles sujetos con cinta roja, formando paquetes separados.

—Aquí hay casos de sobra, Watson —dijo mirándome con sus ojos maliciosos—. Creo que si supiera todo lo que guardo en esta caja, me pediría que sacase parte de su contenido, en vez de meter más papeles dentro.

—Entonces, ¿éstos son los documentos que registran sus primeros casos? —pregunté—. A menudo he deseado disponer de notas sobre ellos.

—Sí, muchacho; todos éstos se escribieron prematuramente, antes de que llegara mi biógrafo para glorificarme. —Levantó un fajo tras otro, cuidadosamente, casi con cariño—. No todos fueron éxitos, Watson —dijo—.

Pero entre ellos hay unos cuantos problemas bastante atractivos. Aquí está la historia del asesinato de Tarleton, y el caso de Vamberry, el comerciante de vinos, y la aventura de la anciana rusa, y el insólito caso de la muleta de aluminio, así como un registro completo de Ricoletti el de la pata de palo y su abominable esposa.[15] Y aquí... Ah, esto sí que es algo un poco *recherché*.[16]

Hundió el brazo hasta el fondo de la caja y sacó una pequeña cajita de madera con una tapa deslizante, como las que se emplean para guardar juguetes infantiles. De su interior extrajo un arrugado trozo de papel, una llave de bronce antigua, una pieza de madera que tenía una cuerda pegada y tres oxidados discos de metal.

—Bien, muchacho, ¿qué deduce usted al ver este lote? —preguntó sonriendo ante mi expresión.

—Es una colección curiosa.

—Muy curiosa, y la historia que le acompaña le parecerá todavía más curiosa.

—Entonces, ¿estas reliquias tienen una historia?

—Como que ellas mismas son la historia.

—¿Qué quiere decir?

Sherlock Holmes las tomó una por una y las dejó en el borde de la mesa. Después se volvió a sentar en la silla y las miró con un brillo de satisfacción en los ojos.

—Esto —dijo— es todo lo que me queda como recuerdo del episodio del ritual Musgrave.

Le había oído mencionar el caso más de una vez, aunque nunca había podido escuchar todos los detalles.

—Me gustaría mucho —dije— escuchar su relato del mismo.

—¿Y dejar toda esta basura aquí en medio? —exclamó maliciosamente—. Después de todo, su amor por el orden no soporta las tentaciones, Watson. Pero me alegraría que agregara este caso a sus crónicas, puesto que en él hay detalles que, creo, lo convierten en único en los archivos criminales

---

15 En el original se lee: *Ricoletti of the club foot and his abominable wife [N. de la T.].*

16 «Rebuscado», en francés en el original *[N. de la T.].*

de este u otro país. Desde luego, una colección de mis insignificantes logros estaría incompleta sin un relato de este asunto tan singular.

»Recordará cómo el asunto de la corbeta Gloria Scott y mi conversación con el desafortunado hombre cuyo destino ya le he relatado atrajeron mi atención por primera vez hacia la profesión que se ha convertido en el trabajo de mi vida. Usted me ve ahora, cuando mi nombre es conocido por doquier y cuando, por lo general, tanto el público como la policía me reconocen como el último tribunal de apelación para casos abiertos. Incluso cuando usted me conoció, en la época del asunto que usted rememoró en *Estudio en escarlata,* ya había establecido una considerable, aunque no muy lucrativa, red de contactos. No puede imaginar lo difícil que me resultó al principio y lo mucho que tuve que esperar antes de conseguir abrirme camino.

»Cuando llegué por primera vez a Londres, vivía en unas habitaciones en Montague Street, justo a la vuelta de la esquina del Museo Británico, y ahí esperé, ocupando mi abundante tiempo libre en estudiar aquellas especialidades científicas que podrían convertirme en un detective más eficiente. De vez en cuando se me presentaba algún caso, principalmente por la mediación de mis antiguos compañeros de estudios, puesto que durante mis últimos años de universidad se habló mucho sobre mí y mis métodos. El tercero de estos casos fue el del ritual Musgrave y, por el interés que despertaron aquellos acontecimientos y la importancia de lo que, según resultó, estaba en juego, lo considero mi primer paso hacia el lugar que ocupo ahora.

»Reginald Musgrave había ido a la misma universidad que yo y le conocía superficialmente. No era muy popular entre los estudiantes, aunque siempre me pareció que aquello que se consideraba orgullo no era más que un intento de ocultar una extrema falta de confianza en sí mismo. Su apariencia era la de un hombre cuya figura no podía ser más aristocrática, delgado, de nariz recta y ojos grandes, de modales lánguidos y sin embargo corteses. Era, efectivamente, el vástago de una de las más antiguas familias del reino, aunque la suya era una rama menor que se había separado de los Musgrave del norte en algún momento del siglo XVI y se había establecido en West Sussex, donde la mansión de Hurlstone es, quizá, el edificio habitado más antiguo del condado. Algo de su hogar natal parecía aferrarse a él, y no podía contemplar su rostro pálido y anguloso ni la postura de su cabeza sin asociarlos con las arcadas grises y las ventanas con parteluz y todos los demás venerables vestigios de un castillo feudal. De vez en cuando conversábamos, y puedo recordar que, más de una vez, expresó su vivo interés en mis métodos de observación y deducción.

»No le había visto en cuatro años hasta que una mañana entró en mi habitación de Montague Street. Había cambiado poco, se vestía como un joven a la moda —siempre fue algo dandi— y conservaba los mismos ademanes tranquilos y suaves que siempre le habían distinguido.

»—¿Qué tal le va, Musgrave? —pregunté después de darnos la mano cordialmente.

»—Seguramente habrá oído que mi pobre padre murió —dijo—. La muerte se lo llevó hace un par de años. Por supuesto, desde entonces he tenido que encargarme de administrar las fincas de Hurlstone y, ya que también soy parlamentario por mi distrito, he estado bastante ocupado. Pero, según tengo entendido, Holmes, está usted llevando a la práctica aquellas dotes con las que solía sorprendernos.

»—Sí —dije—, me he decidido a vivir de mi ingenio.

»—Estoy encantado de oír eso, puesto que, en este momento, su consejo sería de extraordinario valor para mí. Han ocurrido algunas cosas muy extrañas en Hurlstone y la policía no ha sido capaz de arrojar ninguna luz sobre el asunto. De verdad, es un asunto de lo más insólito e inexplicable.

»Puede imaginar con qué interés le escuchaba, Watson, puesto que la oportunidad que había anhelado durante todos aquellos meses de inacción al fin se ponía a mi alcance. En lo más profundo de mi corazón pensaba que podría tener éxito donde otros habían fracasado y ahora se me presentaba la oportunidad de probarme a mí mismo.

»—Por favor, deme los detalles —exclamé.

»Reginald Musgrave se sentó enfrente de mí y encendió el cigarrillo que le había tendido.

»—Seguramente ya sabe —dijo— que aunque soy soltero tengo que mantener una considerable plantilla de sirvientes en Hurlstone, ya que se trata de una vieja mansión llena de recovecos y necesita mucha atención. También poseo una reserva y, durante la época de la caza del faisán, suelo dar fiestas en casa, por lo que no debo andar corto de personal. En total hay ocho doncellas, el cocinero, el mayordomo, dos lacayos y un paje. El jardín y los establos, por supuesto, tienen asignado su propio personal.

»—De entre todos estos sirvientes, el que lleva más tiempo a nuestro servicio es Brunton, el mayordomo.[17] Cuando le contrató mi padre era un joven maestro de escuela sin trabajo, pero demostró ser un hombre de gran energía y carácter y pronto se hizo indispensable en la casa. Era un hombre atractivo, bien plantado, con una frente amplia y despejada y, aunque lleva veinte años con nosotros, ahora no puede tener más de cuarenta. Dados su talento y sus extraordinarias dotes, puede hablar varios idiomas y toca prácticamente todos los instrumentos musicales; resulta extraordinario que se haya dado por satisfecho con ocupar ese puesto, pero supongo que se encontraba a gusto y le faltaba la energía necesaria para cambiar. El mayordomo de Hurlstone es algo que siempre recuerdan todos aquellos que nos visitan.

»—Pero este dechado de virtudes tiene un defecto. Es un poco don juan, y puede imaginar que para un hombre como él no resulta un papel difícil de interpretar en un tranquilo distrito rural. Mientras estuvo casado, todo fue muy bien, pero, desde que enviudó, nuestros problemas con él parecen no tener fin. Hace unos meses albergábamos la esperanza de que sentara la cabeza de nuevo, puesto que se comprometió con Rachel Howells, nuestra segunda criada, pero la ha abandonado y se ha liado con Janet Tregellis, la hija del jefe de guardabosques. Rachel, que es una buena chica pero de un ardiente temperamento galés, sufrió una leve fiebre cerebral y ahora vaga por la casa —o lo hacía hasta ayer— como un alma en pena, un pálido reflejo de lo que fue. Éste fue nuestro primer drama en Hurlstone, pero aconteció un segundo drama que desplazó el primero de nuestras mentes y que vino precedido por la caída en desgracia y el despido del mayordomo Brunton.

17 Sobre los mayordomos que aparecen en los relatos del estilo *whodunnit* (*whodunnit,* contracción de *Who done it?,* «¿Quién lo hizo?» en castellano, se refiere a los cuentos de misterio cuyo principal objetivo es averiguar quién cometió el crimen y dónde), al lector se le proporcionan todos los datos del crimen para que pueda resolver el misterio por sí mismo antes de finalizar el relato. Agatha Christie, con sus relatos de Poirot o miss Marple, sería quizá la autora más conocida *[N. de la T.].*

»—Sucedió así. Ya he dicho que el hombre era muy inteligente, y esta misma inteligencia le causó la ruina, puesto que, al parecer, le llevó a tener una curiosidad insaciable sobre cosas que no le incumbían. No tenía ni idea de hasta dónde llegaría, hasta que un insignificante incidente me abrió los ojos.

»—Ya he dicho que la mansión es grande e intrincada. Una noche de la semana pasada —el martes por la noche, para ser más exactos— no podía dormir, pues había tomado tontamente una taza de fuerte café *noir* después de cenar. Tras luchar contra el insomnio hasta las dos de la madrugada, me di cuenta de que todo era inútil, así que me levanté y encendí la vela con la intención de seguir con una novela que estaba leyendo. Sin embargo, el libro se había quedado en la sala de billar, así que me puse el batín y salí a buscarlo.

»—Para llegar a la sala de billar, tenía que descender un tramo de escaleras y cruzar el extremo de un pasillo que lleva a la biblioteca y a la sala de armas. Podrá imaginar mi sorpresa cuando, al mirar por este corredor, vi un destello de luz que provenía de la puerta abierta de la biblioteca. Yo mismo había apagado la lámpara y cerrado la puerta antes de acostarme. Naturalmente, lo primero que pensé fue en ladrones. Los muros de los corredores de Hurlstone están decorados en gran parte con trofeos de armas antiguas. Descolgué un hacha de guerra de uno de los muros y, dejando la vela detrás de mí, bajé por el corredor de puntillas y miré a hurtadillas por la puerta abierta.

»—En la biblioteca estaba Brunton, el mayordomo. Se encontraba sentado en un sillón, completamente vestido, con una hoja de papel que parecía un mapa extendida sobre las rodillas y la frente apoyada en la mano, sumido en los más profundos pensamientos. Yo permanecí estupefacto, mirándole desde la oscuridad. Una velita larga y delgada situada al borde la mesa emitía una débil luz que me bastó para comprobar que estaba completamente vestido. De repente, mientras miraba, se levantó del sillón, se acercó a un escritorio situado a un lado, lo abrió con la llave y sacó uno de los cajones. De ahí extrajo un papel y, volviendo a su asiento, lo alisó junto a la vela que había al borde la mesa y se puso a estudiarlo con minuciosa atención. Me invadió tal indignación al ver cómo examinaba, con tanta tranquilidad, los documentos de la familia que di un paso adelante y Brunton, alzando la vista, me vio junto al umbral de la puerta. Se levantó de un salto, con el rostro lívido de miedo, y se metió en el pecho el papel que parecía un mapa y que había estado estudiando antes.

»—¡Muy bien! —dije—. ¡Así es como nos paga la confianza que hemos depositado en usted! Mañana mismo dejará de prestar aquí sus servicios.

»—Inclinó la cabeza con la mirada de un hombre que se siente completamente hundido y pasó junto a mí sin pronunciar palabra. La vela aún seguía en la mesa y aproveché su luz para echarle un vistazo al papel que Brunton había sacado del escritorio. Para mi asombro, no era nada de importancia, sino sencillamente una copia de las preguntas y respuestas del singular y antiguo ceremonial conocido como ritual de los Musgrave. Es una especie de rito, característico de nuestra familia, por el que, durante siglos, ha pasado todo Musgrave que llegase a la mayoría de edad: algo de interés privado y quizá de alguna importancia para los arqueólogos, como nuestras armas y blasones, pero sin el menor uso práctico.

»—Mejor que volvamos a este papel más tarde —dije.

»—Si cree que es absolutamente necesario —respondió no sin titubear—. Siguiendo con mi relato, volví a cerrar el escritorio usando la misma llave que había dejado Brunton, y me disponía a marchar cuando me quedé sorprendido al descubrir que el mayordomo había regresado y se encontraba de pie frente a mí.

»—Señor Musgrave, señor —exclamó con una voz ronca por la emoción—. No puedo soportar este deshonor, señor. Siempre me he enorgullecido de mi situación en la vida y caer en desgracia me mataría. Sus manos se mancharán de sangre, se lo juro, señor, si me lleva a la desesperación. Si no puedo seguir a su servicio después de lo que ha pasado, por el amor de Dios, déjeme que presente mi renuncia y me marche en un mes, como si hubiese sido por mi propia voluntad. Eso podría soportarlo, señor Musgrave, pero no soportaría que me expulsase delante de toda la gente que tan bien me conoce.

»—No se merece tanta consideración Brunton —respondí—. Su conducta ha sido de lo más infame. Sin embargo, considerando el tiempo que ha estado usted al servicio de la familia, no quiero que sufra vergüenza pública. No obstante, un mes es demasiado tiempo. Márchese en una semana y deme la razón que desee para justificar su marcha.

»—¿Sólo una semana, señor? —gritó con una voz desesperada—. Quince días, ¡deme al menos quince días!

»—Una semana —repetí— y debe admitir que le he tratado con gran benevolencia.

»—Se retiró arrastrando los pies, el rostro hundido en el pecho, como un hombre roto y yo apagué la luz y volví a mi habitación.

»—Durante un par de días después de lo ocurrido, Brunton se mostró más diligente que nunca en sus obligaciones, yo no hice ninguna alusión a lo que había ocurrido, y esperé con cierta curiosidad a ver cómo disfrazaba su caída en desgracia. Sin embargo, al tercer día no apareció después del desayuno para recibir mis instrucciones, como era su costumbre. Cuando me marchaba del salón dio la casualidad de que me encontré con Rachel Howells, la sirvienta. Ya le he contado que se acababa de recuperar de una enfermedad y tenía un aspecto tan pálido y macilento que la reprendí por estar trabajando de nuevo.

»—Deberías estar en cama —dije—. Vuelve a tus obligaciones cuando te encuentres mejor.

»—Me miró con una expresión tan extraña que empecé a sospechar que la enfermedad le había afectado al cerebro.

»—Ya me encuentro suficientemente bien, señor Musgrave —dijo.

»—Veremos lo que dice el médico —respondí—. De momento, deja de trabajar y, cuando bajes, dile a Brunton que quiero verle.

»—El mayordomo se ha ido —dijo.

»—¡Ido! ¿Ido adónde?

»—Se ha ido. Nadie le ha visto. No está en su habitación. Oh, sí, se ha ido..., ¡se ha ido! —Se dejó caer contra la pared riendo con estridencia, mientras yo, horrorizado por este repentino ataque de histeria, corría hacia la campanilla para pedir ayuda. Llevaron a la muchacha a su habitación, gritando y sollozando aún, mientras yo indagaba qué había pasado con Brunton. No había duda de que había desaparecido. No había dormido en su cama; nadie le había visto desde que se retiró a su habitación la noche anterior; y aun así es difícil saber cómo pudo salir de la casa, puesto que tanto las puertas como las ventanas se habían encontrado cerradas a cal y canto aquella mañana. Sus ropas, su reloj e incluso su dinero estaban en la habitación, pero faltaba el traje negro que solía llevar. Habían desaparecido también sus zapatillas, pero se había dejado las botas. ¿Adónde pudo haber ido en plena noche, pues, y qué sería de él ahora?

»—Por supuesto, registramos la casa y los edificios anexos, pero no había ni rastro de él. Como ya he dicho, era un viejo caserón laberíntico, especialmente el ala original, que ahora permanece prácticamente deshabitada, pero registramos de arriba abajo todas las habitaciones y los sótanos sin descubrir el menor rastro del hombre desaparecido. Me parecía increíble que se hubiese marchado abandonando sus pertenencias, y, sin embargo, ¿dónde podía estar? Llamé a la policía local, pero sin ningún éxito. La noche anterior había llovido y examinamos el césped y los senderos que había alrededor de la casa, pero fue en vano. Así estaban las cosas cuando un nuevo acontecimiento desvió nuestra atención de este misterio.

»—Rachel Howells se había pasado dos días tan enferma, a veces delirando, a veces histérica, que me vi obligado a contratar a una enfermera que la cuidase por la noche. La tercera noche después de la desaparición de Brunton, la enfermera, al ver que su paciente dormía plácidamente, se durmió en la butaca y al despertarse, a primera hora de la mañana, descubrió la cama vacía, la ventana abierta y ningún rastro de la enferma. Me avisaron en el acto y, acompañado de dos lacayos, comencé al momento la búsqueda de la muchacha desaparecida. No fue difícil averiguar qué dirección había tomado, ya que sus huellas arrancaban desde debajo de su ventana y fue sencillo seguirlas a través del césped hasta el borde de la alberca, donde desaparecían cerca del sendero de grava que conducía al exterior de la finca. Allí el lago es de ocho pies de profundidad y podrá imaginar cómo nos sentimos cuando vimos que el rastro de la pobre desequilibrada terminaba justo al borde.

»—Por supuesto, enseguida trajimos las herramientas de dragado y nos pusimos manos a la obra para recuperar los restos de la muchacha, pero no encontramos ni rastro del cuerpo. En cambio, sacamos a la superficie un objeto de lo más inesperado. Era una bolsa de lino que contenía un trozo de metal viejo, oxidado y descolorido, así como unos cuantos guijarros y trozos de cristal deslustrado. Este extraño descubrimiento fue todo lo que pudimos sacar de la alberca, y, aunque ayer buscamos e indagamos por todas partes, no sabemos qué ha podido ocurrirles a Rachel Howells o a Richard Brunton. La policía rural ya no sabe qué hacer, así que he venido a verle como último recurso.

»Podrá imaginar, Watson, con qué interés escuché esta extraordinaria serie de acontecimientos y me esforcé en unirlos y en buscar un hilo común que los relacionara a todos. El mayordomo había desaparecido. La sirvienta había desaparecido. La sirvienta había amado al mayordomo, pero más tarde acabó odiándole. Ella era de sangre galesa, feroz y apasionada. Se había mostrado terriblemente trastornada tras la desaparición del mayordomo. Había arrojado al lago una bolsa con un curioso contenido. Había que tener todos estos factores en cuenta y, aun así, ninguno de ellos llegaba al meollo de la cuestión. ¿Cuál era el punto de partida de estos hechos? En él se encontraría el extremo de la madeja.

»—Debo ver ese documento, Musgrave —dije—. El documento que su mayordomo pensó que merecía la pena consultar, aunque corriera el riesgo de perder su puesto.

»—Es un asunto de lo más absurdo, este ritual nuestro —respondió—. Sólo se salva por su antigüedad. He traído una copia del cuestionario, la tengo aquí, si quiere echarle un vistazo.

»Me entregó el mismo documento que tengo aquí, Watson, y éste es el extraño catecismo al que todo Musgrave debía someterse al convertirse en hombre. Voy a leerle las preguntas y respuestas tal como aparecen aquí:

»—¿A quién pertenecía?

»—A quien se ha ido.

»—¿Quién lo tendrá?

»—Aquel que vendrá.

»—¿Cuál era el mes?

»—El sexto contando a partir del primero.

»—¿Dónde estaba el sol?
»—Sobre el roble.
»—¿Dónde estaba la sombra?
»—Bajo el olmo.
»—¿Cuántos pasos medía?
»—Diez por diez al norte, cinco por cinco al este, dos por dos al sur, uno por uno al oeste y por debajo.
»—¿Qué entregaremos a cambio?
»—Todo lo que poseemos.
»—¿Por qué deberíamos entregarlo?
»—Para cumplir con la confianza depositada en nosotros.

»—El original no tiene fecha, pero la ortografía corresponde a mediados del siglo XVII —comentó Musgrave—. Sin embargo, me temo que le resultará de poca ayuda a la hora de resolver el misterio.

»—Al menos —dije— nos presenta otro misterio, uno todavía más interesante que el primero. Puede ser que la solución de uno resulte ser la solución del otro. Musgrave, me disculpará si le digo que su mayordomo me parece un hombre muy inteligente y que ha sido más perspicaz que diez generaciones de sus ancestros.

»—No sigo su razonamiento —dijo Musgrave—. Me parece que el documento carece de cualquier utilidad práctica.

»—Pero a mí me parece muy práctico y creo que Brunton era de la misma opinión. Quizá lo había visto antes de la noche en la que le sorprendió.

»—Es muy posible. No nos molestábamos en ocultarlo.

»—Imagino que simplemente quería refrescar su memoria desde la última vez que lo vio. Según entiendo, tenía alguna clase de mapa que estaba comparando con el manuscrito y que se guardó en el bolsillo cuando usted apareció.

»—Es cierto. Pero ¿qué tenía él que ver con esta vieja tradición familiar y qué significa todo este jaleo?

»—No creo que resulte muy difícil averiguarlo —dije—. Con su permiso tomaremos el primer tren a Sussex y profundizaremos sobre esta cuestión allí mismo.

»Aquella misma tarde estábamos en Hurlstone. Posiblemente usted habrá visto fotografías y habrá leído descripciones del famoso y antiguo edificio, así que me limitaré a contarle que está construido en forma de L, cuyo brazo más largo es la parte moderna y el corto es el antiguo núcleo a partir del cual se amplió el otro. En el centro de la parte antigua hay una puerta, baja y de pesado dintel, sobre la que se cinceló la fecha 1607, pero los expertos están de acuerdo en que las vigas y la mampostería son en realidad mucho más antiguas. El enorme grosor de los muros y las minúsculas ventanas de esta zona llevaron a la familia a construir un ala nueva durante el siglo pasado y la antigua se empleaba como almacén y bodega, cuando se utilizaba. Un parque espléndido, con árboles antiguos y magníficos, rodeaba la casa, y el lago que había mencionado mi cliente se encontraba muy cerca del paseo, a doscientas yardas del edificio.

»Ya estaba firmemente convencido, Watson, de que no se trataba de tres misterios diferentes, sino de uno solo, y de que si pudiera interpretar de manera correcta el ritual Musgrave tendría en mi mano la clave que me permitiría averiguar la verdad sobre lo que les había ocurrido tanto al mayordomo Brunton como a la sirvienta Howells. Así que concentré mis energías en ello. ¿Por qué este sirviente tendría tanto afán en desentrañar aquella fórmula? Evidentemente era porque en ella vio algo que se les había escapado a todas aquellas generaciones de terratenientes rurales y de la cual esperaba conseguir algún provecho personal. ¿Cuál era y cómo había marcado su destino?

»Al leer el ritual, me resultó absolutamente evidente que las medidas debían referirse a algún punto al que aludía el resto del documento, y que, si pudiésemos encontrar dicho punto, estaríamos en el buen camino para averiguar cuál era aquel secreto que los antiguos Musgrave habían considerado necesario disfrazar de manera tan insólita. Teníamos dos pistas para comenzar, un roble y un olmo. Sobre el roble no había discusión posible. Justo enfrente de la casa, a la izquierda de la entrada, se alzaba un patriarca entre los robles, uno de los árboles más magníficos que he visto jamás.

»—¿Estaba ya aquí cuando se redactó su ritual? —pregunté cuando pasamos en el coche junto a él.

»—Con toda probabilidad ya estaba aquí en los tiempos de la conquista normanda —respondió—. Tiene una circunferencia de veintitrés pies.

»Así quedaba asegurado uno de mis puntos de partida.

»—¿Tienen algún olmo viejo? —pregunté.

»—Había un olmo muy viejo más allá, pero hace diez años le cayó un rayo y tuvimos que cortarlo, dejando sólo el tocón.

»—¿Puede enseñarme dónde está?

»—Oh, sí.

»—¿No hay más olmos?

»—Antiguos ninguno, pero abundan las hayas.

»—Me gustaría ver dónde crecía.

»Habíamos venido conduciendo un *dog-cart,* y mi cliente me llevó enseguida, sin pasar por la casa, a una cicatriz en la hierba donde se había alzado el olmo. Estaba casi a mitad de camino entre el roble y la casa. Parecía que mi investigación estaba progresando.

»—Me imagino que es imposible averiguar la altura del olmo —dije.

»—Se la puedo decir ya mismo. Medía sesenta y cuatro pies.

»—¿Cómo lo sabe? —pregunté sorprendido.

»—Cuando mi antiguo tutor me ponía un ejercicio de trigonometría siempre era sobre medir alturas. Cuando era un muchacho calculé la altura de todos los árboles y edificios de la propiedad.

»Ése fue un inesperado golpe de suerte. Estaba recopilando los datos más rápidamente de lo que era razonable esperar.

»—Dígame —pregunté—. ¿Alguna vez le hizo el mayordomo esta misma pregunta?

Reginald Musgrave me miró asombrado.

»—Ahora que lo dice —respondió—, Brunton me preguntó por la altura del árbol hace unos meses, debido a cierta discusión con el mozo de cuadras.

»Era una excelente noticia, Watson, pues indicaba que me encontraba en el buen camino. Miré hacia el sol. Estaba bajo y calculé que, en menos de una hora, se encontraría justo encima de las ramas superiores del viejo roble y se cumpliría una de las condiciones mencionadas en el ritual. Y con la sombra del olmo se debía referir al extremo más alejado de la sombra, pues de otro modo se habría escogido el tronco como guía. Por tanto, tenía que descubrir dónde caería el extremo más alejado de la sombra cuando el sol volviera a surgir de entre las ramas del roble.

—Debió ser difícil, Holmes, dado que el olmo ya no estaba allí.

—Bien, al menos sabía que si Brunton pudo hacerlo yo también podría. Además, no era tan difícil. Acompañé a Musgrave al estudio y tomé una estaca de madera a la que até un cordel muy largo con un nudo señalando cada yarda. Entonces tomé dos cañas de pescar que sumaban justo seis pies y volví con mi cliente al lugar donde había estado el olmo. El sol rozaba ya la copa del roble. Aseguré la caña de pescar en el suelo, señalé la dirección de la sombra y la medí. Era de nueve pies.

»Ahora el cálculo era muy sencillo. Si una caña de pescar de seis pies arrojaba una sombra de nueve pies, un árbol de sesenta y cuatro pies proyectaría una de noventa y seis pies y ambas irían en la misma dirección. Medí la distancia, lo que me llevó casi hasta la pared de la casa, y marqué el lugar clavando la estaca allí. Podrá imaginar mi júbilo, Watson, cuando, a dos pulgadas de mi estaca, vi en el suelo una depresión cónica. Me di cuenta de que era la marca hecha por Brunton en sus mediciones y de que me encontraba tras su rastro.

»Desde este punto de partida procedí a dar los pasos, después de haber verificado previamente los puntos cardinales con mi brújula de bolsillo. Di diez pasos con cada pie recorriendo el muro de la casa pegado a la pared, y, de nuevo, marqué el lugar con una estaca. Después, di cinco pasos cuidadosamente hacia el este y dos hacia el sur. Me condujeron ante el mismo umbral de la antigua puerta. Dos pasos hacia el oeste significaban ahora dos pasos por el pasillo embaldosado, y ése era el lugar indicado por el ritual.

»En la vida había sentido tal escalofrío de decepción, Watson. Por un momento pensé que debía haber algún error garrafal en mis cálculos. El sol poniente iluminaba por completo el pasillo y podía ver que las viejas losas grises que lo pavimentaban, desgastadas por incontables pasos, estaban firmemente unidas y, desde luego, no se habían movido durante años. Brunton no había trabajado aquí. Di unos golpecitos en el suelo, pero por todas partes sonaba igual y no había ni rastro de grietas o rendijas. Pero,

por suerte, Musgrave, que había comenzado a valorar la intención de mis procedimientos y que estaba tan entusiasmado como yo, sacó su manuscrito para revisar mis cálculos.

»—Y por debajo —exclamó—. Ha omitido el "y por debajo".

»Había pensado que eso indicaba dónde había que excavar, pero, evidentemente, ahora sabía que estaba equivocado.

—¿Entonces hay un sótano aquí? —exclamé.

»—Sí, y es tan viejo como la casa. Aquí abajo, por esta puerta.

»Bajamos por una escalera de caracol tallada en piedra y mi compañero encendió una cerilla y con ella una gran linterna que había sobre un tonel en un rincón. Al instante resultó evidente que habíamos dado con el verdadero lugar y que no éramos los únicos que habíamos visitado aquel sitio recientemente.

»Se había usado para guardar leña, pero los zoquetes de madera que normalmente hubieran estado esparcidos por el suelo ahora estaban apilados a un lado, dejando un espacio libre en el centro. En este espacio había una losa grande y pesada con una anilla de hierro oxidado en el centro, a la cual se había atado una gruesa bufanda de pastor estampada con un dibujo a cuadros.

»—¡Por Júpiter! —exclamó mi cliente—. Ésa es la bufanda de Brunton. Se la he visto puesta, podría jurarlo. ¿Qué hacía aquí el muy ruin?

»Sugerí que se llamara a un par de policías rurales para que estuvieran presentes y entonces me esforcé en levantar la piedra tirando de la bufanda. Lo único que logré fue moverla ligeramente y sólo con la ayuda de uno de los agentes conseguí trasladarla a un lado. Un agujero negro bostezaba debajo y atisbamos su interior, mientras Musgrave, arrodillándose a un lado, bajaba la linterna.

»Debajo de nosotros se abría una pequeña cámara de siete pies de alto y cuatro de ancho. A un lado había un achaparrado arcón de madera, con refuerzos de bronce, cuya tapa estaba levantada y de cuya cerradura sobresalía una llave antigua y peculiar. El exterior estaba cubierto por una espesa capa de polvo, y la humedad y los gusanos habían devorado la madera, lo que había provocado que en su interior creciesen unos pálidos hongos.

Varios discos de metal —monedas, aparentemente—, como los que tengo aquí, estaban desparramados en el fondo del arcón, pero no contenía nada más.

»Sin embargo, en aquel momento no prestábamos atención al viejo arcón, puesto que nuestros ojos estaban clavados en la figura que se agachaba junto a él. Se trataba de un hombre, envuelto en un traje negro, que estaba en cuclillas con la frente apoyada en el borde del arcón y con los dos brazos extendidos a cada lado. Aquella postura había agolpado toda la sangre, estancándola en su cara, y nadie podría haber reconocido aquel semblante; pero su altura, su atuendo y su cabello fueron suficientes para que mi cliente reconociera, una vez que subimos el cadáver, al mayordomo desaparecido. Llevaba muerto varios días, pero en su cuerpo no se apreciaban heridas o magulladuras que indicaran cómo había encontrado tan espantoso final. Cuando se llevaron el cadáver del sótano, nos encontramos frente a un problema que era casi tan formidable como aquél con el que habíamos comenzado.

»Confieso que hasta entonces, Watson, me sentía decepcionado con mi investigación. Había contado con resolver el asunto una vez hubiera hallado el lugar que indicaba el ritual, pero ahora que ya estaba allí me encontraba más lejos que nunca de averiguar qué era lo que la familia había ocultado con unas precauciones tan elaboradas. Cierto es que había descubierto el destino de Brunton, pero ahora tenía que determinar cómo había encontrado aquel final y qué papel había desempeñado en todo aquello la mujer desaparecida. Me senté en un barrilete que había en un rincón y medité cuidadosamente todo lo sucedido.

»Ya conoce los métodos que empleo en casos así, Watson: me pongo en el lugar del sujeto y, evaluando primero su inteligencia, intento imaginar cómo hubiese procedido yo en las mismas circunstancias. En este caso, la cuestión se simplificaba, dado que la inteligencia de Brunton era de primera clase, así que era innecesario compensar la ecuación personal, como dirían los astrónomos. Él sabía que se había ocultado algo de valor. Descubrió el lugar. Se dio cuenta de que la piedra que lo ocultaba era demasiado pesada para que un solo hombre pudiese moverla sin ayuda. ¿Qué haría a continuación? No podía conseguir ayuda del exterior, incluso aunque tuviera a alguien en quien pudiese confiar, sin abrir las puertas y correr el riesgo de ser descubierto. Sería mejor, si podía, conseguir ayuda de dentro de la casa. Pero ¿a quién podía pedírsela? Esta chica le había amado fervientemente. A un hombre siempre le resulta duro admitir que ha perdido completamente el amor de una mujer, por muy mal que la haya tratado. Intentaría hacer las paces con la joven Howells dedicándole algunas atenciones y la convencería para que fuese su cómplice. Juntos vendrían de noche al sótano y, uniendo sus fuerzas, sería suficiente para levantar la piedra. Hasta ahí era capaz de seguir sus acciones como si las hubiese visto.

»No obstante, para dos personas, más aún cuando una de ellas era una mujer, levantar aquella piedra debió de resultar un gran esfuerzo. Un robusto policía de Sussex y yo no habíamos encontrado aquella tarea en absoluto ligera. ¿Qué podían hacer que les sirviese de ayuda? Probablemente lo que habría hecho yo mismo. Me levanté y examiné los zoquetes de madera del suelo. Casi enseguida encontré lo que esperaba. Un zoquete, de unos tres pies de longitud, tenía una muesca en un extremo, mientras que varios estaban aplastados a los lados, como si hubieran recibido la presión de un peso considerable. Evidentemente, al izar la piedra habían metido las cuñas de madera en la grieta hasta que, cuando lograron hacer una abertura lo suficientemente grande como para arrastrarse por ella, la mantuvieron abierta con un zoquete colocado de manera longitudinal, el cual muy bien podría quedar marcado con una muesca en la parte inferior, puesto que todo el peso de la piedra lo aplastaría contra el borde de la otra losa. Hasta ahora pisaba tierra firme.

»¿Y cómo iba a proceder para reconstruir este drama nocturno? Estaba claro que sólo uno de ellos podía entrar en el agujero, y ése era Brunton. La muchacha debía haber esperado arriba. Brunton abrió la cerradura de la caja, le subió a ella el contenido, puesto que no se había encontrado nada, y entonces..., ¿y entonces qué había ocurrido?

»¿Qué rescoldos de venganza habían estallado en llamas en el corazón de aquella apasionada mujer celta cuando vio que tenía en su poder al hombre que la había agraviado, quizá mucho más de lo que podemos sospechar? ¿Fue casualidad que la madera se deslizara y la losa volviera a caer, encerrando a Brunton en lo que se convertiría en su sepultura? ¿Había sido ella únicamente culpable de haber guardado silencio sobre lo que había ocurrido? ¿O fue su mano la que asestó un golpe repentino a la madera permitiendo que la losa cayera de nuevo en su lugar? Fuera lo que fuese, me pareció ver la figura de aquella mujer aferrando aún el tesoro escondido y subiendo enloquecida la escalera de caracol, mientras, quizá, seguía escuchando detrás de ella los gritos sofocados y las manos frenéticas que golpeaban la losa de piedra que asfixiaba la vida de su infiel amante.

»Éste era el secreto de su rostro demacrado, sus nervios de punta y sus ataques de risa histérica a la mañana siguiente. Pero ¿qué había en la caja? ¿Qué había hecho ella con ese contenido? Desde luego, debía tratarse del metal viejo y los guijarros que mi cliente había dragado en la alberca. Lo había arrojado allí a la primera oportunidad para hacer desaparecer cualquier rastro de su crimen.

»Me senté inmóvil durante veinte minutos, cavilando sobre estas cuestiones. Musgrave todavía permanecía de pie, con el rostro muy pálido, balanceando su linterna y atisbando por el agujero.

»—Son monedas de Carlos I —dijo mostrando las pocas que habían quedado en el arcón—. Como puede ver, acertamos calculando la fecha del ritual.

»—Es posible que encontremos más cosas sobre Carlos I —exclamé, cuando, de repente, se me ocurrió el verdadero significado de las dos primeras preguntas del ritual—. Déjeme ver el contenido de la bolsa que sacó de la alberca.

»Subimos a su estudio y puso aquellos *débris*[18] frente a mí. Podía entender que considerara que aquello no tuviese importancia, puesto que cuando los vi el metal estaba ennegrecido y las piedras apagadas y sin lustre. Sin embargo, froté una de ellas con la manga y, poco después, brilló como una chispa en la oscura cavidad de mi mano. El trabajo de orfebrería tenía forma de anillo doble, pero se había doblado y retorcido hasta perder su forma original.

18 «Restos», en francés en el original *[N. de la T.]*.

»—Debe tener en cuenta —dije— que el partido monárquico triunfó incluso después de la muerte del rey y que, cuando al fin huyeron, probablemente dejaron enterradas detrás de sí sus más preciadas posesiones con la intención de recuperarlas en tiempos más pacíficos.

»—Mi ancestro, sir Ralph Musgrave, fue un destacado *cavalier* y mano derecha de Carlos II en las correrías del rey —dijo mi amigo.

»—Ah, ¿de veras? —respondí—. Pues entonces creo que eso nos proporciona el último eslabón que necesitamos. Debo felicitarle por entrar en posesión, aunque de manera tan trágica, de una reliquia de gran valor intrínseco, pero de una importancia aún mayor como curiosidad histórica.

»—¿De qué se trata, pues? —jadeó sorprendido.

»—Nada más y nada menos que de la antigua corona de los reyes de Inglaterra.

»—¡La corona!

»—Eso es. Piense en lo que dice el ritual. ¿Cómo reza? "¿De quién era?" "Del que se ha marchado." Eso fue después de la ejecución de Carlos. Y luego, "¿Quién la tendrá?" "Aquel que vendrá." Se refiere a Carlos II, cuyo advenimiento estaba ya previsto. Creo que no cabe duda de que esta maltrecha y baqueteada diadema ciñó, en otros tiempos, las reales testas de los Estuardo.

»—¿Y cómo llegó a la alberca?

»—Ah, ésa es una pregunta que llevará algún tiempo responder. —Y acto seguido le resumí la larga cadena de suposiciones y pruebas que me había forjado. Ya anochecía y la luna brillaba resplandeciente en el cielo antes de que acabara mi relato.

»—¿Y cómo es que Carlos no recuperó su corona cuando regresó? —preguntó Musgrave volviendo a meter la reliquia en la bolsa de lona.

»—Ah, ha señalado el único detalle que probablemente no podremos aclarar. Es probable que el Musgrave que guardase el secreto muriese mientras tanto y que, por un exceso de celo, dejara esta guía a un descendiente pero sin explicarle su significado. Desde entonces, ha ido pasando de padres a hijos hasta que al final llegó a manos de un hombre que supo desentrañar su secreto y perdió su vida en la empresa.

»Y ésta es la historia del ritual Musgrave, Watson. Guardan la corona en Hurlstone, aunque tuvieron algunos problemas legales y debieron pagar una considerable cantidad de dinero antes de que les permitieran quedarse con ella. Estoy seguro de que si les dice que va de mi parte estarán encantados de enseñársela. No se volvió a saber nada de la mujer, y lo más probable es que se marchase de Inglaterra, llevándose consigo el recuerdo de su crimen a algún país al otro lado del mar.

Los hacendados de Reigate

Pasó algún tiempo antes de que la salud de mi amigo, el señor Sherlock Holmes, se repusiera de la tensión nerviosa provocada por su inmensa actividad durante la primavera de 1887. Tanto el asunto de la Netherland-Sumatra Company como el colosal plan del barón Maupertuis están demasiado recientes en la mente del público, y su relación con la política y las finanzas es demasiado íntima como para aparecer en esta serie de esbozos. Sin embargo, esta circunstancia condujo indirectamente a un complejo e insólito problema, que le dio a mi amigo la oportunidad de demostrar el valor de un arma nueva entre las muchas que empleaba en su prolongada batalla contra el crimen.

Al consultar mis notas, puedo comprobar que el 14 de abril recibí un telegrama desde Lyon, informándome de que Holmes se encontraba enfermo en el Hotel Dulong. Veinticuatro horas más tarde me encontraba en su habitación y me sentí aliviado al comprobar que sus síntomas no tenían nada de excepcional. No obstante, su férrea constitución se había resentido por las tensiones de una investigación que había durado más de dos meses, durante la cual no había trabajado menos de quince horas diarias y en la que más de una vez, como me había asegurado, había trabajado durante cinco días seguidos, sin interrupción. El resultado triunfante de su trabajo no evitó que sufriera una reacción después de una prueba tan terrible, y cuando en toda Europa se mencionaba su nombre, y cuando los telegramas de felicitación se apilaban literalmente hasta la altura del tobillo en el suelo de su habitación, le encontré sumido en la más negra depresión. Ni siquiera el hecho de saber que había tenido éxito donde la policía de tres países diferentes había fracasado y que había derrotado en todos los aspectos al estafador más consumado de Europa bastaba para sacarle de su postración nerviosa.

Tres días después, los dos estábamos de vuelta en Baker Street, pero era evidente que a mi amigo le vendría mucho mejor un cambio de aires y la idea de pasar una semana de primavera en el campo me resultaba también muy atractiva. Mi amigo, el coronel Hayter, que estuvo bajo mis cuidados profesionales en Afganistán, había adquirido una casa cerca de Reigate, en Surrey, y con frecuencia me animaba a que fuera a visitarle. La última vez comentó que si mi amigo quería venir conmigo, sería un placer para él ofrecerle también su hospitalidad. Se necesitó un poco de diplomacia, pero, cuando Holmes supo que se trataba de la residencia de un soltero y que podría campar a sus anchas, aceptó mis planes, y una semana después de nuestro regreso de Lyon nos encontrábamos bajo el techo del coronel. Hayter era un viejo y excelente soldado, que había recorrido gran parte del mundo, y, como yo pensaba, pronto descubrió que tenía mucho en común con Holmes.

La tarde de nuestra llegada, sentados después de cenar en la sala de armas del coronel, Holmes se estiró en el sofá mientras Hayter y yo examinábamos su pequeño arsenal de armas de fuego.

—Por cierto —dijo de repente—, me llevaré una de esas pistolas al piso de arriba por si acaso se produce una alarma.

—¡Una alarma! —dije.

—Sí, últimamente hemos sufrido algún susto por la zona. El viejo Acton, que es uno de los potentados del condado, sufrió en su casa un robo con allanamiento el pasado lunes. No se produjeron grandes desperfectos, pero los tipos siguen en libertad.

—¿Ninguna pista? —preguntó Holmes fijando la mirada en el coronel.

—Ninguna todavía. Pero el asunto es nimio, uno de nuestros delitos rurales, y, obviamente, debe parecerle demasiado pequeño como para dedicarle su atención, señor Holmes, después de este gran escándalo internacional.

Holmes rechazó el cumplido con un gesto, aunque su sonrisa demostraba que le había agradado.

—¿Había algún detalle de interés?

—Me temo que no. Los ladrones saquearon la biblioteca y ganaron poco a cambio del esfuerzo invertido.

»Todo el lugar estaba patas arriba, los cajones abiertos y las alacenas revueltas y, como resultado, todo lo que desapareció fue un volumen impar del *Homero* de Pope,[19] dos candelabros bañados en plata, un pisapapeles de marfil, un pequeño barómetro de roble y un ovillo de bramante.

—¡Qué surtido tan extraordinario! —exclamé.

—Oh, es evidente que los tipos le echaron mano a lo que pudieron.

Holmes gruñó desde el sofá.

—La policía del condado debería sacar algo en claro de todo esto —dijo. Es absolutamente obvio que...

Pero yo levanté un dedo en señal de advertencia.

—Está usted aquí para descansar, mi querido amigo. Por amor de Dios, no se meta en un nuevo problema cuando tiene los nervios hechos trizas.

Holmes se encogió de hombros lanzando una mirada de cómica resignación hacia el coronel y la conversación derivó a cauces menos peligrosos.

Sin embargo, estaba escrito que todos mis consejos profesionales tenían que caer en saco roto, puesto que, a la mañana siguiente, el problema se nos impuso de tal modo que fue imposible ignorarlo, y nuestra estancia en la campiña adquirió un cariz que ninguno de nosotros había anticipado. Estábamos desayunando cuando el mayordomo del coronel entró precipitadamente, perdiendo su habitual compostura por completo.

—¿Ha oído las noticias, señor? —jadeó—. ¡En casa de los Cunningham, señor!

---

19 Alexander Pope (1688-1744) es uno de los poetas ingleses más reconocidos del siglo XVIII. Tradujo la *Ilíada* y la *Odisea* de Homero *[N. de la T.]*.

—¿Robo? —exclamó el coronel sosteniendo la taza de café a medio camino de su boca.

—¡Asesinato!

El coronel silbó.

—¡Por Júpiter! —dijo—. ¿A quién han asesinado? ¿Al juez de paz o a su hijo?

—A ninguno de los dos, señor. Fue a William, el cochero. Le pegaron un tiro en el corazón y no volvió a pronunciar palabra.

—¿Y quién le disparó?

—El ladrón, señor. Salió huyendo como un rayo y desapareció. Acababa de entrar rompiendo la ventana de la despensa cuando William se abalanzó sobre él y perdió la vida protegiendo la propiedad de su señor.

—¿A qué hora fue?

—A última hora de la noche, alrededor de las doce.

—Ah, pues entonces iremos allí enseguida —dijo el coronel devolviendo fríamente su atención al desayuno—. Es un mal asunto —añadió una vez se había marchado el mayordomo—; el viejo Cunningham es nuestro más importante hacendado de entre los terratenientes locales y además un tipo decente. Estará destrozado, puesto que el hombre llevaba años a su servicio y se trataba de un buen sirviente. Evidentemente es obra de los mismos miserables que entraron en casa de Acton.

—Y que robaron aquella insólita colección de objetos —dijo Holmes pensativo.

—Exacto.

—¡Hum! Puede que acabe resultando el asunto más sencillo del mundo, pero, a pesar de ello, a primera vista resulta bastante curioso, ¿no? Cabría esperar que una banda de ladrones que actúa en la campiña variase el escenario de sus operaciones, en vez de asaltar dos viviendas del mismo distrito con pocos días de diferencia. Cuando la pasada noche mencionó que iba a tomar precauciones, recuerdo que se me pasó por la cabeza que quizá ésta sería la última parroquia de Inglaterra a la que el ladrón o ladrones dedicarían su atención; esto demuestra que aún me queda mucho que aprender.

—Supongo que se trata de algún delincuente local —dijo el coronel—. En tal caso, desde luego, las mansiones de Acton y Cunningham son los objetivos a los que se dedicaría, puesto que son, con mucho, las más grandes de los alrededores.

—¿Y las más ricas?

—Bien, deberían serlo, pero durante años han mantenido pleitos que deben haberles chupado la sangre a ambas, supongo. El viejo Acton reivindica la mitad de los terrenos de Cunningham, y los abogados han trabajado de lo lindo.

—Si se trata de un delincuente local, no debería ser muy difícil atraparle —dijo Holmes bostezando—. De acuerdo, Watson, no tengo intención de entrometerme.

—El inspector Forrester, señor —dijo el mayordomo abriendo la puerta de par en par.

El oficial, un joven de aspecto inteligente con rasgos angulosos, entró en la habitación.

—Buenos días, coronel —dijo—. Espero no interrumpir, pero oímos que el señor Holmes, de Baker Street, se encontraba aquí.

El coronel hizo un gesto hacia mi amigo y el inspector saludó con una inclinación.

—Pensamos que quizá a usted le interesaría intervenir, señor Holmes.

—Los hados están en su contra, Watson —dijo riendo—. Comentábamos el asunto cuando llegó usted, inspector. Quizá nos pueda proporcionar algunos detalles. —Al reclinarse en la silla con aquella actitud ya familiar, supe que el suyo era un caso sin remedio.

—No tenemos ninguna pista en el caso Acton, pero aquí las tenemos en abundancia; no cabe duda de que se trata del mismo autor en ambos casos. Se vio al hombre.

—¡Ah!

—Sí, señor. Pero huyó como un ciervo después de disparar el tiro que mató al pobre William Kirwan. El señor Cunningham le vio desde la ventana de su dormitorio y el señor Alec Cunningham desde el corredor de la parte trasera de la mansión. Eran las doce menos cuarto cuando sonó la alarma.

El señor Cunningham se acababa de ir a la cama y el señor Alec, ya en bata, fumaba una pipa. Ambos oyeron a William, el cochero, pedir ayuda, y el señor Alec corrió escaleras abajo a ver qué ocurría. La puerta trasera estaba abierta y, cuando llegó al pie de las escaleras, vio a dos hombres peleando en el exterior. Uno de ellos efectuó un disparo, el otro cayó y el asesino huyó a través del jardín y saltando el seto. El señor Cunningham, mirando por la ventana de su dormitorio, vio cómo el tipo llegaba a la carretera, pero enseguida le perdió de vista. El señor Alec se paró para ver si podía ayudar al moribundo, así que el maleante pudo escapar sin problemas. Aparte del hecho de que era un hombre de mediana estatura y que vestía ropas oscuras, no tenemos más datos sobre su aspecto, pero estamos investigando a fondo y, si se trata de un forastero, pronto lo encontraremos.

—¿Qué estaba haciendo allí este William? ¿Dijo algo antes de morir?

—Ni una palabra. Vivía en la casa del guarda con su madre y, puesto que era un tipo muy leal, imaginamos que caminó hasta la casa con la intención de comprobar que todo estaba bien. Desde luego, el asunto Acton nos ha puesto a todos en guardia. El ladrón debía de haber acabado de reventar la puerta (la cerradura había sido forzada) cuando William se abalanzó sobre él.

—¿Le dijo William algo a su madre antes de salir?

—Es muy anciana y está sorda, de manera que no podremos obtener ninguna información de ella. La impresión la ha dejado medio atontada, pero según tengo entendido nunca tuvo muchas luces. Sin embargo, hay una prueba muy importante. ¡Miren esto!

Extrajo un trocito de papel roto de un cuaderno de notas y lo alisó sobre su rodilla.

—Esto se encontró entre el pulgar y el índice del muerto. Parece que se trata de un fragmento arrancado de una hoja más grande. Como podrá observar, la hora mencionada aquí es la misma en la que el pobre tipo encontró la muerte. Verán que su asesino podría haberle arrancado el resto de la hoja o que él pudo haberle arrebatado este fragmento a su asesino. Parece como si se tratase de una cita.

Holmes tomó el trozo de papel, un facsímil del cual se reproduce aquí.

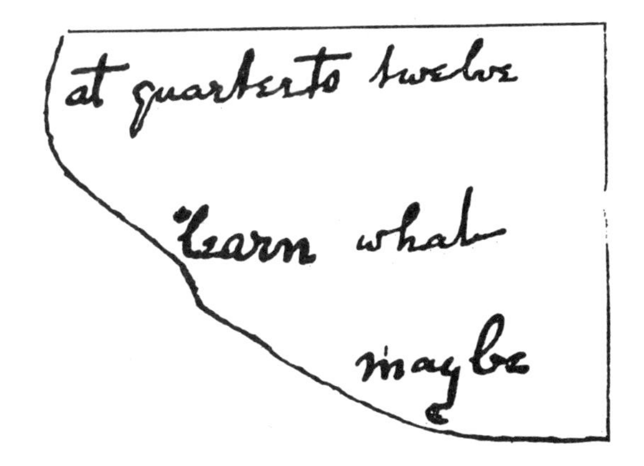
at quarter to twelve
learn what
maybe

—Suponiendo que se tratase de una cita —continuó el inspector—, desde luego es posible que William Kirwan, aunque tuviera la reputación de ser un hombre honrado, pudiese ser un cómplice del ladrón. Podrían haberse encontrado allí, incluso podría haberle ayudado a abrir la puerta, y es posible que entonces se iniciase una pelea entre los dos.

—Esta escritura es de un interés extraordinario —intervino Holmes, que la estaba examinando con una intensa concentración—. Éste es un problema más grave de lo que me había imaginado.

Hundió la cabeza entre las manos, mientras el inspector sonreía al ver el efecto que su caso había producido en el famoso especialista londinense.

—Su último comentario —dijo Holmes poco después— sobre la posibilidad de que existiese cierto entendimiento entre el ladrón y el sirviente, y que ésta fuese una nota destinada a concertar una cita entre los dos, es una suposición ingeniosa y no del todo imposible. Pero esta escritura abre...

De nuevo hundió la cabeza entre las manos y permaneció sumido en los más profundos pensamientos durante algunos minutos. Cuando volvió a levantar su rostro, me sorprendió comprobar que el rubor teñía sus mejillas y que sus ojos brillaban tanto como antes de caer enfermo. Se incorporó de un salto con toda su antigua energía.

—¡Le diré una cosa! —dijo—. Me gustaría echarle un discreto y breve vistazo a los detalles de este caso. Aquí hay algo que me fascina poderosamente. Si me lo permite, coronel, dejaré a mi amigo Watson con usted y saldré a dar una vuelta con el inspector para comprobar un par de ocurrencias mías. Volveré a estar con ustedes en media hora.

Pasó más de hora y media antes de que el inspector regresara solo.

—Holmes está en el campo, recorriéndolo arriba y abajo —dijo—. Quiere que los cuatro vayamos juntos a la casa.

—¿A la del señor Cunningham?

—Sí, señor.

—¿Y para qué?

El inspector se encogió de hombros.

—No lo sé seguro, señor. Entre nosotros, creo que el señor Holmes no se ha repuesto todavía de su enfermedad. Se comporta de una manera muy extraña y se encuentra muy agitado.

—No creo que deba alarmarse —dije—. Por lo general, he llegado a descubrir que existe un método en su locura.

—Otros dirían que sus métodos son una locura —murmuró el inspector—. Pero arde en deseos de comenzar, coronel, así que será mejor que vayamos, si está preparado.

Encontramos a Holmes recorriendo el campo de un lado a otro, con la barbilla hundida en el pecho y con las manos en los bolsillos del pantalón.

—Aumenta el interés del asunto —dijo—. Watson, su excursión al campo ha resultado ser un gran acierto. He pasado una mañana deliciosa.

—Según tengo entendido, ha visitado usted la escena del crimen —dijo el coronel.

—Sí, el inspector y yo hemos realizado un pequeño reconocimiento juntos.

—¿Con algún resultado?

—Bueno, hemos visto algunas cosas bastante interesantes. Se lo contaré mientras caminamos. En primer lugar, vimos el cadáver de este pobre hombre. Desde luego, murió por una herida de bala de revólver, tal como se ha informado.

—¿Acaso dudaba de ello?

—Oh, siempre es conveniente asegurarse de todo. Nuestra inspección no ha sido en balde. Luego nos entrevistamos con el señor Cunningham y con su hijo, que nos señalaron el lugar exacto donde el asesino había atravesado el seto del jardín en su huida. Resultó muy interesante.

—Naturalmente.

—Después hemos visitado a la madre de este pobre hombre. Sin embargo, no conseguimos ninguna información pues es muy anciana y débil.

—¿Y cuál es el resultado de sus investigaciones?

—La convicción de que el crimen ha sido muy peculiar. Quizá nuestra visita sirva para aclararlo un poco. Creo, inspector, que ambos estamos de acuerdo en que el fragmento de papel que se halló en manos del fallecido, por el hecho de llevar escrita la hora exacta de su muerte, es de extremada importancia.

—Debería constituir una pista, señor Holmes.

—Es que es una pista. Quienquiera que escribiese dicha nota era la misma persona que sacó a William Kirwan de su cama a esa hora. Pero ¿dónde está el papel que falta?

—Examiné cuidadosamente el terreno con la esperanza de encontrarlo —dijo el inspector.

—Fue arrancado de las manos del muerto. ¿Por qué alguien tendría tanto interés en apoderarse de él? Porque le incriminaba. ¿Y qué hizo con él? Lo más probable es que se lo metiera en el bolsillo, sin siquiera darse cuenta de que un trozo se había quedado en poder del cadáver. Si consiguiésemos dar con el resto de esa hoja de papel, es evidente que habríamos avanzado muchísimo hacia la solución del misterio.

—Sí, pero ¿cómo llegar al bolsillo del criminal antes de capturarlo?

—Bueno, bueno, era un punto que merecía la pena considerar detenidamente. Pero hay otro detalle evidente. La nota se había enviado a William. El hombre que la escribió no pudo haberla llevado, pues, en este caso, podría haberle dado el mensaje verbalmente. ¿Quién llevó la nota? ¿O llegó por correo?

—He hecho mis averiguaciones —dijo el inspector—. Ayer William recibió una carta en el reparto vespertino. Pero destruyó el sobre.

—¡Excelente! —exclamó Holmes dándole al inspector una palmada en la espalda—. Ha visto al cartero. Es un placer trabajar con usted. Bien, aquí está la casa del guarda, y si viene conmigo, coronel, le mostraré la escena del crimen.

Pasamos junto a la bonita casa de campo donde había vivido el hombre asesinado y subimos por una avenida flanqueada por olmos hasta llegar a una antigua y bien conservada mansión estilo reina Ana que ostentaba la fecha de Malplaquet sobre el dintel de la puerta. Holmes y el inspector nos guiaron a su alrededor hasta que llegamos a una puerta lateral, que estaba separada del seto por una zona ajardinada que rodeaba la carretera. Un agente de policía estaba de pie junto a la puerta.

—Abra la puerta, oficial —dijo Holmes—. Pues bien, en esta escalera se encontraba el joven Cunningham, que vio a los dos hombres forcejeando justo donde nos encontramos nosotros. El señor Cunningham padre miró por aquella ventana, la segunda a la izquierda, y vio al tipo escabullirse justo a la izquierda de aquel seto. Lo mismo vio el hijo. Ambos están seguros de ello a causa del matorral. Después, el señor Alec salió corriendo y se arrodilló junto al herido. El suelo es muy duro, como puede usted ver, y no han quedado señales que puedan darnos alguna pista.

Mientras hablaba, se acercaron dos hombres por el sendero del jardín, doblando la esquina de la casa. Uno era un hombre entrado en años, con un rostro enérgico, surcado por profundas arrugas y párpados caídos; el otro era un joven bien plantado cuya expresión sonriente y radiante y su llamativa indumentaria ofrecían un extraño contraste con el asunto que nos había llevado allí.

—¿Siguen buscando? —preguntó a Holmes—. Creía que los londinenses no se equivocaban nunca. No parece que sean ustedes demasiado rápidos, después de todo.

—Ah, debe concedernos algo de tiempo —dijo Holmes de buen humor.

—Lo necesitarán —dijo el joven Alec Cunningham—. Por ahora no veo que tengamos ninguna pista.

—Sólo tenemos una —respondió el inspector—. Pensábamos que si pudiéramos encontrar... ¡Santo cielo! ¿Qué le ocurre, señor Holmes?

De repente, en el rostro de mi pobre amigo asomó una expresión de lo más espantosa. Sus ojos se pusieron en blanco, sus rasgos se retorcieron en una expresión de dolor agónico y, reprimiendo un gruñido ahogado, cayó de bruces en el suelo. Horrorizados por lo inesperado y grave del ataque, le llevamos hasta la cocina, donde permaneció tumbado en un sillón respirando trabajosamente durante algunos minutos. Finalmente, disculpándose avergonzado por su debilidad, se levantó una vez más.

—Watson les dirá que me acabo de recuperar de una grave enfermedad —explicó—. Tiendo a padecer estos repentinos ataques nerviosos.

—¿Quiere volver a casa en mi coche? —preguntó el mayor de los Cunningham.

—Bueno, ya que estoy aquí, hay un detalle que quisiera confirmar. Podríamos comprobarlo con gran facilidad.

—¿Y cuál es?

—Bien, me parece que es posible que la llegada de este pobre hombre, William, se produjera no antes, sino después de que el malhechor hubiese entrado en la casa. Parece que dan por sentado que, aunque se forzó la puerta, el ladrón nunca llegó a entrar.

—Me parece evidente —dijo el señor Cunningham muy serio—, puesto que mi hijo, Alec, todavía no se había acostado, y desde luego habría oído a alguien que se moviese por la casa.

—¿Dónde estaba sentado?

—Estaba fumando en mi gabinete.

—¿Cuál es la ventana?

—La última de la izquierda, junto a la de mi padre.

—Por supuesto, ambas lámparas estaban encendidas.

—Desde luego.

—Hay algunos detalles muy singulares —repuso Holmes sonriendo—. ¿No les resulta extraordinario que un ladrón, y un ladrón experimentado, entrase deliberadamente en una casa a una hora en la que, tal como indicaban las luces, dos miembros de la familia estaban aún levantados?

—Debía ser un tipo de mucha sangre fría.

—Bueno, por supuesto que si el caso no fuese tan espinoso, no nos hubiésemos visto empujados a dirigirnos a ustedes para que lo solucionasen —dijo el joven señor Alec—. Pero, respecto a su idea de que el hombre ya había robado antes de que William le interceptase, creo que es una especulación de lo más absurda. En tal caso, ¿no hubiésemos encontrado la casa desordenada y echado de menos las cosas que se hubiese llevado?

—Eso depende de lo que fueran esas cosas —respondió Holmes—. Debe tener en cuenta que nos las vemos con un ladrón muy peculiar, que parece trabajar siguiendo unas directrices propias. Miren, por ejemplo, el extravagante botín que sustrajo de la mansión de los Acton. ¿En qué consistía? En un ovillo de cordel, un pisapapeles y no sé cuántos cacharros más.

—Bien, estamos en sus manos, señor Holmes —dijo Cunningham padre—. Tenga la seguridad de que se hará cualquier cosa que usted o el inspector sugieran.

—En primer lugar —dijo Holmes—, me gustaría que usted ofreciese una recompensa, pero a título personal, puesto que a las autoridades puede llevarles cierto tiempo llegar a un acuerdo sobre una cifra en concreto y estas cosas conviene hacerlas sin demora. He redactado aquí un documento, si no le importa firmarlo. Pensé que con quinientas libras sería suficiente.

—De buena gana daría quinientas libras —dijo el juez de paz tomando la hoja de papel y el lápiz que Holmes le tendía—. Sin embargo, esto no es exacto —añadió al examinar el documento.

—Lo escribí con prisa.

—Como puede ver, comienza usted así: «Considerando que alrededor de la una menos cuarto de la madrugada del martes se hizo un intento», etc. De hecho fue a las doce menos cuarto.

Me dolió el error, pues sabía lo mucho que Holmes lamentaba cometer deslices de ese tipo. Su especialidad era ajustarse a los hechos, pero su reciente enfermedad le había afectado profundamente, y este pequeño incidente fue suficiente para indicarme que estaba aún lejos de ser el que había sido siempre. Por un momento se mostró visiblemente avergonzado, mientras el inspector alzaba las cejas y Alec Cunningham soltó una carcajada. Sin embargo, el viejo caballero corrigió el error y le devolvió el papel a Holmes.

—Que lo impriman lo antes posible —dijo—. Creo que se trata de una idea excelente.

Holmes se guardó cuidadosamente la hoja de papel en su libreta.

—Y ahora —dijo— sería conveniente que diésemos todos juntos una vuelta por la casa y nos asegurásemos de que este extravagante ladrón no se llevara nada, después de todo.

Antes de entrar, Holmes examinó la puerta que había sido forzada. Era evidente que se había introducido un escoplo o un cuchillo de hoja gruesa y que la cerradura se había forzado tirando hacia atrás con él. En la madera se podían apreciar las marcas que indicaban dónde se había clavado el instrumento.

—¿No cierran la puerta con barras? —preguntó.

—Nunca lo hemos considerado necesario.

—¿Y tampoco tienen perro?

—Sí, pero permanece atado al otro lado de la casa.

—¿A qué hora se retira el servicio?

—Sobre las diez.

—Tengo entendido que a esa hora también se acostaba William.

—Sí.

—Resulta curioso que estuviese levantado aquella noche en particular. Le agradecería que tuviese la amabilidad de enseñarnos la casa, señor Cunningham.

Un pasillo enlosado, a partir del cual se accedía a las cocinas, llevaba a una escalera de madera que conducía directamente al primer piso de la casa y terminaba en un rellano frente a una segunda escalera, más ornamental, que subía desde el vestíbulo principal. A este rellano daban el salón y varios dormitorios, que incluían el del señor Cunningham y el de su hijo. Holmes caminaba lentamente, tomando buena nota de la disposición de la casa. Por su expresión, sabía que estaba sobre alguna pista y, a pesar de eso, no tenía ni idea de a qué dirección le conducían sus deducciones.

—Estimado señor —dijo el señor Cunningham algo impaciente—, esto es totalmente innecesario. Aquélla, al final de las escaleras, es mi habitación y la contigua es la de mi hijo. Dejo a su juicio si era posible que el ladrón subiese sin que nosotros nos diéramos cuenta.

—Me parece que debería buscar sus pistas en otra parte —dijo el hijo con una sonrisa maliciosa.

—Aun así, debo pedirles que tengan un poco más de paciencia conmigo. Por ejemplo, me gustaría ver hasta dónde llega la vista de las ventanas de los dormitorios. Ésta, según me ha dicho, es la habitación de su hijo —abrió la puerta— y supongo que ése es el gabinete en el que estaba fumando cuando se dio la alarma. ¿Adónde da la ventana de esa habitación?

Cruzó el dormitorio, abrió la puerta y echó un vistazo al otro cuarto.

—Espero que ya esté satisfecho —dijo el señor Cunningham sin ocultar su irritación.

—Gracias; creo que ya he visto todo lo que deseaba ver.

—Entonces, si es realmente necesario, podemos ir a mi habitación.

—Si no es demasiada molestia.

El juez de paz se encogió de hombros y nos condujo a su propio cuarto, que era una habitación corriente amueblada con sencillez. Al cruzarla en dirección a la ventana, Holmes se rezagó, hasta que él y yo quedamos los últimos del grupo. Cerca del pie de la cama había una mesita cuadrada, donde se habían dispuesto un plato de naranjas y una garrafa de agua. Al pasar junto a ella, Holmes, para mi más absoluto asombro, se me adelantó y volcó deliberadamente la mesa y todo lo que había en ella. El cristal se rompió en mil pedazos y la fruta rodó a todos los rincones de la habitación.

—Vaya lo que ha hecho, Watson —dijo sin inmutarse—. Mire cómo ha quedado la alfombra.

Confundido, me agaché a retirar la fruta, comprendiendo que, por alguna razón, mi compañero quería que yo cargara con las culpas del estropicio. Los otros se lo creyeron y volvieron a poner la mesa de pie.

—¡Vaya! —exclamó el inspector—. ¿Dónde se ha metido ahora?

Holmes había desaparecido.

—Esperen aquí un momento —dijo el joven Alec Cunningham—. En mi opinión, el tipo no está bien de la cabeza. ¡Padre, venga conmigo y veamos adónde ha ido!

Salieron corriendo de la habitación, dejándonos al inspector, al coronel y a mí mirándonos los unos a los otros.

—Les juro que empiezo a estar de acuerdo con el señor Alec —dijo el oficial—. Puede ser a causa de esa enfermedad, pero me parece que...

Sus palabras se vieron interrumpidas por un repentino grito de «¡Socorro! ¡Socorro! ¡Asesinos!». Con un escalofrío reconocí la voz de mi amigo. Corrí como un loco desde la habitación al rellano. Los gritos, que se habían convertido en un bullicio ronco e inarticulado, provenían de la habitación que habíamos visitado en primer lugar. Irrumpí en ella hasta llegar al gabinete contiguo. Los dos Cunningham se inclinaban sobre la figura postrada de Sherlock Holmes, el más joven le aferraba el cuello con ambas manos, mientras el mayor parecía retorcerle una de las muñecas. En un momento, los tres conseguimos separarlos de él y Holmes se levantó tambaleándose, muy pálido y con evidentes signos de agotamiento.

—Arreste a estos hombres, inspector —jadeó.

—¿Bajo qué acusación?

—La de asesinar a su cochero, William Kirwan.

El inspector le miró boquiabierto.

—Oh, venga, señor Holmes —dijo al fin—. Estoy seguro de que en realidad no quiere...

—¡Pero, hombre, míreles a la cara! —exclamó Holmes con sequedad.

Ciertamente, jamás había visto una confesión de culpabilidad tan evidente en un rostro humano. El anciano parecía atontado y mareado, con una marcada expresión de abatimiento en su rostro arrugado. Por otra parte, el joven había abandonado aquella actitud alegre y despreocupada que le había caracterizado y en sus ojos oscuros brilló la ferocidad de una bestia salvaje, distorsionando su agraciado rostro. El inspector no dijo nada, pero, acercándose a la puerta, hizo sonar el silbato. Dos de sus hombres acudieron a la llamada.

—No tengo alternativa, señor Cunningham —dijo—. Confío en que se demuestre que todo esto no es más que un absurdo error, pero puede ver que... ¿pero qué hace? ¡Suéltelo ahora mismo! —Su mano descargó un golpe y el revólver que el joven intentaba amartillar cayó ruidosamente al suelo.

—Guarde eso —dijo Holmes poniendo enseguida el pie sobre él—. Será muy útil en el juicio. Pero esto es lo que buscábamos, en realidad. —Levantó un arrugado trozo de papel.

—¡El resto de la hoja! —gritó el inspector.

—Exacto.

—¿Y dónde estaba?

—Donde estaba convencido que debía encontrarse. Más tarde les aclararé todo el asunto. Creo, coronel, que usted y Watson deben regresar ya, me reuniré con ustedes en una hora como mucho. El inspector y yo debemos hablar con los prisioneros, pero con toda certeza nos veremos en el almuerzo.

Sherlock Holmes cumplió con su palabra, puesto que a la una en punto se reunió con nosotros en la salita de fumar del coronel. Venía acompañado de un pequeño caballero entrado en años, que me fue presentado como el señor Acton, cuya casa había sido escenario del primer allanamiento.

—Quería que el señor Acton estuviera presente mientras les explicaba a ustedes este asuntillo —dijo Holmes—, puesto que es lógico que esté interesado en conocer los detalles. Me temo, mi querido coronel, que lamentará la hora en que admitió en su casa a un pájaro de mal agüero como yo.

—Al contrario —respondió el coronel cálidamente—. Ha sido un gran privilegio para mí ser testigo de sus métodos de trabajo. Confieso que han sobrepasado mis expectativas y que soy totalmente incapaz de entender el resultado. De hecho, no he visto ni rastro de una sola pista.

—Me temo que mi explicación puede desilusionarle, pero siempre ha sido mi costumbre no ocultar mis métodos, ni a mi amigo Watson ni a nadie que demostrara un inteligente interés en ellos. Pero, primero, puesto que aún me encuentro algo conmocionado por el vapuleo recibido en el gabinete, creo que me ayudaré con un trago de su brandy, coronel. Últimamente mis fuerzas se han visto sometidas a una dura prueba.

—Confío en que no vuelva a sufrir aquellos ataques nerviosos.

Sherlock Holmes rio alegremente.

—Llegaremos a eso en su momento —dijo—. Les expondré un resumen del caso en su debido orden, mostrándoles los detalles que me guiaron en mi decisión. Les ruego que me interrumpan si alguna deducción no les resulta del todo clara.

»En el arte de la deducción es de la mayor importancia ser capaz de diferenciar los hechos que son incidentales de los que son vitales. De otro modo, la energía y la atención se disipan en vez de concentrarse. Ahora bien, no me cabía ni la más mínima duda de que la clave de este caso debía encontrarse en el trozo de papel que aferraba la mano del fallecido.

»Antes de entrar en ese punto, me gustaría llamar su atención sobre el hecho de que, si la historia de Alec Cunningham era correcta y el asaltante, después de disparar a William Kirwan, había huido, entonces, evidentemente, no podía haber arrancado el papel de la mano del moribundo. Pero, si no fue él, entonces debía haber sido el propio Alec Cunningham, puesto que cuando bajó el anciano ya había varios sirvientes en la escena del crimen. El detalle es muy simple, pero se le había pasado por alto al inspector, puesto que había iniciado las averiguaciones con la suposición de que ninguno de estos terratenientes tenía nada que ver con el asunto. Tengo como máxima no formarme ningún juicio previo y seguir dócilmente los hechos allá donde me lleven, así que al principio de la investigación desconfiaba del papel representado por Alec Cunningham.

»Acto seguido efectué un cuidadoso examen del trocito de papel que el inspector nos había enseñado. No tardé en darme cuenta de que formaba parte de un documento muy importante. Aquí está. ¿No observan ahora en él algo muy sugerente?

—Tiene un aspecto muy irregular —dijo el coronel.

—Mi querido señor —exclamó Holmes—, no cabe ni la menor duda de que ha sido escrito por dos personas, que han escrito cada una de ellas una palabra alternativamente. En cuanto llame su atención sobre las enérgicas «t» en las palabras «este»[20] y «asunto»[21] y le pida que las compare con las que aparecen en «cuarto»[22] y «puerta»[23] se dará cuenta de que es así. Un análisis muy breve de estas cuatro palabras le permitiría asegurar con la mayor seguridad que las palabras «descubrirá» y «quizá» están escritas con una mano más firme y que la palabra «qué» fue escrita con una más débil.

—¡Por Júpiter, está claro como el día! —exclamó el coronel—. ¿Por qué demonios iban dos hombres a escribir una carta así?

---

20 *At* en el original, «a las» *[N. de la T.]*.

21 *T* en el original, «a» *[N. de la T.]*.

22 *Quarter* en el original, «cuarto» *[N. de la T.]*.

23 *Twelve* en el original, «doce» *[N. de la T.]*.

—Evidentemente con una mala intención, y uno de los hombres, que no confiaba en el otro, se propuso que, se hiciese lo que se hiciese, ambos tendrían la misma responsabilidad en el asunto. Ahora bien, está claro que el hombre que escribió «este» y «asunto» era el que llevaba la voz cantante.

—¿Cómo lo sabe?

—Podemos deducirlo simplemente comparando la escritura de uno y otro. Pero tenemos razones más seguras que ésa para suponerlo. Si examina este trozo de papel con atención, llegará a la conclusión de que el hombre con la mano más firme fue el primero que escribió su parte, dejando espacios en blanco para que los rellenara el otro. Estos espacios no siempre eran suficiente, y podrá comprobar que el segundo hombre tuvo que encajar la palabra «cuarto» entre «menos» y «a»,[24] indicándonos que éstas ya estaban escritas. El hombre que escribió primero es, sin duda, el hombre que planeó este asunto.

—¡Excelente! —exclamó el señor Acton.

—Pero muy superficial —dijo Holmes—. Sin embargo, llegamos ahora a un detalle que sí resulta importante. Es posible que no sepan que los expertos han logrado, con una precisión considerable, averiguar la edad de un hombre a partir de su escritura. En casos normales, uno puede ubicar al hombre en la década que le corresponde con una seguridad aceptable. Y digo en casos normales, puesto que la mala salud y la debilidad física pueden reproducir las señales de una avanzada edad, incluso cuando el inválido es joven. En este caso, mirando la confiada y firme mano de una y la apariencia de inseguridad de la otra, que todavía es legible aunque ya han empezado a borrarse las barras transversales de las «t», podemos afirmar que la primera es la de un joven y la segunda la de un hombre de avanzada edad, sin ser del todo decrépito.

—¡Excelente! —exclamó de nuevo el señor Acton.

—No obstante, hay otro detalle más sutil y que ofrece mayor interés. Hay algo en común en estas dos escrituras. Pertenecen a hombres que son parientes directos. Les habrá resultado de lo más evidente al ver las «y», pero

---

24 *At* y *to* en el original; téngase en cuenta que, con la traducción, no coinciden las palabras escritas por uno y otro hombre en el trozo de papel *[N. de la T.]*.

para mí hay detalles menores que indican lo mismo. No me cabe duda de que se detecta un hábito familiar en las dos muestras. Por supuesto, sólo les estoy ofreciendo los resultados más destacados de mi examen del papel. Había otras veintitrés deducciones que ofrecerían un mayor interés a los expertos que a ustedes. Todas tienden a reforzar la impresión que ya albergaba de que los Cunningham, padre e hijo, eran los autores de la carta.

»Llegado a este punto, mi siguiente paso fue, por supuesto, examinar los detalles del crimen y ver cómo podían ayudarnos. Fui a la casa con el inspector y vi todo lo que había que ver. La herida que presentaba el cadáver había sido producida, o eso pude determinar con absoluta seguridad, por un revólver disparado a la distancia de algo más de cuatro yardas. No había manchas de pólvora ennegrecida en las ropas. Por tanto, resultaba evidente que Alec Cunningham había mentido cuando dijo que los dos hombres forcejeaban cuando se realizó el disparo. De nuevo, ambos, padre e hijo, se pusieron de acuerdo respecto al lugar por donde el hombre había escapado hacia la carretera. Sin embargo, en ese lugar hay una amplia zanja con algo de humedad en el fondo. Puesto que no había rastro de huellas de botas en dicha zanja, tuve la absoluta seguridad de que no sólo los Cunningham habían vuelto a mentir, sino que en el lugar del crimen no hubo ningún desconocido.

»Y ahora tenía que averiguar el motivo de este insólito crimen. Para hacerlo, procuré aclarar el motivo del primer asalto a la casa del señor Acton. Por lo que nos comentó el coronel, entendí que existía un litigio judicial entre usted, señor Acton, y los Cunningham. Por supuesto, enseguida se me ocurrió que podrían haber entrado en su biblioteca con la intención de hacerse con algún documento que fuese de vital importancia en el caso.

—Desde luego —dijo el señor Acton—, no cabe ninguna duda sobre sus intenciones. He presentado una reclamación sobre la mitad de sus actuales propiedades y, si hubieran encontrado dicho documento, que afortunadamente se encontraba en la caja de caudales de mis abogados, sin duda hubieran invalidado nuestro caso.

—¡Ahí lo tiene! —dijo Holmes sonriendo—. Se trataba de un peligroso y desesperado intento en el cual intuyo la influencia del joven Alec. Al no

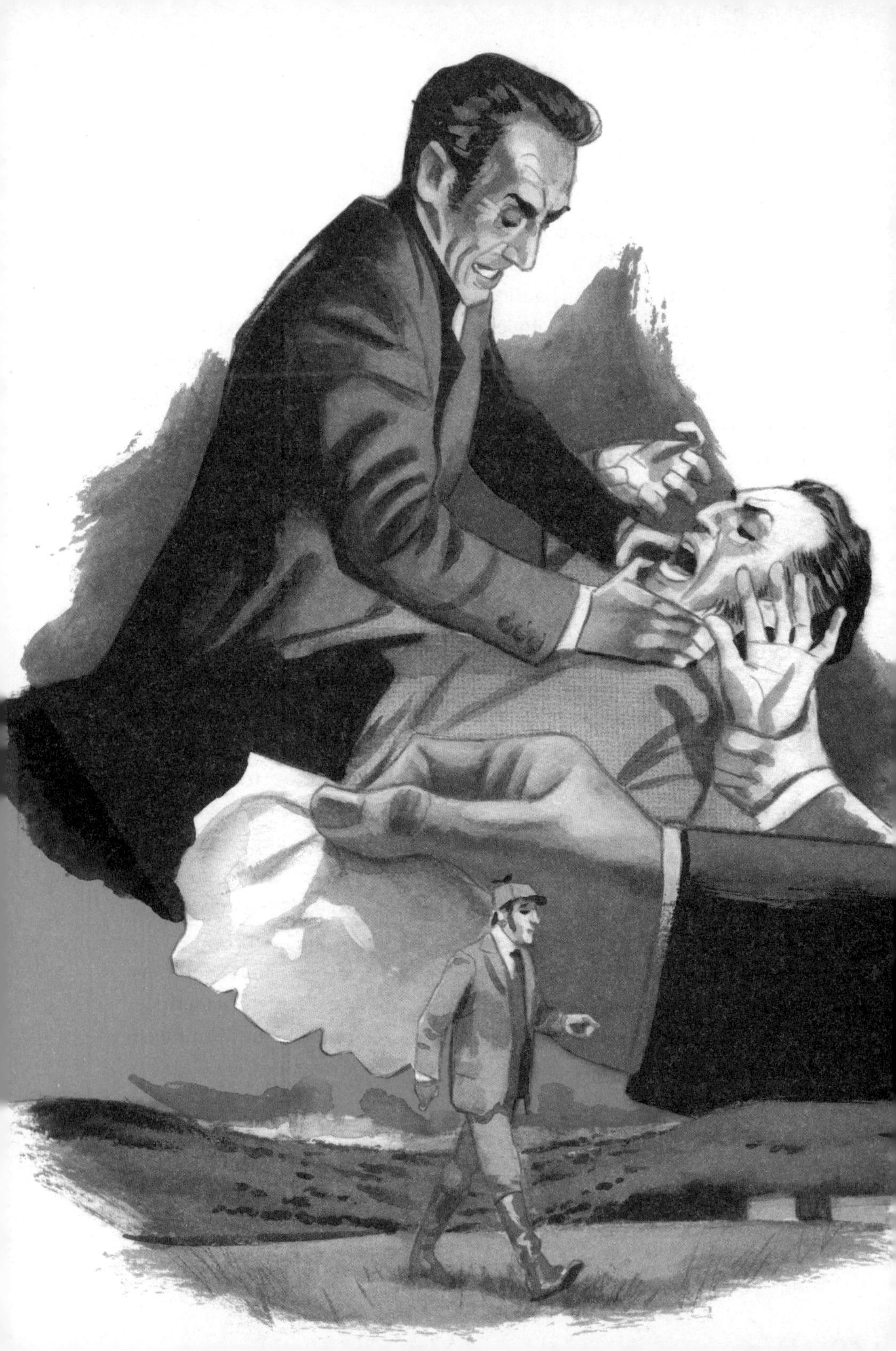

encontrar nada, trataron de desviar las sospechas, haciendo que pareciera un allanamiento corriente; con este fin se llevaron todo lo que pudieron. Eso está bastante claro, pero había mucho más que seguía oscuro. Lo que yo quería, por encima de todo, era conseguir la parte que faltaba de la nota. Estaba seguro de que Alec se la había arrancado de las manos al cadáver, y casi seguro de que se la había metido en el bolsillo de su batín. ¿Dónde, si no, podría habérsela guardado? La única duda era saber si aún seguía allí. Valía la pena el esfuerzo de encontrarla, y con ese propósito subimos a la casa.

»Los Cunningham se unieron a nosotros, como sin duda recordarán, en la puerta de la cocina. Por supuesto, era de la máxima importancia que nadie les recordase la existencia de este papel, puesto que de otro modo lo destruirían al instante. El inspector estaba a punto de hablarles del valor que le concedíamos cuando, debido a la más afortunada de las casualidades, sufrí una especie de ataque y de este modo la conversación cambió a otro tema.

—¡Cielo santo! —exclamó el coronel riendo—. ¿Quiere decir que nuestra compasión no sirvió para nada y que el ataque fue una impostura?

—Desde el punto de vista profesional, lo hizo de maravilla —exclamé mirando sorprendido a este hombre, que siempre sabía confundirme con alguna nueva faceta de su astucia.

—Es un arte que suele resultar útil —dijo—. Cuando me recuperé, con un truco cuyo ingenio reviste escaso mérito, conseguí que el viejo Cunningham escribiera la palabra «twelve» para que así pudiera compararla con el «twelve» del papel.[25]

—¡Oh, qué burro he sido! —exclamé.

—Me di cuenta de que me estaba compadeciendo a causa de mi debilidad —dijo Holmes riendo—. Lamento haberle causado la pena que sé que usted sintió por mí. Después subimos juntos las escaleras y, tras entrar en la habitación y ver el batín colgado detrás de la puerta, me las ingenié para tirar una mesa y así distraer momentáneamente su atención y volver sobre mis pasos para examinar los bolsillos. Sin embargo, apenas tuve en mis manos el papel, que estaba como yo esperaba en uno de ellos, cuando los

25 Se refiere al momento en que Cunningham padre corrige «la una menos cuarto» por «las doce menos cuarto»; *twelve* significa «doce» en castellano *[N. de la T.]*.

dos Cunningham se abalanzaron sobre mí, y estoy convencido de que me hubieran asesinado ahí mismo si no llega a ser por la ayuda inmediata que me brindaron. De hecho, todavía siento en mi garganta la presa de aquel joven mientras el padre me retorcía la muñeca intentando arrancarme el papel de la mano. Se dieron cuenta de que yo debía saber toda la verdad, y el cambio repentino de absoluta seguridad a completa decepción les convirtió en hombres exasperados.

»Más tarde tuve una breve charla con Cunningham padre acerca del motivo del crimen. Se mostró bastante tratable; en cambio, su hijo se comportaba como un auténtico demonio, dispuesto a volarse los sesos a sí mismo o a cualquiera que pasara por ahí si hubiese recuperado su revólver. Cuando Cunningham vio que la acusación contra él era muy sólida, se descorazonó y confesó todo. Parece que William había seguido a sus dos patronos la noche en que asaltaron la casa del señor Acton y, al tenerlos así en sus manos, procedió a extorsionarlos, amenazando con denunciarlos. Sin embargo, el señor Alec era un hombre demasiado peligroso como para practicar con él cierta clase de juegos. Fue una ocurrencia genial por su parte el ver en el miedo a los asaltos a casas que recorría la zona una posible oportunidad de librarse del hombre al que temía. William fue engañado con un señuelo y tiroteado; si hubieran recuperado la nota completa y prestado algo más de atención a los detalles, es muy posible que nunca hubiesen levantado sospechas.

—¿Y la nota? —pregunté.

Sherlock Holmes colocó ante nosotros el papel que adjunto más abajo.

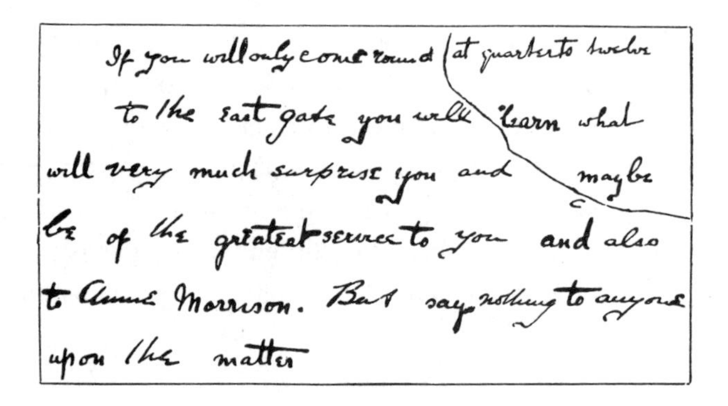

If you will only come round at quarter to twelve
to the east gate you will learn what
will very much surprise you and maybe
be of the greatest service to you and also
to Annie Morrison. But say nothing to anyone
upon the matter

> Si acude usted a la puerta este a las doce menos cuarto, se enterará de algo que le sorprenderá mucho y que quizá sea de gran utilidad para usted y para Annie Morrison. Pero no hable con nadie del asunto.

—En gran parte, es lo que me imaginaba —dijo—. Por supuesto, no sabemos todavía qué relación puede existir entre Alec Cunningham, William Kirwan y Annie Morrison. El resultado muestra que la trampa fue tendida con suma habilidad. Estoy seguro de que les encantará comprobar los rastros hereditarios que aparecen en las «p» y los rabitos de las «g». La ausencia de puntos en las «i» en la escritura del mayor resulta también muy característica. Watson, creo que nuestro apacible reposo en el campo ha sido todo un éxito y, con toda certeza, volveré mañana a Baker Street completamente recuperado.

El jorobado

Una noche de verano, pocos meses después de mi boda, estaba sentado junto a la chimenea fumando mi última pipa y cabeceando sobre una novela, puesto que había tenido un día agotador. Mi esposa se había retirado al piso de arriba y el sonido de la cerradura de la puerta de entrada, un rato antes, me indicó que mis sirvientes también se habían marchado. Ya me había levantado y estaba vaciando la ceniza de mi pipa, cuando escuché el sonido de la campanilla.

Miré el reloj. Eran las doce menos cuarto. No podía ser una visita a esas horas. Evidentemente se trataba de un paciente, y posiblemente de la perspectiva de pasar una noche en vela. Torciendo el gesto, salí al vestíbulo y abrí la puerta. Para mi sorpresa, era Sherlock Holmes quien se encontraba en la entrada.

—Ah, Watson —dijo—, esperaba llegar a tiempo para encontrarle levantado.

—Mi querido amigo, pase, por favor.

—Parece sorprendido, ¡y no me extraña! ¡Y aliviado también, diría yo! ¡Hum! ¿Todavía fuma la misma mezcla Arcadia de sus tiempos de soltero? Esa ceniza esponjosa en su chaqueta es inconfundible. Es fácil adivinar que estaba usted acostumbrado a llevar uniforme, Watson; nunca podrá pasar por un civil de pura raza mientras siga con la costumbre de guardarse el pañuelo en la manga. ¿Puede darme alojamiento por esta noche?

—Será un placer.

—Me dijo que disponía de una habitación individual para un soltero, y me parece que en este momento no tiene ningún visitante masculino. O eso dice su perchero.

—Me encantaría que se quedase.

—Gracias. Entonces ocuparé uno de sus colgadores vacíos. Lamento ver que ha venido un trabajador británico a su casa. Los envía el demonio. Espero que no se trate de las tuberías.

—No, es el gas.

—¡Ah! Ha dejado la marca de dos clavos de sus botas sobre el linóleo, precisamente donde le da la luz. No, gracias, ya he tomado algo de cena en Waterloo, pero me encantaría fumarme una pipa con usted.

Le ofrecí mi bolsa de tabaco y se sentó frente a mí fumando en silencio durante un rato. Yo sabía perfectamente que sólo un asunto de gran importancia podía haberle traído a mi casa a semejante hora, así que esperé pacientemente a que abordase el tema.

—Me parece que en estos momentos está usted muy ocupado con su profesión —dijo lanzándome una mirada penetrante.

—Sí, he tenido un día muy ajetreado —respondí—. Puede que a usted le parezca una tontería —añadí—, pero no tengo ni idea de cómo lo ha podido deducir.

Holmes rio para sí mismo.

—Tengo la ventaja de conocer sus costumbres, mi querido Watson —dijo—. Cuando su ronda es breve, suele ir a pie, pero si es larga va en coche. Como vi que sus botas, aunque desgastadas por el uso, no están en absoluto sucias, no me cabe duda de que en este momento está usted tan ocupado como para justificar el uso de un coche.

—¡Excelente! —exclamé.

—Elemental —dijo—. Es uno de esos casos donde el razonador puede producir una impresión que a su interlocutor le parecerá excepcional, pero sólo porque este último ha pasado por alto un pequeño detalle que es la base de la deducción. Se puede decir lo mismo, mi querido amigo, sobre el efecto de alguno de esos relatos suyos, el cual es totalmente engañoso, puesto que su efectividad depende de que usted retenga unos u otros factores del problema que nunca son transmitidos al lector. En este momento, me encuentro en la posición de esos mismos lectores, puesto que tengo en mi mano varios cabos de uno de los casos más extraños que nunca hayan confundido el cerebro de un hombre y, a pesar de ello, me faltan uno o dos detalles necesarios para completar mi teoría. Pero los conseguiré, Watson, ¡los conseguiré!

Sus ojos centellearon y un leve rubor se extendió por sus flacas mejillas. Por un instante se levantó el velo sobre su naturaleza viva y apasionada, pero sólo por un instante. Cuando miré de nuevo, su rostro había recuperado la compostura de un indio piel roja que hacía que muchos le consideraran más una máquina que un hombre.

—El problema presenta aspectos de interés —dijo—; incluso me atrevería a decir que aspectos de un interés excepcional. Ya he examinado el asunto y creo que he llegado a atisbar una solución. Si quisiera acompañarme en esta última etapa, me prestaría usted un servicio más que considerable.

—Me encantaría.

—¿Podría venir mañana hasta Aldershot?

—Estoy seguro de que Jackson me sustituirá en la consulta.

—Muy bien. Quiero salir mañana de Waterloo a las 11:10.

—Lo que me da tiempo de sobra.

—Entonces, si no tiene demasiado sueño, le haré un resumen de lo que ha ocurrido y de lo que queda por hacer.

—Tenía sueño antes de llegar usted. Ahora estoy totalmente despejado.

—Resumiré la historia todo lo que me sea posible sin omitir ningún detalle que sea vital para el caso. Puede que haya leído algo sobre el asunto. Estoy investigando el supuesto asesinato del coronel Barclay de los Royal Mallows, en Aldershot.

—No he oído nada al respecto.

—Todavía no ha despertado una gran atención, excepto localmente. Los hechos ocurrieron hace sólo dos días. Brevemente, son los siguientes:

»Los Royal Mallows son, como usted sabe, uno de los más famosos regimientos del Ejército británico. Hicieron maravillas tanto en la guerra de Crimea como en el Motín, y desde entonces se han distinguido en todas las ocasiones posibles. Hasta el lunes por la noche estaba al mando James Barclay, un valiente veterano que comenzó como soldado raso, fue ascendido por su valentía en los tiempos del Motín y llegó a estar al mando del mismo regimiento donde, en otro tiempo, había llevado el mosquete.

»El coronel Barclay se casó en la época en que era sargento, y su esposa, cuyo nombre de soltera era señorita Nancy Devoy, era la hija de un antiguo alférez del mismo regimiento. Por tanto, como puede imaginar, se produjo alguna leve fricción social cuando la joven pareja (porque entonces todavía eran jóvenes) se encontró en su nuevo ambiente. Sin embargo, parece que se adaptaron rápidamente y, según tengo entendido, la señora Barclay siempre había sido tan popular entre las damas del regimiento como su esposo lo era entre los oficiales. Puedo añadir que ella era una mujer de gran belleza y que incluso ahora, cuando lleva más de treinta años casada, sigue siendo una mujer muy atractiva.

»Todo apunta a que la vida familiar del coronel Barclay ha sido, por lo general, feliz. El mayor Murphy, a quien debo la mayor parte de esta información, me asegura que nunca supo que existiera la menor diferencia entre la pareja. En conjunto, él piensa que la devoción de Barclay hacia su mujer era mayor que la que su esposa tenía por él. El coronel siempre se mostraba intranquilo si se apartaba de ella por un día. Por otro lado, ella, aunque devota y fiel, no demostraba un afecto tan exagerado. Pero en el regimiento se les tenía como el modelo ideal de una pareja de mediana edad. No había nada en absoluto en sus relaciones que anunciara a la gente la tragedia que estaba a punto de ocurrir.

»Parece ser que el propio coronel Barclay poseía ciertos rasgos peculiares en su carácter. Su humor habitual era el de un viejo soldado entusiasta y jovial, pero en ocasiones era capaz de mostrarse violento y vengativo. No obstante, este aspecto de su personalidad parece que nunca se volvió contra su esposa. Otro hecho que sorprendió al mayor Murphy, y a tres de los cinco oficiales con los que hablé, era que a veces se sumía en curiosos estados depresivos. Como lo expresó el mayor, a veces parecía que alguna mano invisible le hubiera quitado la sonrisa de la cara de un golpe, cuando antes se había unido a las bromas y risas en la mesa de los oficiales. Cuando este humor se apoderaba de él, pasaba días enteros sumido en la más profunda melancolía. Esto y que era algo supersticioso eran los únicos rasgos de su carácter que sus camaradas habían observado. Esta última peculiaridad se manifestó en una manía por permanecer siempre acompañado, especialmente después de oscurecer. Este rasgo pueril en una personalidad tan notablemente viril había dado lugar a comentarios y conjeturas.

»El primer batallón de los Royal Mallows (que es el antiguo 117.º) llevaba años destinado en Aldershot. Los oficiales casados vivían en barracones y, durante este tiempo, el coronel había ocupado una villa llamada Lachine, a una milla y media del Campamento Norte. La casa tiene sus propios terrenos, pero el lado occidental no está a más de treinta yardas de la carretera principal. El personal de servicio está formado por un cochero y dos sirvientas. Ellos, junto con el señor y la señora, eran los únicos ocupantes de Lachine, puesto que los Barclay no tenían hijos y no era habitual que recibieran visitas.

»Ahora le relataré los sucesos que tuvieron lugar en Lachine entre las nueve y las diez de la noche del pasado lunes.

»Parece ser que la señora Barclay era miembro de la Iglesia católica y romana, y había demostrado un vivo interés en establecer la cofradía de San Jorge, fundada en conexión con la capilla de Watt Street con el propósito de proporcionar ropa usada a los pobres. A las ocho de aquella noche se celebraba una reunión de la cofradía y la señora Barclay se había dado prisa en cenar para poder asistir. Cuando dejaba la casa, el cochero la escuchó hacerle alguna observación común a su marido, asegurándole que no tardaría en volver. Luego pasó a buscar a la señorita Morrison, una joven que vive en la mansión contigua, y fueron las dos juntas a la reunión. Duró cuarenta minutos y, a las nueve menos cuarto, la señora Barclay volvió a casa, después de dejar a la señorita Morrison en su puerta cuando venían de camino.

»Hay una habitación en Lachine que se emplea como sala de estar diurna. Esta habitación da a la calle y está separada del césped por una gran puerta cristalera de hojas plegables. La pradera se extiende a lo largo de treinta yardas y sólo está separada de la carretera por un muro bajo rematado con una barandilla de hierro. Cuando volvió, la señora Barclay se dirigió a esta habitación. Las persianas no estaban bajadas, puesto que la habitación apenas se usaba por la noche, así que la propia señora Barclay encendió la lámpara e hizo sonar la campanilla para pedirle a Jane Stewart, la criada, que le llevase una taza de té, algo que no era habitual en ella. El coronel estaba sentado en el comedor pero, al oír que su esposa había regresado, se unió a ella en la sala de estar. El cochero le vio atravesar el vestíbulo y entrar allí. Nunca más se le volvió a ver vivo.

»El té que se había pedido se subió tras diez minutos, pero la sirvienta, al llegar a la puerta, se sorprendió al oír las voces de los señores, enfrascados en una acalorada discusión. Llamó a la puerta sin recibir respuesta e incluso hizo girar el pomo, pero sólo para descubrir que estaba cerrada por dentro. Naturalmente, corrió para decírselo a la cocinera, así que las dos mujeres, acompañadas por el cochero, entraron en el vestíbulo y escucharon la discusión que todavía proseguía violentamente. Todos coinciden en que sólo se oían dos voces, la de Barclay y la de su esposa. Los comentarios de Barclay eran breves, expresados en voz baja, así que no pudieron oír lo que decía. En cambio, los de la señora eran de lo más cortantes, y cuando levantaba la voz se podía oír claramente lo que gritaba.

»—¡Cobarde! —repetía una y otra vez—. ¿Qué vamos a hacer ahora? ¿Qué vamos a hacer ahora? Devuélveme mi vida. ¡No quiero volver a respirar el mismo aire que tú nunca más! ¡Cobarde! ¡Cobarde!

»Aquéllos eran fragmentos de su conversación, que acabó en un grito repentino y espantoso proferido por la voz del hombre, seguido por el ruido de algo que se caía y de un grito estridente de la mujer. Convencido de que había ocurrido alguna tragedia, el cochero se abalanzó contra la puerta y trató de forzarla, mientras desde el interior brotaba un grito tras otro. Pero fue incapaz de abrir la puerta y las sirvientas estaban demasiado atenazadas por el miedo como para servirle de ayuda. Sin embargo, de repente se le ocurrió una idea, así que salió corriendo por la puerta de entrada y, dando la vuelta a la casa, llegó hasta las altas ventanas francesas que se abrían sobre el césped. Un lado de la ventana estaba abierto, lo que entiendo era algo habitual en verano, así que entró sin dificultad en la habitación. La señora había dejado de gritar y estaba tendida e inconsciente en un sofá, mientras el desafortunado soldado yacía con los pies sobre el costado de una butaca y la cabeza en el suelo, cerca de la esquina del guardafuegos, muerto en medio de un charco de su propia sangre.

»Naturalmente, lo primero en lo que pensó el cochero, al darse cuenta de que no podía hacer nada por su señor, fue en abrir la puerta. Pero se presentó una insólita e inesperada dificultad. La llave no estaba en la parte interior de la puerta ni fue posible encontrarla en ninguna parte de la habitación. Por lo tanto, salió de nuevo por la ventana y, tras conseguir la ayuda de un policía y un médico, regresó. La dama, contra la que se alzaron las más firmes sospechas, fue llevada a su habitación, todavía inconsciente. El cadáver del coronel se acomodó en el sofá y se realizó un cuidadoso examen del escenario de la tragedia.

»La herida que había sufrido el desafortunado veterano resultó ser un corte desigual de dos pulgadas de largo en la parte posterior de la cabeza, lo que evidentemente era el resultado de un golpe asestado con un instrumento contundente. Tampoco fue difícil deducir cuál pudo ser el arma. En el suelo, cerca del cadáver, había una curiosa maza de madera dura y tallada con un mango de hueso. El coronel poseía una variada colección de armas de los distintos países en los que había luchado, y la policía conjetura que esta maza figuraba entre sus trofeos. Los sirvientes niegan haberla visto antes, pero, entre tantas curiosidades como albergaba la casa, es posible que se les hubiera pasado por alto. La policía no descubrió nada más de importancia en la habitación, salvo el hecho inexplicable de que no se encontró la llave perdida, ni en el cuerpo de la señora Barclay ni en el de la víctima ni en toda la habitación. Finalmente, un cerrajero de Aldershot abrió la puerta.

»Así estaban las cosas, Watson, cuando el martes por la mañana, a petición del mayor Murphy, fui a Aldershot para reforzar las investigaciones policiales. Creo que reconocerá que el problema ya era interesante, pero mis observaciones me hicieron darme cuenta enseguida de que, en realidad, era un caso mucho más extraordinario de lo que parecía a primera vista.

»Antes de examinar la habitación, interrogué a los sirvientes, pero sólo me valió para obtener los hechos que ya le he expuesto. Sin embargo, Jane Stewart rememoró un detalle interesante. Recordará que, al escuchar la disputa, bajó y volvió con los otros sirvientes. Dice que en la primera ocasión, cuando estaba sola, las voces de los señores eran tan bajas que apenas podía oír nada y se podía saber que se había desatado una discusión entre ellos a juzgar por el tono de sus voces, no por lo que decían. No obstante, cuando insistí, recordó que ella había oído a la dama murmurar dos veces la palabra "David". El detalle es de la mayor importancia, ya que nos puede guiar al origen de la repentina disputa. El nombre del coronel, como recordará, era James.

»Había un aspecto del caso que había causado la más profunda impresión, tanto en los sirvientes como en la policía. Se trataba del rostro contorsionado del coronel. Según dijeron, tenía grabado en sus rasgos la más pavorosa expresión de miedo y horror que la cara de un ser humano es capaz de expresar. Más de una persona se desmayó al verle, así de temible era su aspecto. Seguramente había anticipado lo que le iba a ocurrir, lo que le provocó un terror espantoso. Por supuesto, esto encajaba con la teoría policial según la cual el coronel habría visto cómo su esposa le atacaba con intención de matarle. El hecho de que la herida se hubiese infligido en la parte posterior de la cabeza no invalidaba del todo esta teoría, puesto que podría haberse girado para evitar el golpe. No se pudo obtener ninguna información de la dama, ya que ésta sufre un desequilibrio temporal a causa de un ataque agudo de fiebre cerebral.

»Supe, gracias a la policía, que la señorita Morrison, quien, como recordará, había salido con la señora Barclay aquella noche, negó que supiera lo que había causado el mal humor con el que su compañera había regresado.

»Una vez recopilados estos hechos, Watson, me fumé varias pipas para reflexionar sobre el tema, intentando separar los hechos cruciales de los simplemente circunstanciales. No había duda de que el rasgo distintivo del caso era la curiosa desaparición de la llave. Un registro minucioso había fracasado a la hora de encontrarla en la habitación. Por tanto, debían habérsela llevado. Pero ni el coronel ni la esposa del coronel se la podrían haber llevado. Eso estaba perfectamente claro. En consecuencia, una tercera persona debía haber entrado en la habitación. Y esa tercera persona sólo podría haber entrado por la ventana. Me parecía que un examen cuidadoso de la habitación y del jardín podría revelar algún rastro de este misterioso individuo. Ya conoce mis métodos, Watson. Empleé todos y cada uno de ellos en mi investigación. Y acabé por descubrir rastros, pero unos muy diferentes a los que había esperado encontrar. Un hombre estuvo en la habitación, uno que había atravesado el césped viniendo de la carretera. Me fue posible obtener cinco huellas muy claras: una en la propia carretera, en el lugar por donde había trepado por el muro bajo; dos en el césped; y otras dos, apenas visibles, sobre las tablas enceradas cerca de la ventana, por donde había entrado. Aparentemente había corrido por la hierba, puesto que las huellas de sus dedos eran más profundas que las de sus talones. Pero no fue este individuo quien me sorprendió, sino su acompañante.

—¿Su acompañante?

Holmes extrajo una larga tira de papel de seda de su bolsillo y la desplegó cuidadosamente sobre su rodilla.

—¿Qué opina de esto?

El papel estaba cubierto con los rastros de huellas de algún pequeño animal. Se veían claramente cinco almohadillas y el indicio de unas largas uñas, y el tamaño de la huella en conjunto sería, más o menos, el de una cucharilla de café.

—Es un perro —dije.

—¿Ha visto alguna vez a un perro trepando por una cortina? Encontré varios rastros que indicaban que esta criatura lo había hecho.

—¿Entonces, se trata de un mono?

—Pero no son las huellas de un mono.

—Y ¿qué puede ser?

—Ni un perro, ni un gato, ni un mono, ni otra criatura que nos resulte familiar. He intentado realizar una reconstrucción a partir de las medidas. Aquí hay cuatro huellas en las cuales el animal ha permanecido inmóvil. Verá que no hay más de quince pulgadas entre la pata delantera y la trasera. Añada eso a la longitud del cuello y la cabeza y obtendrá una criatura de no más de dos pies de longitud, probablemente algo más, si tiene cola. Pero ahora observe esta otra medición. El animal se ha estado moviendo y tenemos la longitud de su zancada. En cada caso es sólo de tres pulgadas. Lo que nos indica, según puede ver, que tiene un cuerpo muy largo con patas muy cortas unidas a él. No ha sido tan considerado como para dejar una muestra de pelo tras de sí. Pero su aspecto general debe ser el que le he indicado, puede trepar por una cortina y es carnívoro.

—¿Cómo lo ha deducido?

—Porque trepó por la cortina. Había una jaula con un canario colgada junto a la ventana, y parece que su objetivo era apoderarse del pájaro.

—Entonces, ¿qué era este animal?

—Ah, si pudiera darle un nombre habría avanzado un buen trecho hacia la solución del caso. En conjunto, creo que probablemente se trate de un animal de la familia de las comadrejas o los armiños, pero, aun así, es más grande que cualquiera de los ejemplares de estas especies que yo haya visto jamás.

—Pero ¿qué tiene que ver con el crimen?

—Eso tampoco está claro aún. Pero, como observará, hemos descubierto unas cuantas cosas. Sabemos que un hombre permaneció en la carretera mirando la disputa entre los Barclay (las persianas estaban subidas y las luces encendidas). También sabemos que corrió a través del prado, entró en la habitación acompañado por un extraño animal y, o bien golpeó al coronel, o bien éste se desplomó a causa del terror que le produjo su visión y se partió la cabeza con la esquina del guardafuegos. Finalmente, tenemos el hecho curioso de que el intruso se llevó la llave cuando se marchó.

—Parece como si sus averiguaciones hubiesen dejado el asunto más confuso de lo que ya estaba —dije.

—Así es. Indudablemente, estas pesquisas demuestran que el asunto es mucho más complejo de lo que en un principio suponía. Medité detenidamente sobre el asunto y llegué a la conclusión de que debo enfocar el tema desde otra perspectiva. Pero, bueno, Watson, le tengo todavía levantado, cuando igualmente le podría contar todo esto en nuestro viaje a Aldershot mañana.

—Gracias, pero ya ha llegado demasiado lejos como para detenerse ahora.

—Se puede afirmar con bastante seguridad que cuando la señora Barclay dejó la casa a las siete y media de la tarde estaba de buenas con su marido. Como creo haber dicho ya, ella nunca mostraba su afecto de forma ostentosa, pero el cochero la escuchó charlar con su marido de manera amistosa. Ahora bien, es igualmente cierto que, inmediatamente después de su regreso, había ido a la habitación en la que tenía menos posibilidades de encontrarse con él. Allí pidió té, como haría una mujer alterada, y, finalmente, al llegar él, prorrumpió en violentos reproches. Por tanto, algo había ocurrido entre las siete y media y las nueve de la noche, algo que había cambiado totalmente sus sentimientos hacia él. Pero la señorita Morrison no se había separado de ella durante aquella hora y media. Por tanto, estoy absolutamente seguro, a pesar de su negativa, de que debe saber algo del asunto.

»Mi primera conjetura fue que posiblemente existiera alguna relación entre esta joven y el viejo soldado que la primera le hubiese confesado a la esposa. Eso explicaría su enfado al regresar y también que la muchacha negara que había ocurrido algo. Tampoco era del todo incompatible con las palabras que se escucharon. Pero, en contra de esta teoría, hallamos la referencia a un tal David y el conocido afecto que el coronel le profesaba a su esposa, por no hablar de la trágica intrusión de este otro hombre, quien, por supuesto, podría no tener ninguna relación con lo que había pasado antes. No fue fácil seguir lo que había ocurrido paso a paso, pero, en conjunto, me inclinaba a desechar la idea de que hubiese existido algo entre el coronel y la señorita Morrison; no obstante, estaba cada vez más convencido de que la señorita tenía en sus manos la clave de lo que provocó el odio de la señora Barclay contra su marido. En consecuencia, mi siguiente movimiento fue obvio: visité a la señorita M. explicándole que estaba completamente seguro de que se guardaba información y asegurándole que su amiga, la señora Barclay, podría acabar en el banquillo, con el peligro de ser condenada a la pena capital, a menos que se aclarase el asunto.

»La señorita Morrison es una muchacha delgada y etérea, con ojos tímidos y pelo rubio, pero a la que no le faltan, ni mucho menos, sagacidad ni

sentido común. Después de que yo hablase, permaneció sentada un rato y, acto seguido, volviéndose resuelta hacia mí, comenzó una notable confesión que procedo a resumirle.

»—Le prometí a mi amiga que no diría nada del asunto, y una promesa es una promesa —dijo—; pero si puedo ayudarla cuando se encuentra bajo una acusación tan grave y cuando su boca, pobrecita, está cerrada por la enfermedad, entonces creo que estoy liberada de ella. Le diré exactamente lo que ocurrió aquel lunes por la noche.

»—Volvíamos de la misión de Watt Street, cerca de las nueve menos cuarto. En nuestro camino de regreso teníamos que pasar por Hudson Street, que es una avenida muy tranquila. Sólo hay una farola en la acera izquierda y, al acercarnos a esta farola, vi cómo se aproximaba a nosotras un hombre de espalda muy encorvada que llevaba algo parecido a una caja colgando por encima de uno de sus hombros. Parecía deforme, pues caminaba con la cabeza gacha y las rodillas dobladas. Pasábamos junto a él cuando levantó la cara para mirarnos bajo el círculo de luz que arrojaba la farola y, al hacerlo, se detuvo y comenzó a gritar con una voz espantosa: "¡Dios mío, pero si es Nancy!" La señora Barclay se quedó blanca y se hubiese caído si no hubiera sido porque aquella horrible criatura la sostuvo. Yo iba a llamar a la policía, pero ella, para mi sorpresa, le dirigió educadamente la palabra a aquel hombre.

»—Durante estos treinta años te creí muerto, Henry —dijo con voz temblorosa.

»—Y yo —dijo él, y era terrible escuchar el tono con el que dijo estas palabras. Su rostro era moreno y horrible, y tenía un brillo en los ojos que todavía puedo ver en sueños. Tenía el cabello y las patillas veteados de gris y su rostro estaba arrugado y fruncido como una manzana marchita.

»—Sigue caminando, querida —me dijo la señora Barclay—. Quiero hablar un momento con este hombre. No hay nada que temer. —Intentaba hablar con naturalidad, pero seguía mortalmente pálida y sus labios temblorosos apenas podían articular palabra.

»—Hice lo que me pidió y hablaron durante algunos minutos. Al rato, vino por la calle con los ojos llameantes y vi al pobre inválido junto al farol, agitando los puños en el aire como si estuviese loco de rabia. No dijo ni una palabra hasta que llegamos a mi puerta, donde me tomó la mano rogándome que no le contara a nadie lo que había ocurrido. «Se trata de un viejo conocido que ha reaparecido», dijo. Cuando le prometí que no diría nada, me besó, y no la he vuelto a ver desde entonces. Le he contado toda la verdad, y si callé ante la policía es porque no comprendí el peligro en el que se encontraba mi querida amiga. Ahora soy consciente de que sólo puede ser beneficioso para ella el que se sepa todo.

»Ésta fue su declaración, Watson, y para mí fue, como se podrá imaginar, como una luz en una noche oscura. Todo lo que antes había estado desconectado empezó a ocupar su verdadero lugar y me hice una vaga impresión de los hechos. Evidentemente, mi siguiente paso fue encontrar al hombre que le había causado tal impresión a la señora Barclay. Si aún permanecía en Aldershot, no sería muy difícil encontrarle. No hay muchos civiles y seguramente un hombre deforme habría atraído la atención. Pasé un día buscando y, a última hora de la tarde, de esta misma tarde, Watson, di con él. Se llama Henry Wood y vive en una pensión en la misma calle donde se encontró con las damas. Sólo lleva cinco días viviendo allí. Simulando ser un agente del registro, tuve una interesante conversación con su patrona. El hombre ejerce el oficio de actor y prestidigitador. Cuando cae la noche, va de cantina en cantina ofreciendo en ellas su pequeño espectáculo. En esa caja lleva consigo alguna clase de criatura que a la patrona parece causarle bastante inquietud, puesto que nunca ha visto un animal semejante. Según ella, lo emplea en alguno de sus trucos. Eso fue todo lo que la mujer me contó, además de añadir que le parecía un milagro que el hombre aún viviese, teniendo en cuenta lo deforme que era y que a veces hablaba en una lengua extraña, y que las dos últimas noches le había oído gemir y llorar en su dormitorio. En cuanto al dinero, era buen pagador, pero en el depósito que le dejó había lo que parecía ser un florín falso. Me lo enseñó, Watson, y era una rupia india.

»Así que ahora ya sabe exactamente en qué punto nos encontramos y por qué le necesito. Está absolutamente claro que cuando las damas se alejaron de este hombre él las siguió a distancia, que vio por la ventana la discusión entre marido y mujer, que irrumpió en la habitación y que la criatura que llevaba en la caja quedó en libertad. Todo es casi seguro. Pero él es la única persona de este mundo que nos puede decir qué ocurrió exactamente en aquella habitación.

—¿Y tiene la intención de preguntárselo?

—Por supuesto, pero en presencia de un testigo.

—¿Y yo soy el testigo?

—Si es usted tan amable. Si puede aclarar el asunto, mejor. Si se niega, no tendremos otra alternativa que pedir una orden judicial.

—¿Pero cómo sabe que seguirá allí cuando lleguemos?

—Puede estar seguro de que tomé mis precauciones. Tengo a uno de mis chicos de Baker Street vigilándole, se pegará a él como una lapa adondequiera que vaya. Le encontraremos en Hudson Street mañana, Watson; y, mientras tanto, yo sí que sería un criminal si le mantuviese despierto mucho más tiempo.

Llegamos a la escena de la tragedia a mediodía y, guiado por mi compañero, nos dirigimos enseguida a Hudson Street. A pesar de su capacidad para reprimir sus emociones, saltaba a la vista que Holmes se encontraba en un estado de excitación contenida, mientras que a mí me cosquilleaba aquella sensación placentera, medio deportiva, medio intelectual, que experimentaba siempre que me asociaba con él en sus investigaciones.

—Ésta es la calle —dijo cuando enfilamos un corto pasaje flanqueado por sencillas casas de ladrillo de dos pisos—. Ah, aquí está Simpson para informarnos.

—Está en casa, señor Holmes —exclamó un pillastre[26] que venía corriendo hacia nosotros.

—¡Bien, Simpson! —dijo Holmes dándole unas palmadas en la cabeza—. Venga, Watson, ésta es la casa. Hizo pasar su tarjeta con un mensaje en el que decía que habíamos acudido por un asunto importante y, un momento después, nos encontramos cara a cara con el hombre que habíamos venido a ver. A pesar del tiempo caluroso, estaba agazapado frente a un fuego y la habitación parecía un horno. El hombre estaba sentado, retorcido y acurrucado

26 *Street Arab* en el original, que literalmente quiere decir «árabe callejero», en realidad, un niño de la calle, sin hogar *[N. de la T.]*.

en una silla de tal modo que daba una indescriptible impresión de deformidad; pero el rostro que giró hacia nosotros, aunque ajado y cetrino, en otra época debió ser de una notable belleza. Nos miró suspicazmente con ojos veteados de amarillo y, sin levantarse o hablar, nos señaló un par de sillas.

—El señor Henry Wood, últimamente residente en la India, ¿no es cierto? —dijo afablemente Holmes—. He venido por este asuntillo de la muerte del coronel Barclay.

—¿Y yo qué iba a saber de eso?

—Eso es lo que quiero averiguar. Supongo que sabrá que, a menos que se aclare el asunto, la señora Barclay, que es una vieja amiga suya, será juzgada, con toda probabilidad, por asesinato.

El hombre dio un violento respingo.

—No sé quién es usted —exclamó—, ni cómo ha llegado a saber lo que sabe, pero ¿me jura que es cierto lo que me está diciendo?

—Por supuesto. Están esperando a que vuelva en sí para arrestarla.

—¡Dios mío! ¿Es usted policía?

—No.

—Entonces, ¿cuál es su ocupación?

—Es la ocupación de todo hombre procurar que se haga justicia.

—Le doy mi palabra de que ella es inocente.

—Entonces usted es el culpable.

—No, no lo soy.

—Entonces, ¿quién mato al coronel James Barclay?

—Fue la Providencia quien lo mató. Pero le aseguro que, si le hubiera volado los sesos, como estaba deseando hacer, no habría recibido de mis manos lo que se merecía. Si su sentimiento de culpa no lo hubiese fulminado, es muy probable que me hubiese manchado las manos con su sangre. ¿Quieren que les cuente la historia? Bien, no veo por qué no debería hacerlo, puesto que no tengo por qué avergonzarme de ello.

»Las cosas ocurrieron así, señor. Ahora me ve con la espalda como la de un camello y las costillas deformadas, pero hubo una época en la que el cabo Henry Wood era el hombre más apuesto del 117.º de infantería. Nos encontrábamos entonces acantonados en la India, en un lugar que llamaremos Bhurtee. Barclay, que murió el otro día, era sargento en mi compañía, y la bella del regimiento (ay, y la muchacha más hermosa que haya respirado el aliento de la vida) era Nancy Devoy, la hija del alférez. La amaban dos hombres y ella amaba a uno sólo; sonreirán mirando a este pobre deshecho que se acurruca ante el fuego cuando les diga que me amaba por mi apostura.

»Bueno, aunque me había ganado su corazón, su padre estaba empeñado en que se casara con Barclay. Yo era un muchacho atolondrado e irresponsable, y él tenía una buena educación y ya estaba destinado a llevar la espada. Pero la muchacha se mantuvo fiel a mí, y parecía que ya era mía cuando estalló el Motín y se desató el infierno por todo el país.

»Nuestro regimiento quedó bloqueado en Bhurtee, con media batería de artillería, una compañía de sijes y numerosos civiles, entre ellos mujeres. Nos rodeaban diez mil rebeldes y estaban tan sedientos de sangre como una jauría de terriers alrededor de una jaula de ratas. A las dos semanas de asedio se nos acabó el agua y surgió la cuestión de si podíamos establecer comunicación con la columna del general Neill, que se dirigía a la región. Era nuestra única oportunidad, puesto que no podíamos abrirnos paso peleando con todas aquellas mujeres y niños, así que me presenté voluntario para salir y avisar al general Neill de que nos encontrábamos en peligro. Se aceptó mi ofrecimiento y lo hablé con el sargento Barclay, que se suponía que conocía el terreno mejor que nadie y quien me trazó una ruta por la cual podría atravesar las líneas rebeldes. A las diez de aquella misma noche comencé la misión. Había un millar de vidas que salvar, pero sólo pensaba en una cuando aquella noche salté desde el parapeto.

»Mi camino discurría a lo largo de un arroyo seco que, esperábamos, debía ocultarme de los centinelas enemigos, pero al salir de un recodo me encontré con seis de ellos que estaban agazapados en la oscuridad, aguardándome. En un instante me derribaron de un golpe, dejándome atontado, y me ataron de pies y manos. Pero el auténtico golpe lo había recibido en el corazón, y no en la cabeza, puesto que cuando volví en mí y escuché lo que pude entender de su conversación, oí lo suficiente como para darme cuenta de que mi camarada, el mismo hombre que me había indicado qué camino debía tomar, me había traicionado y, por medio de un sirviente nativo, me había entregado al enemigo.

»Bien, no es necesario recrearme en esta parte de la historia. Ahora ya saben de lo que era capaz James Barclay. Bhurtee fue liberada por Neill al día siguiente, pero los rebeldes me llevaron con ellos durante su retirada, y pasó todo un año hasta que volví a ver un rostro blanco. Fui torturado e intenté escapar, me capturaron y me volvieron a torturar. Pueden ver ustedes mismos en qué estado quedé. Algunos rebeldes habían huido a Nepal y me llevaron con ellos hasta un lugar más allá de Darjeeling. Los pobladores de aquellas remotas colinas asesinaron a los rebeldes que me habían capturado y me convertí en su esclavo durante algún tiempo, hasta que escapé, pero en vez de dirigirme al sur tuve que viajar hacia el norte, hasta que me encontré entre los afganos. Allí vagué durante muchos años, hasta que al fin volví al Punjab, donde la mayor parte del tiempo viví con los nativos, ganándome la vida con los trucos de prestidigitación que había aprendido. ¿De qué me serviría, lisiado como estaba, volver a Inglaterra o reencontrarme con mis antiguos camaradas? Ni siquiera mi deseo de venganza podía impulsarme a hacer aquello. Prefería que Nancy y mis compañeros creyeran que Harry Wood había muerto con la cabeza alta a que le viesen viviendo y arrastrándose con un bastón, como un chimpancé. Jamás dudaron de que yo estuviese muerto, y mi intención era que nunca lo supiesen. Oí que Barclay se había casado con Nancy y que ascendía rápidamente en el regimiento, pero eso no fue suficiente para que hablase.

»No obstante, cuando uno se hace viejo, le asalta la nostalgia de su hogar. Durante años soñé con los espléndidos campos verdes y los setos de Inglaterra. Al final me decidí a verlos antes de morir. Ahorré suficiente dinero como para regresar y entonces vine aquí, donde están los soldados, porque sé lo que les gusta y les divierte, y con ello gano bastante dinero para vivir.

—Su historia es de lo más interesante —dijo Sherlock Holmes—. Ya había oído hablar de su encuentro con la señora Barclay y su mutuo reconocimiento. Entonces, según tengo entendido, la siguió a casa y, a través de la ventana, contempló un altercado entre ella y su esposo, en el cual, sin duda, ella le echó en cara su comportamiento con usted. Sus emociones le pudieron y corrió por el jardín irrumpiendo entre los dos.

—Así fue, señor. Al verme adoptó una expresión como nunca se ha visto en ningún hombre y se desplomó golpeándose la cabeza con el guardafuegos. Pero estaba muerto antes de caer. Vi la muerte en su rostro, pude leerla como puedo leer ese texto a la luz del fuego. La mera visión de mi persona fue como si una bala atravesase su corazón culpable.

—Y entonces ¿qué ocurrió?

—Entonces Nancy se desmayó y yo tomé la llave de la puerta que ella tenía en la mano, con la intención de abrirla y pedir ayuda. Pero, al hacerlo, se me ocurrió que era mejor dejarlo tal como estaba y marcharme, puesto que las cosas se pondrían feas para mí, y, de todas maneras, si me atrapaban se descubriría mi secreto. Con las prisas me metí la llave en el bolsillo y se me cayó el bastón mientras perseguía a Teddy, que se había subido por la cortina. Cuando lo volví a meter en su caja, de la que se había escapado, me largué tan rápido como pude.

—¿Quién es Teddy? —preguntó Holmes.

El hombre se inclinó y levantó la parte frontal de una especie de conejera que había en un rincón. En un momento apareció un bellísimo animalito de pelaje marrón rojizo, delgado y ágil, con patas de armiño, un hocico largo y delgado y el par de ojos rojos más hermosos que he visto jamás en un animal.

—¡Es una mangosta! —exclamé.

—Bueno, algunos los llaman así, y otros los llaman meloncillo —dijo el hombre—. Yo los llamo cazadores de serpientes y Teddy es sorprendentemente rápido con las cobras. Aquí tengo una a la que le he extirpado los colmillos y Teddy la atrapa todas las noches para diversión del público en las cantinas. ¿Alguna cosa más, señor?

—Bien, quizá tengamos que dirigirnos a usted en caso de que la señora Barclay se encontrase en un grave aprieto.

—Por supuesto, en tal caso yo me presentaría.

—Pero, si no es así, no tiene sentido sacar a relucir este escándalo contra un hombre muerto, por muy vil que haya sido su comportamiento. Al menos tiene usted la satisfacción de saber que, durante treinta años de su vida, su conciencia le reprochó amargamente su miserable conducta. Ah, ahí viene el mayor Murphy por la otra acera. Adiós, Wood. Quiero saber si ha ocurrido algo desde ayer.

Llegamos a tiempo de alcanzar al mayor antes de que doblase la esquina.

—Ah, Holmes —dijo—. Supongo que ya habrá oído que todo este jaleo ha acabado en nada.

—¿Qué ha ocurrido?

—La investigación judicial acaba de terminar. Las pruebas médicas han demostrado con toda contundencia que la muerte fue debida a una apoplejía. Como ven, se trataba de un caso sencillo, después de todo.

—Ya lo creo, extraordinariamente superficial —respondió Holmes sonriendo—. Venga, Watson, creo que ya no nos necesitan en Aldershot.

—Hay una cosa —dije mientras caminábamos hacia la estación—: si el nombre del marido era James y el del otro hombre era Henry, ¿a qué venía hablar del tal David?

—Esa única palabra, Watson, podría haberme revelado toda la historia si yo fuera el razonador ideal que a usted tanto le gusta describir. Evidentemente se trataba de un reproche.

—¿Reproche?

—Sí, David se extraviaba de vez en cuando, ¿sabe? Y en una ocasión en la misma dirección que el sargento James Barclay. ¿Recuerda el asuntillo de Urías y Betsabé? Mi conocimiento de la Biblia está un poco oxidado, me temo, pero creo que encontrará la historia en el primer o segundo libro de Samuel.

El paciente interno

Al revisar la serie, algo incoherente, de memorias en las que me he esforzado por ilustrar algunas de las capacidades intelectuales de mi amigo Sherlock Holmes, me ha impactado la dificultad que siempre he experimentado al escoger ejemplos que se ajustaran completamente a mi propósito. En aquellos casos en los que Holmes ha efectuado algún *tour de force*[27] de razonamiento analítico y ha demostrado el valor de sus peculiares métodos de investigación, los hechos en sí han resultado tan flojos y vulgares que no he encontrado justificación para exponerlos ante el público. Con frecuencia ha intervenido en alguna investigación en la que los hechos eran de lo más dramático y extraordinario, pero donde su participación al determinar sus causas ha sido menos importante de lo que yo, como su biógrafo, desearía. La crónica del caso titulado *Estudio en escarlata* y aquel otro caso posterior relacionado con la pérdida de la Gloria Scott pueden servir como ejemplo de estas Escila y Caribdis que amenazan eternamente a su historiador. Podría ser que, en el asunto que me dispongo a relatar, el papel interpretado por mi amigo no sea demasiado destacado;

27 «Hazaña», en francés en el original *[N. de la T.]*.

aun así, el conjunto de circunstancias resulta tan extraordinario que me es imposible retirarlo de esta selección.

No estoy seguro de la fecha exacta, puesto que se han extraviado algunos memorandos sobre el asunto, pero debía ser hacia el final del primer año durante el cual Holmes y yo compartíamos habitaciones en Baker Street. El clima estaba revuelto, como suele ocurrir en octubre, y nos quedamos en casa todo el día, yo porque temía enfrentarme al cortante viento otoñal, dada mi debilitada salud, mientras que él se encontraba sumido en alguna de aquellas complicadas investigaciones químicas que le absorbían completamente cuando se dedicaba a ellas. Sin embargo, al caer la noche, la rotura de un tubo de ensayo puso un prematuro punto final a sus investigaciones y saltó de su silla con una exclamación de impaciencia y el ceño fruncido.

—Un día de trabajo perdido, Watson —dijo dando grandes zancadas hacia la ventana—. ¡Ja! Han salido las estrellas y ha disminuido el viento. ¿Qué le parece si damos un paseo por Londres?

Estaba cansado de nuestra sala de estar, asentí con agrado y me protegí del frío aire nocturno con una bufanda subida hasta la nariz. Paseamos juntos durante tres horas, observando el siempre cambiante caleidoscopio de la vida fluyendo arriba y abajo como la marea por Fleet Street y el Strand. Holmes se había deshecho de su malhumor temporal, y su habitual conversación, con sus agudos comentarios sobre los detalles y su sutil capacidad deductiva, me divertía y fascinaba. Dieron las diez de la noche antes de que regresásemos a Baker Street. Una berlina esperaba en nuestra puerta.

—¡Hum! Un médico de medicina general, según veo —dijo Holmes—. No lleva mucho tiempo en el oficio, pero tiene mucho trabajo. ¡Supongo que ha venido a consultarnos! ¡Es una suerte que hayamos vuelto!

Yo estaba lo familiarizado con los métodos de Holmes como para sus razonamientos, y la índole y el estado de los instrumentos médicos que había en la cesta de mimbre que colgaba en el farolillo del interior de la berlina le habían dado los datos para su rápida deducción. Arriba, la luz en nuestra ventana mostraba que esta visita nocturna venía a vernos a nosotros. Con cierta curiosidad acerca de la razón por la que un colega médico vendría a visitarnos a semejantes horas seguí a Holmes a nuestros aposentos.

Cuando entramos, un hombre pálido, de rostro enjuto y patillas rubias, se levantó de una silla que había junto al fuego. No podría tener más de treinta y tres o treinta y cuatro años, pero su semblante demacrado y el enfermizo tono de su piel indicaban que había tenido una vida que le había minado el vigor y le había arrebatado su juventud. Sus modales eran nerviosos y tímidos, como los de un caballero demasiado sensible, y la mano delgada y blanca que apoyó en la repisa de la chimenea al levantarse era más la de un artista que la de un cirujano. Su atuendo era discreto y sombrío: una levita negra, pantalones oscuros y un toque de color en su corbata.

—Buenas noches, doctor —dijo Holmes alegremente—. Es un placer comprobar que sólo ha tenido que esperar unos minutos.

—¿Ha hablado usted con mi cochero?

—No, me lo indica la vela de la mesita auxiliar. Por favor, vuelva a sentarse y permítame saber en qué puedo ayudarle.

—Soy el doctor Percy Trevelyan —dijo— y vivo en el 403 de Brook Street.

—¿No es usted el autor de una monografía sobre oscuras lesiones nerviosas? —pregunté.

Sus pálidas mejillas se enrojecieron con placer al oír que conocía su obra.

—Oigo tan poco hablar de esa obra que pensaba que ya había desaparecido —dijo—. Mis editores me dieron las cifras más desalentadoras sobre sus ventas. Supongo que usted también es médico.

—Un cirujano militar retirado.

—Mi afición han sido siempre las enfermedades nerviosas. Me gustaría hacer de ellas mi única especialidad, pero, desde luego, un hombre tiene que apañárselas con lo que se le ponga a tiro. Sin embargo, nos desviamos de nuestro asunto, señor Sherlock Holmes, y me consta lo valioso que es su tiempo. El hecho es que recientemente ha ocurrido una singular cadena de acontecimientos en mi casa de Brook Street, y esta noche han llegado hasta tal punto que me di cuenta de que no podía esperar ni una hora más para venir a pedirle su consejo y ayuda.

Sherlock Holmes se sentó y encendió la pipa.

—Será un placer ofrecerle ambas cosas —dijo—. Por favor, le ruego que me haga un relato detallado de los hechos que le han inquietado.

—Algunos son tan triviales —dijo Trevelyan— que casi me da vergüenza contárselos. Pero el asunto resulta tan inexplicable y el cariz que ha tomado es tan complicado que le contaré todo y usted juzgará qué es importante.

»Para empezar, me veo obligado a contarle algo de mi carrera universitaria. Estudié en la Universidad de Londres, y estoy seguro de que no pensará que peco de arrogante si le digo que mi carrera como estudiante fue considerada por mis profesores como muy prometedora. Tras graduarme, continué dedicándome a la investigación, ocupando una plaza menor en el King's College Hospital. Tuve la suerte de que mi investigación sobre la catalepsia suscitase un considerable interés y, finalmente, gané el premio y la medalla Bruce Pinkerton gracias a la monografía sobre las lesiones nerviosas que su amigo acaba de mencionar. Creo que no exagero si digo que daba la sensación de que ante mí se presentaba una brillante carrera profesional.

»Pero mi gran obstáculo era la falta de fondos. Entenderán que un especialista que apunte alto debe empezar en alguna de la docena de calles de la zona de Cavendish Square, las cuales exigen alquileres enormes y grandes gastos en decoración. Además de este desembolso preliminar, uno debe estar preparado para mantenerse varios años y alquilar un caballo y un coche de aspecto presentable. Todo esto estaba fuera de mi alcance y sólo podía esperar que, economizando al máximo, en diez años podría haber ahorrado lo suficiente como para abrir una consulta. Sin embargo, un repentino e inesperado incidente abrió ante mí una perspectiva completamente nueva.

»Era la visita de un caballero llamado Blessington, que era para mí un perfecto desconocido. Vino una mañana a mi casa y al instante fue al grano.

»—¿Es usted el mismo Percy Trevelyan que ha cursado una carrera tan eminente y que ganó hace poco un gran premio? —dijo.

»Asentí.

»—Contésteme con franqueza —continuó—, puesto que si lo hace así tiene mucho que ganar. Usted tiene la inteligencia propia de un triunfador, pero ¿tiene también la delicadeza?

»No pude evitar sonreír ante lo brusco de la pregunta.

»—Creo que no me falta —dije.

»—¿Alguna fea costumbre? No será aficionado a la bebida, ¿eh?

»—¡Por supuesto que no! —exclamé.

»—¡Estupendo! ¡Eso está muy bien! Pero tenía que preguntarlo. Y poseyendo todas estas cualidades, ¿por qué no dispone usted de una consulta?

»Me encogí de hombros.

»—¡Vamos, vamos! —dijo de aquella manera vivaz—. Es la vieja historia, tiene más en el cerebro que en los bolsillos, ¿eh? ¿Qué opinaría si le digo que puedo instalarle en Brook Street?

»Lo miré estupefacto.

»—Oh, es por mi propio interés, no por el suyo —exclamó—. Seré totalmente franco con usted, y si usted está de acuerdo yo lo estaré también. Tengo varios miles para invertir y creo que los apostaré por usted.

»—Pero ¿por qué?

»—Bien, es como cualquier otra inversión y más segura que la mayoría.

»—Y entonces ¿qué tengo que hacer?

»—Se lo diré. Alquilaré la casa, la amueblaré, pagaré a las sirvientas y dirigiré el negocio. Todo lo que tiene que hacer usted es desgastar el asiento de su silla en la consulta. Le daré dinero en efectivo y todo lo que necesite. Luego me entregará tres cuartos de lo que gane y se quedará el resto.

»Ésa era la extraña proposición que me presentó este hombre, Blessington. No le cansaré con el relato de nuestras negociaciones que acabaron con mi traslado a la casa al siguiente Día de Nuestra Señora, comenzando la consulta en las condiciones acordadas. Vino a vivir aquí en calidad de paciente interno. Tenía el corazón débil y necesitaba supervisión médica constante. Se quedó con las dos mejores habitaciones y las convirtió en sala de estar y dormitorio. Era un hombre de costumbres curiosas, que evitaba la compañía y que rara vez salía. Su vida era irregular, pero en un aspecto era la regularidad misma. Cada noche a la misma hora entraba en la consulta, examinaba los libros de contabilidad, dejaba cinco chelines y tres peniques por cada guinea que yo había ganado y se llevaba el resto a la caja fuerte de su habitación.

»Puedo afirmar con seguridad que nunca tuvo la ocasión de arrepentirse de su inversión. Fue un éxito desde el principio. Unos pocos casos importantes y la reputación que me había ganado en el hospital me situaron en primera fila, y durante los últimos dos años le he convertido en un hombre rico.

»Y eso es todo sobre mi pasado y mi relación con Blessington. Sólo me queda relatarle los sucesos que me han traído aquí esta noche.

»Hace algunas semanas, Blessington acudió a mí, presa, o eso me pareció, de una gran agitación. Habló de un allanamiento en el West End y recuerdo que se mostró demasiado alarmado por el hecho, afirmando que no iba a pasar un día más sin que instalásemos nuevos cerrojos en las puertas y ventanas. Continuó en este peculiar estado durante una semana, mirando continuamente por las ventanas a hurtadillas y dejando de dar el corto paseo que habitualmente precedía a su cena. Por su comportamiento me pareció que tenía un miedo mortal a algo o a alguien, pero cuando le pregunté sobre la cuestión se sintió tan ofendido que me vi obligado a dejar el tema. Gradualmente, con el paso del tiempo, recuperó sus antiguas costumbres hasta que un nuevo acontecimiento le dejó reducido al lamentable estado de postración en el que yace ahora. Lo que ocurrió fue lo siguiente. Hace dos días recibí la carta que le leeré a continuación. No lleva fecha ni dirección.

> A un aristócrata ruso que actualmente reside en Inglaterra le agradaría procurarse los servicios profesionales del doctor Percy Trevelyan. Durante varios años ha sido víctima de ataques de catalepsia, enfermedad en la que, como es bien sabido, el doctor Trevelyan es una autoridad. Tiene la intención de visitarle a las seis menos cuarto mañana por la tarde, si el doctor Trevelyan estima conveniente estar en casa.

»Esta carta me interesó profundamente, puesto que la principal dificultad para el estudio de la catalepsia es la rareza de la enfermedad. Comprenderá que me encontrase en mi consulta cuando, a la hora convenida, el botones hizo entrar al paciente.

»Era un hombre de avanzada edad, delgado, de expresión grave y aspecto corriente; en absoluto correspondía a la idea que me había forjado de un noble ruso. El aspecto de su compañero me impresionó mucho más. Era un joven alto, increíblemente atractivo, con un rostro fiero y oscuro y con los brazos y el pecho de un hércules. Tenía su mano bajo el brazo de su compañero al entrar y le ayudó a sentarse en una silla con tal ternura que nadie lo hubiera esperado dada su apariencia.

»—Disculpe mi intromisión, doctor —me dijo en inglés con un ligero ceceo—. Éste es mi padre y su salud es de extrema importancia para mí.

»Me emocionó su preocupación filial.

»—Quizá quisiera estar presente durante la consulta —dije.

»—¡Por nada del mundo! —exclamó con un gesto de horror—. Esto es mucho más doloroso para mí de lo que soy capaz de expresar. Si viera a mi padre durante uno de sus terribles ataques creo que no lo soportaría. Mi sistema nervioso es excepcionalmente sensible. Con su permiso, me quedaré en la sala de espera mientras se ocupa del caso de mi padre.

»Como es lógico, asentí y el joven se retiró. Acto seguido, el paciente y yo nos zambullimos en una conversación sobre su caso, del cual tomé notas. No era un hombre notable por su inteligencia, y frecuentemente sus respuestas resultaban confusas, lo cual atribuí a su limitado conocimiento de nuestro idioma. Sin embargo, de repente, mientras escribía, dejó de responder a mis preguntas y, al mirarle, me quedé estupefacto al comprobar que se había quedado sentado muy enhiesto en la silla, mirándome con una cara rígida y totalmente inexpresiva. De nuevo era presa de su misteriosa enfermedad.

»Como acabo de decir, lo primero que sentí fue piedad y horror. Y lo segundo, me temo que fue satisfacción profesional. Anoté la temperatura y el pulso de mi paciente, comprobé la rigidez de sus músculos y examiné sus reflejos. No había nada acusadamente anormal en ninguno de estos aspectos, lo cual coincidía con mis experiencias anteriores. Había obtenido buenos resultados en dichos casos con la inhalación de nitrato amílico, y este momento parecía una gran oportunidad de probar sus virtudes. La botella estaba en el piso de abajo, en mi laboratorio, así que, dejando a mi paciente sentado en la silla, bajé corriendo a por ella. Tardé un poco en encontrarla —digamos unos cinco minutos— y entonces volví. Imagine mi estupefacción cuando me encontré la habitación vacía, ¡el paciente se había marchado!

»Lo primero que hice fue salir corriendo a la sala de espera. El hijo se había marchado también. La puerta de entrada había quedado entornada, pero no cerrada. El botones que recibe a los pacientes es un chico nuevo en el oficio y nada avispado. Espera en el piso de abajo y sube corriendo para enseñarles la salida a los pacientes cuando hago sonar la campanilla de la sala de consultas. No había oído nada y el asunto era un completo misterio. Poco después, el señor Blessington regresó de su paseo, pero no le comenté nada sobre el asunto, puesto que, a decir verdad, había adoptado la costumbre de mantener la mínima comunicación posible con él.

»Bien, nunca pensé que volvería a saber nada del ruso ni de su hijo, así que podrá suponer mi sorpresa cuando esta tarde, a la misma hora, ambos entraron en mi consulta, igual que habían hecho la ocasión anterior.

»—Creo que le debo mis más sinceras disculpas por mi repentina marcha ayer, doctor —dijo mi paciente.

»—Le confieso que me sorprendió muchísimo —dije.

»—Bueno, el hecho —comentó— es que cuando me recupero de estos ataques siempre me encuentro en un estado de confusión respecto a todo lo que haya ocurrido antes. Me desperté en una habitación extraña, o eso me parecía, así que salí a la calle, como aturdido, mientras usted estaba ausente.

»—Y yo —dijo el hijo—, viendo que mi padre salía por la puerta de la sala de espera, pensé, como es natural, que la consulta había terminado. Hasta que llegamos a casa no me di cuenta de lo que había ocurrido en realidad.

»—Bueno —dije riendo—, no ha ocurrido nada excepto que me confundieron terriblemente; por tanto, si no le importa pasar a la sala de espera, me gustaría continuar con la consulta que ayer tuvo un final tan repentino.

»Durante una media hora comenté con el anciano sus síntomas y, tras haberle extendido una receta, vi cómo se marchaba asido del brazo de su hijo.

»Ya le he comentado que el señor Blessington generalmente bajaba a aquella hora del día a ejercitarse. Entró poco después y subió al piso de arriba. Al poco, le oí bajar corriendo, irrumpiendo en mi consulta como un hombre enloquecido por el terror.

»—¿Quién ha estado en mi habitación? —exclamó.

»—Nadie —dije yo.

»—¡Mentira! —gritó—. ¡Suba y lo verá!

»Pasé por alto la grosería con la que se dirigía a mí, puesto que parecía casi desquiciado por el miedo. Cuando subí las escaleras con él, señaló varias huellas en la alfombra de color claro.

»—¿Se atreve a decir que son mías? —exclamó.

»Ciertamente eran mucho más grandes que las que él hubiese podido dejar y eran bastante recientes. Había llovido a cántaros aquella tarde y, como le he contado, sólo me habían visitado mis pacientes rusos. Lo que debió de suceder es que el hombre en la salita de espera, por alguna razón desconocida, mientras yo estaba ocupado con el otro, subió a la habitación de mi paciente interno. No se había llevado ni tocado nada, pero aquellas huellas eran una prueba de que la intrusión había sido un hecho innegable.

»El señor Blessington parecía demasiado agitado por el suceso, aunque, aquella situación era suficiente para perturbar a cualquiera. Acabó por sentarse llorando en una butaca y apenas pude conseguir que dijera algo coherente. Me sugirió que viniese a visitarle a usted y, desde luego, enseguida vi que era una buena idea, puesto que el incidente es realmente insólito, aunque me parece que él exagera enormemente su importancia. Si fuera tan amable de venir conmigo en mi berlina, al menos podría calmarle, aunque no creo que sea capaz de explicar este extraordinario suceso.

Sherlock Holmes había escuchado su largo relato con tal concentración que me indicaba que en él se había despertado un vivo interés. Su rostro permanecía impasible, como siempre, pero sus párpados caían más pesados que nunca sobre sus ojos y las volutas de humo que surgían de su pipa se espesaban para enfatizar cada episodio insólito del relato del doctor. Cuando nuestro visitante terminó su narración, Holmes se levantó de un salto sin pronunciar palabra, me tendió mi sombrero, tomó el suyo de la mesa y siguió al doctor Trevelyan a la puerta. En un cuarto de hora nos apeábamos en la residencia del médico, en Brook Street. Se trataba de uno de aquellos sombríos edificios de fachada lisa que uno asocia a las consultas médicas del West End. Un botones muy joven nos hizo pasar y enseguida subimos por la amplia y bien alfombrada escalera.

Sin embargo, una extraña interrupción nos paró en seco. La luz del piso superior se apagó y una voz aguda y temblorosa surgió de la oscuridad.

—Tengo una pistola —exclamó—. Les juro que dispararé si se acercan.

—Esto ya es intolerable, señor Blessington —exclamó el señor Trevelyan.

—Oh, es usted, doctor —dijo la voz con un gran suspiro de alivio—. Pero ¿quiénes son esos otros dos caballeros?

Fuimos conscientes de que alguien nos escudriñaba desde la oscuridad.

—Sí, sí, está bien —dijo al fin la voz—. Pueden subir, lamento que mis precauciones les hayan molestado.

Volvió a encender la lámpara de gas mientras hablaba y, ante nosotros, apareció un hombre de aspecto singular, cuya apariencia, así como su voz, daban fe de unos nervios destrozados. Era muy gordo, pero, aparentemente, en otro tiempo había sido todavía más gordo, de tal modo que la piel le colgaba flácidamente de la cara formando bolsas, como las mejillas de un sabueso. Tenía un enfermizo color de piel y su fino pelo rubio rojizo parecía erizado por la intensidad de sus emociones. Sostenía una pistola en la mano, pero, al acercarnos, se la guardó en el bolsillo.

—Buenas noches, señor Holmes. Le agradezco mucho que haya venido. Nadie ha necesitado nunca sus consejos más que yo. Supongo que el doctor Trevelyan ya le ha contado esa intolerable intrusión en mis habitaciones.

—Así es —dijo Holmes—. ¿Quiénes son esos hombres, señor Blessington, y por qué quieren molestarle?

—Bueno, bueno —dijo el paciente interno, no sin cierto nerviosismo—. Por supuesto, es difícil decirlo. No esperará que responda, señor Holmes.

—¿Quiere decir que no lo sabe?

—Entren aquí, si son tan amables. Sólo tengan la amabilidad de entrar.

Nos condujo a su dormitorio, que era grande y estaba bien amueblado.

—¿Ve esto? —dijo señalando una gran caja negra junto al extremo de su cama—. Nunca he sido un hombre muy rico, señor Holmes, y sólo he hecho una inversión en toda mi vida, como le puede contar el señor Trevelyan. Pero no creo en los banqueros, nunca me fiaría de uno, señor Holmes. Entre nosotros, lo poco que tengo está en esa caja, así que puede entender lo que significa para mí que unos desconocidos se atrevan a entrar en mis habitaciones.

Holmes miró inquisitivamente a Blessington y meneó la cabeza.

—No puedo aconsejarle adecuadamente si usted me engaña —dijo.

—Pero se lo he contado todo.

Holmes se dio la vuelta con un gesto de disgusto.

—Buenas noches, doctor Trevelyan —dijo.

—¿Y no me da ningún consejo? —exclamó Blessington con voz quebrada.

—Señor, el consejo que le doy es que diga la verdad.

Un minuto después nos encontrábamos de nuevo en la calle, caminando de regreso a casa. Habíamos cruzado Oxford Street y estábamos a medio camino de Harley Street antes de que mi compañero dijese una sola palabra.

—Lamento haberle traído a esta pérdida de tiempo, Watson —dijo al fin—. Aun así, en el fondo resulta un caso interesante.

—Apenas he entendido nada —confesé.

—Bien, resulta obvio que hay dos hombres, quizá más, pero al menos dos, que por alguna razón están decididos a echarle mano a este Blessington. No me cabe la menor duda de que, tanto en la primera como en la segunda ocasión, el joven se introdujo en la habitación de Blessington mientras su compinche, valiéndose de un ingenioso truco, mantenía al doctor ocupado.

—¿Y la catalepsia?

—Una imitación fraudulenta, aunque no me atrevería a insinuar tal cosa a nuestro especialista. Es una dolencia fácil de imitar. Yo mismo lo he hecho.

—¿Y entonces?

—Por casualidad, Blessington no estaba en casa ninguna de las veces. Su razón para escoger una hora tan rara para sus visitas era la de asegurarse que no hubiera otros pacientes en la sala de espera. Pero, ocurrió que esa hora coincidía con el paseo de Blessington, lo que demuestra que no estaban familiarizados con su rutina diaria. Si lo que querían simplemente era saquear su caja fuerte, al menos habrían intentado buscarla. Sé leer en los ojos de un hombre cuando es su pellejo lo que está en peligro. Resulta inconcebible que este tipo se hubiera creado dos enemigos tan vengativos como parecen ser éstos sin siquiera saberlo. Por tanto, estoy convencido de que sabe quiénes son estos hombres y que, por motivos que sólo él conoce, no quiere decirlo. Es posible que mañana esté más comunicativo.

—¿No hay otra alternativa —sugerí—, grotescamente improbable, sin duda, pero aun así plausible? ¿Podría ser que la historia del ruso cataléptico y su hijo fuese una invención del doctor Trevelyan, quien fue el que realmente entró en las habitaciones de Blessington en pos de sus propios fines?

Vi a la luz de las farolas que Holmes sonreía divertido ante esta brillante ocurrencia.

—Mi querido amigo, fue una de las primeras soluciones que se me ocurrieron, pero pronto corroboré el relato del doctor. Este joven dejó huellas en la alfombra de la escalera, lo que convirtió en superfluo ver las que había en la habitación. Si le digo que sus zapatos eran de punta cuadrada en vez de ser puntiagudos como los de Blessington y que eran una pulgada y un tercio más largos que los del doctor, verá que no puede haber ninguna duda en cuanto a su identidad. Pero podemos consultar este asunto con la almohada; me sorprendería que mañana no recibiéramos noticias de Brook Street.

La profecía de Sherlock Holmes se cumplió pronto y de manera dramática. A las siete y media de la mañana siguiente, con las primeras y tenues luces del día, le encontré junto a mi cama vestido con su batín.

—Abajo hay una berlina esperándonos, Watson —dijo.

—¿Qué ocurre?

—El asunto de Brook Street.

—¿Noticias frescas?

—Sí, una noticia trágica pero ambigua —dijo subiendo la persiana—. Mire esto: una hoja de un cuaderno de notas donde se lee «Por el amor de Dios, venga enseguida, P. T.» escrito apresuradamente a lápiz. Nuestro amigo el doctor estaba en apuros cuando lo escribió. Venga, mi querido amigo, es una llamada urgente.

En poco más de un cuarto de hora estábamos de regreso en casa del médico. Salió corriendo a recibirnos con una expresión de horror.

—¡Oh, qué desastre! —exclamó llevándose las manos a las sienes.

—¿Qué ha ocurrido?

—¡Blessington se ha suicidado!

Holmes silbó.

—Sí, se ahorcó durante la noche.

Habíamos entrado y el doctor nos guio a su sala de espera.

—La verdad es que no sé ni lo que estoy haciendo. La policía ya está en el piso de arriba. Es algo que me ha causado una impresión tremenda.

—¿Cuándo lo descubrió?

—Todas las mañanas le subían una taza de té. Alrededor de las siete, cuando la sirvienta entró, el pobre diablo estaba colgado en mitad de la habitación. Había atado la cuerda al gancho donde colgaba la lámpara del techo, y saltó desde la misma caja que nos enseñó ayer.

Holmes permaneció un momento sumido en profundos pensamientos.

—Con su permiso —dijo al fin—, me gustaría subir al piso de arriba y examinar el lugar. —Ambos subimos, seguidos por el doctor.

Al entrar en el dormitorio nos encontramos con una espantosa escena. Ya he comentado la impresión de flacidez que causaba aquel hombre llamado Blessington. Pero allí, colgado del gancho, esta impresión se intensificaba y exageraba hasta que su apariencia apenas parecía humana. El cuello estaba retorcido como el de un pollo desplumado, haciendo que el resto de su cuerpo pareciera aún más obeso e innatural. Sólo llevaba puesto su largo pijama, y por debajo de él surgían sus tobillos hinchados y sus pies deformes. Junto a él, un impoluto inspector de policía tomaba notas en una libreta.

—Ah, señor Holmes —dijo cuando entró mi amigo—. Me alegra verle.

—Buenos días, Lanner —respondió Holmes—; estoy seguro de que no me considerará un intruso. ¿Conoce ya los acontecimientos que han desembocado en esta tragedia?

—Sí, algo he oído.

—¿Ha llegado ya a alguna conclusión?

—Por lo que veo, el tipo se ha vuelto loco de miedo. Como puede ver, ha dormido en su cama y ha dejado la marca de su cuerpo. Verá, las cinco de la mañana es la hora en la que tienen lugar más suicidios y sería alrededor de esa hora cuando se ahorcó. Parece que ha sido algo intencionado.

—Diría que lleva muerto unas tres horas, dada la rigidez de sus músculos —dije.

—¿Ha advertido algo extraño en la habitación? —preguntó Holmes.

—Encontré un destornillador y varios tornillos en el lavabo. Debió fumar mucho de noche. Encontré cuatro colillas de cigarro en la chimenea.

—¡Hum! —dijo Holmes—. ¿Ha examinado su boquilla para cigarros?

—No, no he visto ninguna.

—¿Y su cigarrera?

—Sí, estaba en el bolsillo de su abrigo.

Holmes la abrió y olió el único cigarro que contenía.

—Oh, esto es un habano, y esas colillas son cigarros especiales que los holandeses importan de las Indias Orientales. Suelen ir envueltos en paja y son demasiado finos para su longitud, en comparación con otras marcas.

Tomó las cuatro colillas y las examinó con su lupa de bolsillo.

—Dos se han fumado con boquilla y los otros dos sin ella —dijo—. Han cortado dos con una navaja mal afilada y la punta de los otros dos ha sido mordida por una dentadura excelente. Esto no es un suicidio, señor Lanner, es un asesinato muy bien planeado y realizado a sangre fría.

—¡Imposible! —exclamó el inspector.

—¿Por qué?

—¿Por qué iba alguien a asesinar a un hombre de una manera tan torpe, ahorcándolo?

—Eso es lo que tenemos que descubrir.

—¿Cómo pudieron entrar?

—Por la puerta principal.

—Por la mañana la encontraron atrancada.

—Entonces alguien echó el cerrojo después de que salieran.

—¿Cómo lo sabe?

—Vi su rastro. Deme un momento y podré darle más información.

Se dirigió a la puerta y, hurgando en la cerradura, la examinó. Luego sacó la llave, que estaba echada por dentro y también la inspeccionó. La cama, la alfombra, la repisa de la chimenea, el cadáver y la cuerda fueron examinados hasta que se declaró satisfecho y, con mi ayuda y la del inspector, bajamos aquellos tristes restos y los depositamos con reverencia bajo una sábana.

—¿Qué opina de la cuerda? —preguntó.

—La cortaron de aquí —dijo el doctor Trevelyan extrayendo un gran rollo de cuerda de debajo de la cama—. Tenía un miedo morboso al fuego y guardaba siempre esto junto a él, para poder escapar por la ventana en caso de que se incendiasen las escaleras.

—Eso debe haberles ahorrado muchos problemas —dijo Holmes pensativo—. Sí, los hechos están claros y no me sorprendería si esta tarde no pudiese darle los motivos también. Me llevaré esta fotografía de Blessington que hay sobre la repisa de la chimenea; puede ayudarme en mis investigaciones.

—¡Pero no nos ha dicho nada! —exclamó el doctor.

—Oh, no hay duda en cuanto a lo que ocurrió —respondió Holmes—. Había tres de ellos implicados: el joven, el viejo y un tercero cuya identidad desconozco. Los dos primeros son quienes simularon ser un conde ruso y su hijo, así que podremos dar una descripción completa de ellos. Un cómplice les facilitó acceso. Si quiere un consejo, inspector, arreste al botones, según tengo entendido, ha entrado recientemente a su servicio, doctor.

—Ese diablillo no aparece —dijo el doctor Trevelyan—; la sirvienta y la cocinera le han estado buscando.

Holmes se encogió de hombros.

—Su papel en este drama no carece de importancia —dijo—. Una vez que los tres hombres habían subido las escaleras, cosa que hicieron de puntillas, el viejo primero, el joven después y el desconocido al final...

—¡Mi querido Holmes! —exclamé sin querer.

—Oh, es que no hay discusión posible, dada la superposición de las huellas. Además, tenía la ventaja de que anoche supe a quién pertenecía cada una de ellas. Subieron, decía, a la habitación del señor Blessington, cuya puerta encontraron cerrada. Sin embargo, con la ayuda de un alambre, hicieron girar la llave. Incluso sin la lupa se dará cuenta, a partir de los rasguños en el escudo, de dónde se aplicó la presión.

»Al entrar en la habitación, lo primero que debieron hacer fue amordazar al señor Blessington. Debía estar dormido, o tan paralizado por el terror que era incapaz de gritar. Estas paredes son gruesas y es posible que su chillido, si es que tuvo tiempo de emitir alguno, no fuese escuchado.

»Una vez inmovilizado, es evidente que tuvo lugar algún tipo de interrogatorio. Quizás fue algo similar a un proceso judicial. Debe haber durado algún tiempo, ya que fue entonces cuando se fumaron estos cigarros. El hombre de más edad estaba sentado en esa butaca de mimbre, era el que usaba la boquilla; el más joven se sentó más allá, pues dejó caer su ceniza en esa cómoda. El tercero caminaba arriba y abajo. Creo que Blessington permanecía sentado en la cama, pero es algo que no puedo asegurar.

»Bien, la cosa acabó cuando apresaron a Blessington y lo ahorcaron. El asunto estaba tan planeado de antemano que trajeron con ellos alguna especie de garrucha o polea que pudiera emplearse como horca. El destornillador y los tornillos se usaron, según creo, para fijarla en el techo. Sin embargo, al ver el gancho, se ahorraron problemas. Una vez terminado el trabajo, se marcharon y la puerta fue atrancada por su cómplice.

Escuchamos con gran interés el resumen de lo sucedido aquella noche, que Holmes había deducido basándose en señales tan sutiles e imperceptibles que, incluso cuando ya nos los había indicado, apenas nos fue posible seguir sus razonamientos. Entonces, el inspector se marchó para investigar al botones, mientras Holmes y yo volvimos a Baker Street a desayunar.

—Volveré a las tres —dijo cuando acabamos de desayunar—. Tanto el inspector como el doctor se encontrarán conmigo aquí a esa hora, y espero que entonces hayamos aclarado cualquier duda que todavía presente el caso.

Nuestros visitantes llegaron a la hora acordada, pero mi amigo no apareció hasta las cuatro menos cuarto. No obstante, pude deducir por su expresión que todo le había salido bien.

—¿Alguna noticia, inspector?

—Hemos apresado al chico, señor.

—Excelente, yo he atrapado a los culpables.

—¡Los ha atrapado! —exclamamos los tres a la vez.

—Bueno, al menos sé quiénes son. El supuesto Blessington es, como esperaba, muy conocido en la jefatura de policía, y lo mismo se puede decir de sus asaltantes. Sus nombres son Biddle, Hayward y Moffat.

—La banda del banco Worthingdon —respondió el inspector.

—Eso es —dijo Holmes.

—Entonces, Blessington debía de ser Sutton.

—Exacto —dijo Holmes.

—Sabiendo esto, lo demás está claro como el cristal —dijo el inspector.

Sin embargo, Trevelyan y yo nos miramos desconcertados.

—Seguramente recordarán el gran robo al banco Worthingdon —dijo Holmes—; estaban implicados cinco hombres: estos cuatro y un quinto llamado Cartwright. Tobin, el guardia, fue asesinado, y los ladrones huyeron con siete mil libras. Esto ocurrió en 1875. Los cinco fueron arrestados, pero las pruebas contra ellos no eran concluyentes en absoluto. Este tal Blessington o

Sutton, que era el miembro más peligroso de la banda, se convirtió en confidente. Gracias a su información se ahorcó a Cartwright y los otros tres fueron condenados a quince años cada uno. Cuando salieron recientemente de la cárcel, lo que ocurrió varios años antes de cumplir la condena completa, se propusieron, como habrá usted imaginado, perseguir al traidor y vengarse de la muerte de su camarada. Dos veces intentaron llegar hasta él y dos veces fracasaron; a la tercera, como ha visto, fue la vencida. ¿Hay algo más que quiera saber, doctor Trevelyan?

—Creo que lo ha dejado muy claro —dijo el doctor—. Sin duda, el día que se mostró tan alterado fue cuando leyó en el periódico que habían liberado a sus antiguos camaradas.

—Así es. Sus comentarios acerca del robo en una casa eran una cortina de humo.

—Pero ¿por qué no quiso contarle todo esto a usted?

—Bueno, mi querido señor, conociendo el vengativo carácter de sus antiguos socios, intentaba esconder su propia identidad ante todo el mundo durante tanto tiempo como pudiera. Su secreto era vergonzoso y no se decidía a divulgarlo. Aun así, por miserable que fuese, seguía viviendo bajo la protección de la ley británica, y no me cabe duda, inspector, de que, aunque este escudo no logró protegerle, la espada de la justicia aún debe vengarle.

Aquéllas fueron las extrañas circunstancias relacionadas con el paciente interno y el doctor de Brook Street. Desde aquella noche, la policía no ha vuelto a saber nada de los tres asesinos, y en Scotland Yard se conjetura que estaban entre los pasajeros del desafortunado Norah Creina, que hace unos años se perdió frente a la costa de Portugal, unas leguas al norte de Oporto. El juicio contra el botones se anuló por falta de pruebas, y el misterio de Brook Street, como se le acabó llamando, no ha sido expuesto completamente en ningún texto accesible al público.

El intérprete griego

Durante mi prolongada y profunda relación de amistad con el señor Sherlock Holmes, nunca le había oído referirse a sus parientes y apenas me había contado nada sobre su propio pasado. Esta reticencia por su parte intensificó la impresión de carencia de humanidad que producía sobre mí, hasta el punto de que a veces le llegaba a considerar un fenómeno aislado, un cerebro sin corazón, tan falto de compasión humana como superior en inteligencia. Su aversión a las mujeres y su nula inclinación a contraer nuevas amistades eran rasgos típicos de su carácter impasible, pero no más que la falta absoluta de cualquier tipo de referencia a su propia familia. Había llegado a creer que se trataba de un huérfano sin pariente vivo alguno; sin embargo, un día, para mi enorme sorpresa, me habló de su hermano.

Fue después de tomar el té una tarde de verano, y la conversación, que había vagado de forma inconexa y espasmódica de los clubes de golf a las causas del cambio de oblicuidad de la elíptica, desembocó finalmente en la cuestión del atavismo y las aptitudes hereditarias. El objeto de la discusión era hasta qué punto el talento único de un individuo se debía a su herencia o a su propio y temprano aprendizaje.

—En su caso —dije—, por lo que me ha contado, parece obvio que sus facultades de observación y su peculiar facilidad para la deducción se deben a un aprendizaje sistemático.

—Hasta cierto punto sí —respondió pensativo—. Mis antepasados eran terratenientes rurales que, según parece, llevaron la vida que correspondía a su clase social. Pero llevo en la sangre mi inclinación deductiva y puede que la haya heredado de mi abuela, que era hermana de Vernet, el artista francés. El arte en la sangre adopta las formas más extrañas.

—¿Pero cómo sabe que es hereditario?

—Porque mi hermano Mycroft lo posee en más alto grado que yo.

Desde luego, esto era totalmente nuevo para mí. Si había otro hombre en Inglaterra con un talento similar, ¿cómo es que ni la policía ni el público habían oído hablar de él? Hice esta pregunta, con un comentario acerca de que la modestia de mi amigo era la causa de que le reconociera como superior a él. Holmes se rio de mi sugerencia.

—Mi querido Watson —dijo—, no estoy de acuerdo con los que opinan que la modestia es una virtud. Para la mente lógica, todo debería verse exactamente tal como es, y subestimarse es algo tan lejano de la realidad como exagerar nuestras propias facultades. Por tanto, cuando digo que Mycroft posee poderes de observación superiores a los míos, puede estar seguro de que le digo simple y llanamente la verdad.

—¿Es más joven que usted?

—Es siete años mayor.

—¿Y cómo es que no se le conoce?

—Oh, es muy conocido en su propio círculo.

—¿Dónde, pues?

—Bueno, en el Club Diógenes, por ejemplo.

Nunca había oído hablar de aquella institución y mi rostro debió proclamarlo así, puesto que Sherlock Holmes sacó su reloj.

—El Club Diógenes es el club más excéntrico de Londres y Mycroft, uno de sus miembros más excéntricos.[28] Siembre está allí, desde las cinco menos

---

28 *Queer* en el original, que significa tanto «raro», «extraño», «extravagante» como «homosexual» *[N. de la T.].*

cuarto hasta las ocho menos veinte. Ahora son las seis, así que, si le apetece dar un paseo aprovechando esta hermosa tarde, me gustaría mostrarle dos cosas curiosas.

Cinco minutos después nos encontrábamos en la calle, caminando hacia Regent Circus.

—Se preguntará —dijo mi compañero— por qué Mycroft no emplea su talento en el trabajo de detective. Es incapaz de ello.

—Pero creía que usted había dicho que...

—Dije que era superior a mí en capacidad de observación y deducción. Si el arte del detective fuera simplemente un trabajo intelectual realizado desde un sofá, mi hermano sería el detective criminal más grande de la historia. Pero no tiene ambición ni energía. Ni siquiera se desvía de su camino para verificar sus soluciones, y, con toda probabilidad, preferiría que se considerase que está equivocado a tomarse la molestia de demostrar que tiene razón. Una y otra vez le he presentado un problema y he recibido una explicación, que más tarde ha resultado ser la correcta. Y, a pesar de ello, es absolutamente incapaz de elaborar los detalles prácticos que deben resolverse antes de presentar un caso ante un juez o un jurado.

—Entonces, ¿no es su profesión?

—En modo alguno. Lo que para mí es una manera de ganarme la vida para él no es más que la afición de un diletante. Tiene una capacidad extraordinaria para los números, así que es auditor de los libros de contabilidad de algunos ministerios del Gobierno. Mycroft vive en Pall Mall, da la vuelta a la esquina para llegar a Whitehall cada mañana y regresa de allí cada tarde. No hace más ejercicio que éste en todo el año y no se le ve en ninguna otra parte, excepto en el Club Diógenes, que está justo enfrente de su casa.

—Ese nombre no me suena de nada.

—Probablemente no. ¿Sabe? Hay muchos hombres en Londres, los cuales, algunos por timidez, otros por misantropía, no desean la compañía de sus semejantes. Aun así no desprecian los sillones confortables y la lectura de los periódicos. El Club Diógenes se fundó para comodidad de estas personas, así que ahora alberga a los caballeros más insociables y menos amantes de los clubes de la ciudad. No se permite que ningún miembro haga la mínima señal de reconocimiento a otro. No se permite, bajo ninguna circunstancia, la conversación, salvo en la sala de visitas, y tres faltas en ese sentido, si llegan a oídos del comité, significan la expulsión inmediata del infractor. Mi hermano fue uno de los fundadores y yo mismo encuentro muy relajante el ambiente del lugar.

Habíamos llegado a Pall Mall mientras hablábamos bajando desde el extremo de St. James. Holmes se paró frente a una puerta, a poca distancia del Carlton, y, avisándome de que no hablase, me precedió a través del vestíbulo. A través de los paneles de cristal pude atisbar un número considerable de hombres sentados leyendo el periódico, cada uno en su rincón. Holmes me hizo pasar a una pequeña habitación que daba a Pall Mall, entonces salió un momento y volvió con una persona que sólo podía ser su hermano.

Mycroft Holmes era un hombre mucho más alto y robusto que Sherlock. A pesar de su gran corpulencia, su rostro, aunque ancho, aún conservaba la agudeza de expresión que era tan característica en su hermano. Sus ojos, que poseían un peculiar tono gris acuoso muy claro, parecían mantener en todo momento la mirada remota e introspectiva que sólo había observado en Sherlock cuando ejercía a fondo sus facultades.

—Encantado de conocerle, caballero —dijo extendiendo una mano ancha y gorda como la aleta de una foca—. He oído hablar por todas partes de Holmes desde que usted se convirtió en su cronista. Por cierto, Sherlock, esperaba que hubieras venido a verme la semana pasada, para consultarme sobre el caso de Manor House. Pensé que tal vez estabas un poco perdido.

—No, lo resolví —dijo mi amigo sonriendo.

—Fue Adams, ¿no?

—Sí, fue Adams.

—Estaba seguro desde el principio. —Los dos se sentaron junto a la ventana mirador del club—. Éste es el lugar perfecto para cualquiera que desee estudiar a la humanidad —dijo Mycroft—. ¡Mira qué ejemplares tan extraordinarios! Observa, por ejemplo, a esos dos hombres que vienen hacia nosotros.

—¿El jugador de billar y el otro?

—Exactamente. ¿Qué opinas del otro?

Los dos hombres se habían parado frente a la ventana. Unas marcas de tiza sobre el bolsillo del chaleco eran los únicos rastros de billar que pude ver en uno de ellos. El otro era un tipo muy bajito y moreno, con el sombrero echado hacia atrás y varios paquetes bajo el brazo.

—Por lo que veo es un militar veterano —dijo Sherlock.

—Licenciado hace muy poco tiempo —señaló su hermano.

—Creo que sirvió en la India.

—Con graduación de suboficial.

—Artillería real, diría yo —dijo Sherlock.

—Y viudo.

—Pero tiene un hijo pequeño.

—Hijos, mi querido muchacho, hijos.

—Venga —dije riendo—, esto ya es demasiado.

—Seguro —respondió Holmes— que no es tan difícil adivinar que un hombre con ese porte, expresión de autoridad y piel quemada por el sol es militar, de un rango más alto que soldado raso, y que ha llegado de la India hace muy poco tiempo.

—Que no haya dejado el servicio hasta hace muy poco lo demuestra el hecho de que siga llevando sus «botas de munición», como las llaman —observó Mycroft.

—No tiene el paso inseguro del soldado de caballería, pero aun así lleva el sombrero ladeado, como demuestra la piel más clara de ese lado de la frente. Su peso no es el propio de un zapador. Ha servido en artillería.

—Además, resulta evidente, puesto que va de riguroso luto, que ha perdido a alguien muy querido. El hecho de que esté haciendo la compra nos indica que se trataba de su esposa. Verá que ha estado comprando artículos para niños, uno de los cuales es un sonajero, lo que demuestra que uno de ellos es muy pequeño. La esposa probablemente murió al dar a luz. El hecho de que lleve un libro de ilustraciones bajo el brazo nos indica que tiene otro hijo del que ocuparse.

Empecé a entender lo que mi amigo quería decir cuando afirmó que su hermano poseía unas facultades aún más notables que las suyas. Me miró de soslayo y sonrió. Mycroft tomó un pellizco de rapé de una caja de carey y se sacudió el polvo de su chaqueta con la ayuda de un gran pañuelo de seda roja.

—Por cierto, Sherlock —dijo—, han sometido a mi consideración algo que te encantará, un problema de lo más insólito. No creo que reúna las suficientes energías como para resolverlo, salvo de forma incompleta, pero me sirvió de base para algunas especulaciones sumamente interesantes. Si no te importa escuchar los hechos...

—Mi querido Mycroft, me encantaría oírlos.

Su hermano garabateó algo en una página de su libreta de notas y después de hacer sonar la campanilla, se la tendió al camarero.

—Le he pedido al señor Melas que se una a nosotros —dijo—. Vive en el piso que hay sobre mi casa y mantenemos cierta relación superficial, lo que le llevó a acudir a mí para aclarar un asunto que le tiene completamente perplejo. El señor Melas es de origen griego y, según tengo entendido, es un notable lingüista. En parte se gana la vida como intérprete en los juicios y en parte ejerciendo de guía para esos ricos orientales que se alojan en los hoteles de Northumberland Avenue. Creo que será mejor que él mismo les cuente a su manera su extraordinaria experiencia.

Unos minutos después, se nos unió un hombre bajo y robusto, cuya tez aceitunada y cabello negro como el carbón proclamaban su origen meridional, aunque su dicción era la de un inglés de buena educación. Estrechó calurosamente la mano de Sherlock Holmes y sus ojos oscuros brillaron con placer cuando descubrió que el detective estaba ansioso por oír su historia.

—No confío en que la policía me crea, palabra que no —dijo con una voz quejumbrosa—. Sólo porque nunca han oído hablar de ello consideran que una cosa así no es posible. Pero yo sé que no me quedaré tranquilo hasta que descubra qué ha ocurrido con aquel pobre hombre del esparadrapo en la cara.

—Soy todo oídos —dijo Sherlock Holmes.

—Ahora es miércoles por la tarde —dijo el señor Melas—. Bien, entonces todo esto ocurrió el lunes por la noche: hace sólo un par de días. Soy intérprete, como quizá mi vecino ya les haya contado. Hablo todos los idiomas, o casi todos pero como soy griego de nacimiento y mi nombre es griego, se me asocia principalmente con ese idioma en particular. Durante muchos años he sido el intérprete griego más importante de Londres y mi nombre es de sobra conocido en los hoteles.

»Con frecuencia acuden a mí extranjeros que se hallan en dificultades o viajeros que han llegado tarde y necesitan mis servicios a horas intempestivas. Por lo tanto, no me sorprendió que el lunes por la noche, un tal señor Latimer, un joven vestido a la moda, acudiera a mis habitaciones pidiéndome que le acompañara en un coche alquilado que nos esperaba en la puerta. Un amigo suyo griego había venido a verle por asuntos de negocios, dijo, y, puesto que no podía hablar otro idioma que no fuese el suyo, resultaban indispensables los servicios de un intérprete. Me dio a entender que su casa no quedaba muy lejos, en Kensington, y parecía que tenía mucha prisa, ya que me hizo subir rápidamente al coche una vez habíamos bajado a la calle.

»Digo coche, pero pronto empecé a pensar que me encontraba en un carruaje de mucha más categoría. Desde luego era más espacioso que los ordinarios coches de cuatro ruedas que afean Londres, y los adornos, aunque raídos, eran de la mejor calidad. El señor Latimer se acomodó frente a mí y salimos atravesando Charing Cross y subiendo por Shaftesbury Avenue. Fuimos a parar a Oxford Street, y estaba a punto de aventurar un comentario a propósito del rodeo que estábamos dando para llegar a Kensington cuando contuve mis palabras ante la extraordinaria conducta de mi acompañante.

»Comenzó sacando del bolsillo una cachiporra de aspecto imponente, cargada con plomo, y empezó a moverla adelante y atrás, como probando su peso y fuerza. Entonces, sin pronunciar palabra, la dejó en el asiento junto a él. Una vez hecho esto, subió las ventanillas de cada lado y descubrí, para mi sorpresa, que estaban cubiertas con papel como para evitar que pudiese ver a través de ellas.

»—Lamento taparle la vista, señor Melas —dijo—. El hecho es que no tengo ninguna intención de que sepa hacia dónde nos dirigimos. Podría suponer una inconveniencia para mí que usted pudiese encontrar de nuevo el camino.

»Como puede imaginar, semejante explicación me dejó estupefacto. Mi acompañante era un joven robusto, de hombros anchos y, aunque no hubiese estado armado, yo no hubiera tenido ni la menor posibilidad si se hubiese producido un forcejeo entre los dos.

»—Su conducta es de lo más extraña, señor Latimer —tartamudeé—. Debe saber que lo que está haciendo es totalmente ilegal.

»—Sin duda me estoy tomando ciertas libertades —dijo—, pero se le compensará. Sin embargo, debo advertirle, señor Melas, que si durante esta noche intenta dar la alarma, o hacer cualquier cosa que vaya en contra de mis intereses, descubrirá que ha cometido un grave error. Le ruego que recuerde que nadie sabe dónde se encuentra usted, y que, tanto si está en este coche como en mi casa, se halla igualmente en mi poder.

»Pronunció estas palabras tranquilamente, pero con un tono áspero que resultaba amenazador. Permanecí sentado en silencio, preguntándome cuál podía ser la razón para secuestrarme de un modo tan extraño. Y, cualquiera que fuese, quedaba bien claro que no serviría de nada resistirse y que sólo me quedaba esperar ver qué ocurría.

»Viajamos durante casi dos horas sin que tuviera ni la menor idea de adónde nos dirigíamos. A veces el traqueteo de las ruedas indicaba que avanzábamos sobre el empedrado, y otras nuestra marcha silenciosa y suave sugería asfalto, pero, salvo esta variación en el sonido, no había absolutamente nada que pudiera ayudarme a barruntar dónde estábamos. El papel que habían colocado sobre cada ventana era completamente opaco y el cristal del frente estaba oculto por una cortina. Eran las siete y cuarto cuando dejamos Pall Mall y, cuando al fin nos paramos, mi reloj indicaba que eran las nueve menos diez. Mi acompañante bajó la ventana y pude atisbar un portal bajo y arqueado, con una lámpara encendida encima de él. Mientras se me ordenaba que bajase rápidamente del carruaje, el portal se abrió y me encontré en el interior de la casa, con la vaga impresión, obtenida al entrar, de haber visto césped y árboles a cada lado. No obstante, me resultaba imposible asegurar si nos encontrábamos en una finca privada o en pleno campo.

»En el interior habían encendido una lámpara de gas con la pantalla coloreada, pero la llama estaba tan baja que apenas pude ver nada, salvo que el vestíbulo era más bien amplio y que en sus paredes colgaban varios cuadros. Bajo aquella luz mortecina pude distinguir que la persona que había abierto la puerta era un hombre bajo, de aspecto corriente y hombros caídos. Cuando se giró hacia nosotros, el brillo de la luz me indicó que llevaba gafas.

»—¿Es éste el señor Melas, Harold? —dijo.

»—Sí.

»—¡Muy bien, muy bien! Espero que no nos guarde rencor, señor Melas, pero no podríamos continuar sin su ayuda. Si juega limpio con nosotros, no lo lamentará, pero si planea algún truco, ¡que Dios le asista! —Habló de una manera nerviosa y entrecortada, interrumpiéndose con risitas, pero, de alguna manera, me inspiró más temor que el otro.

»—¿Qué quieren de mí? —pregunté.

»—Sólo que le haga algunas preguntas a un caballero griego que nos visita y comunicarnos sus respuestas. Pero no diga más de lo que se le indique que ha de decir o... —se interrumpió con aquella risita nerviosa otra vez— más le valdría no haber nacido.

»Mientras hablaba, abrió una puerta y me mostró el camino hacia una habitación que parecía estar amueblada lujosamente pero, otra vez, la única luz provenía de una sola lámpara a medio gas. Sin duda la cámara era muy grande, y la manera en que se hundieron mis pies en la alfombra al atravesarla me indicó lo lujosa que era. Atisbé sillas tapizadas con terciopelo y una alta repisa de chimenea de mármol blanco junto a la que habían colocado lo que parecía ser una armadura japonesa. Había una silla justo debajo de la lámpara y el hombre de más edad me indicó que me sentara allí. El más joven nos había dejado solos, pero de repente volvió por otra puerta, trayendo con él a un hombre ataviado con una especie de bata que avanzaba lentamente hacia nosotros. Al entrar en el círculo de luz mortecina, que me permitió verle más claramente, su apariencia me llenó de espanto. Mostraba una palidez mortal, estaba terriblemente consumido y tenía los ojos saltones y brillantes de un hombre cuyo espíritu es mayor que su fuerza. Pero lo que me impresionó más que cualquier señal de debilidad física fue que su rostro estaba grotescamente cubierto por esparadrapos y que su boca estaba tapada por un trozo más grande del mismo material.

»—¿Has traído la pizarra, Harold? —exclamó el viejo mientras este extraño ser se desplomaba, más que sentaba, en la silla—. ¿Tiene las manos desatadas? Bien, entonces dale el lapicero. Pregunte, señor Melas, y él escribirá las respuestas. Primero pregúntele si está dispuesto a firmar los documentos.

»Los ojos del hombre ardieron con una llama muy viva.

»—¡Nunca! —escribió en griego en la pizarra.

»—¿Bajo ninguna condición? —interrogué a petición de nuestro tirano.

»—Sólo si un sacerdote griego al que conozco la casa en mi presencia.

»El hombre rio de aquella manera venenosa.

»—En ese caso, sabe lo que le espera, ¿verdad?

»—No me importa lo que me pueda ocurrir.

»Éstos son ejemplos de las preguntas y respuestas que conformaron nuestra extraña, medio hablada, medio escrita, conversación. Una y otra vez tuve que preguntarle si cedía y firmaba los documentos. Y una y otra vez obtuve la misma e indignada respuesta. Pero pronto tuve una feliz ocurrencia. Empecé a añadir breves frases de mi propia cosecha en cada pregunta; al principio eran inocentes, para comprobar si nuestros acompañantes entendían algo y, una vez supe que no se daban cuenta, puse en práctica un juego más peligroso. Nuestra conversación transcurrió más o menos como sigue:

»—Su obstinación no le servirá de nada. ¿Quién es usted?

»—No me importa. Soy forastero en Londres.

»—Será responsable de lo que le ocurra. ¿Cuánto tiempo lleva aquí?

»—Que así sea. Tres semanas.

»—La propiedad nunca será suya. ¿Qué le han hecho?

»—No caerá en manos de unos miserables. Me están matando de hambre.

»—Si firma será libre. ¿A quién pertenece esta casa?

»—Nunca firmaré. No lo sé.

»—A ella no le está haciendo ningún favor. ¿Cómo se llama?

»—Quiero oírlo de labios de ella. Kratides.

»—La verá si firma. ¿De dónde es usted?

»—Entonces nunca la volveré a ver. Atenas.

»Con sólo cinco minutos más, señor Holmes, hubiera averiguado toda aquella historia en sus propias narices. Mi siguiente pregunta hubiera aclarado el asunto, pero en aquel momento se abrió la puerta y una mujer entró en la habitación. No podía verla claramente como para saber algo más, salvo que era alta y esbelta, con el pelo negro, y estaba ataviada con un vestido blanco y holgado.

»—Harold —dijo hablando un inglés con fuerte acento—. No podía quedarme allí más tiempo. Estaba tan sola ahí arriba con sólo... ¡Oh, Dios mío, es Paul!

»Estas últimas palabras las pronunció en griego y, en ese mismo instante, el hombre, haciendo un esfuerzo descomunal, se arrancó el esparadrapo de los labios y gritó "¡Sophy! ¡Sophy!", corriendo a los brazos de la mujer. Pero sólo pudieron abrazarse por un instante, puesto que el joven sujetó a la mujer y la obligó a salir de la habitación, mientras el viejo dominaba fácilmente a su escuálida víctima, arrastrándola fuera de la habitación por la otra puerta. Por un momento permanecí solo en la habitación; me levanté de un salto con la vaga idea de que quizá podría obtener una pista que me indicara en qué casa me encontraba. Sin embargo, afortunadamente, no hice nada, puesto que cuando alcé la vista vi que el anciano permanecía en el marco de la puerta con los ojos fijos en mí.

»—Eso es todo, señor Melas —dijo—. Se habrá dado cuenta de que le hemos otorgado nuestra confianza en un asunto muy privado. No le hubiésemos molestado si un amigo nuestro, que habla griego y que comenzó estas negociaciones, no hubiese tenido que volver al este. Resultaba absolutamente necesario encontrar a alguien que ocupara su lugar y tuvimos la suerte de oír hablar de sus facultades.

»Me incliné ligeramente.

»—Aquí tiene cinco soberanos —dijo acercándose a mí—; espero que sean unos honorarios suficientes. Pero recuerde —añadió dándome unos golpecitos en el pecho y dejando escapar su risita— que si habla con alguien de esto, aunque sea a una sola persona, una sola, ¡que Dios se apiade de su alma!

»Soy incapaz de describirle la repugnancia y el horror que este hombre insignificante me inspiraba. Ahora que la lámpara le iluminaba podía verle mejor. Sus rasgos eran angulosos y cetrinos, y su pequeña barba, corta y puntiaguda, era más bien rala y mal cuidada. Adelantaba el rostro al hablar y tenía un tic en los párpados y los labios, como un hombre que sufre el baile de san Vito. No podía evitar pensar que su extraña y pegajosa risita era también un síntoma de alguna enfermedad nerviosa. Sin embargo, el terror que inspiraba su rostro provenía de sus ojos gris acero, en cuyo fondo brillaba fríamente con una crueldad maligna e inexorable.

»—Si habla acerca de esto, nos enteraremos —dijo—. Tenemos nuestros medios de información. El coche le espera, mi amigo le mostrará el camino.

»Me guiaron rápidamente por el vestíbulo hacia el vehículo, y obtuve de nuevo una rápida vista de árboles y un jardín. El señor Latimer me seguía pisándome los talones y se sentó frente a mí sin decir palabra. De nuevo, viajamos en silencio atravesando una distancia interminable con las ventanas subidas, hasta que, al fin, justo pasada la medianoche, el carruaje se detuvo.

»—Usted se baja aquí, señor Melas —dijo mi acompañante—. Lamento tener que dejarle tan lejos de su casa, pero no tengo alternativa. Cualquier intento por su parte de seguir al carruaje sólo puede acabar mal para usted.

»Abrió la puerta mientras hablaba y apenas tuve tiempo de bajar de un salto cuando el cochero azuzó al caballo y el carruaje se alejó traqueteando. Asombrado, miré a mi alrededor. Estaba en una especie de campo cubierto de brezos, moteado aquí y allá por oscuros matorrales de aliaga. A lo lejos se extendía una línea de casas, con alguna que otra luz en las ventanas superiores. Al otro lado, vi las señales rojas de un ferrocarril.

»El carruaje que me había llevado hasta aquel lugar ya se había perdido de vista. Permanecí allí mirando y preguntándome dónde demonios me encontraba, cuando distinguí que alguien venía hacia mí en la oscuridad. Al cruzarse conmigo, me di cuenta de que era un mozo de estación.

»—¿Podría decirme dónde me encuentro? —pregunté.

»—En Wandsworth Common —respondió.

»—¿Puedo tomar un tren a la ciudad?

»—Si camina durante una milla, más o menos, hasta Clapham Junction —dijo—, llegará justo a tiempo para tomar el último tren con destino a la estación Victoria.

»Y éste fue el final de mi aventura, señor Holmes. No sé dónde estuve, ni con quién hablé ni nada, salvo lo que le he contado. Pero sé que allí se está cometiendo algún delito y quiero ayudar a aquel infeliz. A la mañana siguiente le conté la historia al señor Mycroft Holmes y, posteriormente, a la policía.

Permanecimos sentados en silencio durante un momento después de escuchar aquella extraordinaria historia. Entonces Sherlock se dirigió a su hermano.

—¿Se ha tomado alguna medida?

Mycroft tomó el *Daily News,* que estaba en la mesita auxiliar.

> Se recompensará a cualquiera que sea capaz de proporcionar alguna información sobre el paradero de un caballero griego llamado Paul Kratides, de Atenas, que no habla inglés. Se pagará una recompensa similar a quien pueda aportar alguna información sobre una dama griega cuyo nombre de pila es Sophy. X 2473.

—Se ha publicado en todos los diarios. Aún sin respuesta.

—¿Qué ha dicho la embajada griega?

—Ya pregunté allí. No saben nada.

—¿Has telegrafiado a la policía de Atenas?

—Sherlock ha heredado toda la energía familiar —dijo Mycroft volviéndose hacia mí—. Bien, quédate con el caso y hazme saber si consigues algún resultado.

—Por supuesto —respondió mi amigo levantándose de la silla—. Os lo haré saber a ti y al señor Melas también. Mientras tanto, señor Melas, si yo fuera usted permanecería alerta, puesto que deben haber leído estos anuncios con los que usted les ha delatado.

De regreso a casa, Holmes se paró en una oficina de telégrafos y envió varios telegramas.

—Como verá, Watson —comentó—, no hemos perdido la tarde, ni mucho menos. Algunos de mis casos más interesantes me han llegado, como éste, a través de Mycroft. El problema que acabamos de escuchar, aunque no pueda admitir nada más que una explicación, posee rasgos peculiares.

—¿Espera resolverlo?

—Bueno, con todo lo que sabemos, resultaría extraño que no acertáramos a descubrir el resto. Usted mismo debe haberse formado alguna teoría que explique los hechos que acabamos de escuchar.

—Vagamente, sí.

—¿Cuál es, entonces, su opinión?

—Me parece obvio que esta muchacha griega ha sido traída aquí por el joven inglés llamado Harold Latimer.

—¿Traída desde dónde?

—De Atenas, quizá.

Sherlock Holmes sacudió la cabeza.

—Este joven no podía hablar ni una palabra de griego. La dama podía hablar inglés bastante bien. De lo cual deducimos que ella llevaba algún tiempo viviendo en Inglaterra, pero que él no había estado en Grecia.

—Bien, entonces tenemos que suponer que ella había venido a Inglaterra y que este Harold la persuadió para que huyera con él.

—Eso es más probable.

—Entonces, el hermano de ella —puesto que imagino que ésa debe ser su relación— viene desde Grecia para impedirlo. Imprudentemente, acaba en manos del joven y su cómplice de más edad. Éstos le secuestran y emplean con él la violencia para conseguir que firme unos documentos para apoderarse de la fortuna de la muchacha, de la cual él debe ser el administrador. Él se niega a hacerlo. Para negociar con él necesitan un intérprete y se fijan en el señor Melas, tras haber utilizado antes a algún otro. A la muchacha se le oculta la llegada de su hermano y lo descubre por puro accidente.

—¡Excelente, Watson! —exclamó Holmes—. Estoy seguro de que su teoría está muy cerca de la verdad. Verá que tenemos todas las cartas, y sólo podemos temer algún repentino acto de violencia por su parte. Si nos dan el tiempo suficiente, les atraparemos.

—¿Pero cómo podemos averiguar dónde se encuentra aquella casa?

—Bueno, si nuestras conjeturas son correctas, el nombre de la muchacha es, o era, Sophy Kratides, así que no debe resultar muy difícil seguir su pista. Ésa debe ser nuestra principal esperanza, puesto que su hermano es, por supuesto, extranjero. Está claro que ha pasado algún tiempo desde que Harold inició su relación con esta muchacha, varias semanas, como mínimo, ya que el hermano tuvo tiempo de enterarse del asunto y venir desde Grecia. Si han estado viviendo en el mismo lugar durante todo este tiempo, es probable que recibamos alguna respuesta al anuncio de Mycroft.

Mientras hablábamos, llegamos a nuestra casa en Baker Street. Holmes subió primero por las escaleras y, cuando abrió la puerta de nuestras habitaciones, dio un respingo de sorpresa. Mirando por encima de su hombro, me quedé igualmente estupefacto. Su hermano Mycroft estaba sentado en el sofá, fumando.

—¡Entra, Sherlock! Pasen, caballeros —dijo suavemente, sonriendo ante nuestra expresión de sorpresa—. No esperabas este despliegue de energía por mi parte, ¿verdad, Sherlock? No sé qué hay en este caso que me atrae.

—¿Cómo has llegado hasta aquí?

—Os he adelantado en un cabriolé.

—¿Se ha producido alguna novedad?

—He recibido una respuesta a mi anuncio.

—¡Ah!

—Sí, vino poco después de que os marchaseis.

—¿Y qué decía?

Mycroft Holmes sacó una hoja de papel.

—Aquí está —dijo—, escrita con una pluma J sobre papel color crema y de buena calidad por un hombre de mediana edad y débil constitución:

> Señor:
>
> En respuesta a su anuncio de fecha de hoy, puedo informarle de que conozco muy bien a la joven en cuestión. Si no le resulta una molestia pasar a visitarme, podría darle algunos detalles de su penosa historia. En este momento vive en The Myrtles, Beckenham.
>
> Un atento saludo,
> J. Davenport

—Escribe desde el Lower Brixton —dijo Mycroft Holmes—. Sherlock, ¿no te parece que podríamos ir a verle ahora mismo, a ver qué detalles tiene que contarnos?

—Mi querido Mycroft, la vida del griego es más valiosa que la historia de su hermana. Creo que deberíamos llamar al inspector Gregson de Scotland Yard e ir directamente a Beckenham. Sabemos que se está conduciendo a un hombre a la muerte y cada hora puede ser vital.

—Me parece que deberíamos ir a buscar al señor Melas de camino —sugerí—. Quizá necesitemos a un intérprete.

—Excelente idea —respondió Sherlock Holmes—. Dígale al botones que pida un cuatro ruedas y saldremos enseguida. —Abrió el cajón de la mesa mientras hablaba, y me fijé en que se había guardado el revólver en el bolsillo—. Sí —dijo en respuesta a mi mirada—. Después de lo que hemos oído, diría que nos enfrentamos a una banda especialmente peligrosa.

Ya casi era de noche cuando al fin llegamos a los aposentos del señor Melas en Pall Mall. Un caballero acababa de llamarle y se había marchado.

—¿Podría decirme adónde? —preguntó Mycroft Holmes.

—No lo sé, señor —respondió la mujer que había abierto la puerta—; sólo sé que se marchó con el caballero en un carruaje.

—¿Dio el caballero algún nombre?

—No, señor.

—¿Se trataba de un joven alto, atractivo y moreno?

—Oh, no, señor. Era un caballero bajito, con gafas, de cara flaca, pero de modales muy amables, puesto que mientras hablaba no paraba de reírse.

—¡Vamos! —gritó bruscamente Sherlock Holmes—. Esto se pone serio —comentó mientras íbamos a Scotland Yard—. Esta gente ha capturado a Melas otra vez. Se trata de un hombre que carece de arrojo, como ellos bien saben después de la experiencia de la otra noche. Este miserable fue capaz de atemorizarle en el mismo instante en que le vio. Sin duda necesitan sus servicios profesionales, pero, una vez que le hayan utilizado, puede que hayan planeado castigarle por lo que ellos considerarán como una traición por su parte.

Nuestra esperanza era que, al ir en tren, llegaríamos a Beckenham antes o al mismo tiempo que el carruaje. Sin embargo, al llegar a Scotland Yard pasó más de una hora antes de que pudiésemos vernos con el inspector Gregson y cumplimentar las formalidades legales que nos permitirían entrar en la casa. Eran las diez menos cuarto cuando llegamos al puente de Londres, y las diez y media cuando nos apeamos en el andén de la estación de Beckenham. Tras un trayecto de media hora en coche, llegamos a The Myrtles, un caserón grande y oscuro que se alzaba en terreno propio detrás de la carretera. Aquí despedimos a nuestro cochero y avanzamos juntos por el camino de entrada.

—Todas las ventanas están a oscuras —comentó el inspector—. La casa parece deshabitada.

—Los pájaros han volado dejando el nido vacío —respondió Holmes.

—¿Por qué dice eso?

—Un coche cargado con un pesado equipaje ha pasado por aquí durante la última hora.

El inspector rio.

—He visto los surcos de las ruedas a la luz de la lámpara de la verja de entrada, pero ¿cómo sabe lo del equipaje?

—Se habrá fijado en las mismas huellas que van en la otra dirección. Pero los surcos que ha dejado el carruaje que salía son mucho más profundos, tanto que podemos afirmar con certeza que el carruaje llevaba una carga muy considerable.

—Aquí me ha superado —dijo el inspector encogiéndose de hombros—. No será fácil forzar la puerta, pero podemos intentarlo si no logramos que nadie nos conteste.

Golpeó ruidosamente el llamador y tiró de la campanilla, sin éxito. Holmes se había escabullido, pero volvió al rato.

—He abierto una ventana —dijo.

—Es una suerte que esté usted del lado de la ley y no en contra, señor Holmes —comentó el inspector al observar la habilidad con que mi amigo había forzado el pestillo—. Bien, creo que, dadas las circunstancias, podemos entrar sin invitación.

Uno tras otro nos metimos en una gran sala, que era, evidentemente, en la que el señor Melas había estado con anterioridad. El inspector había encendido su linterna y pudimos ver las dos puertas, la cortina, la lámpara y la armadura japonesa, tal como las había descrito. En la mesa había dos vasos, una botella de brandy vacía y los restos de una comida.

—¿Qué es eso? —dijo Holmes de repente.

Nos quedamos quietos escuchando. Un leve gemido provenía de algún lugar situado encima de nosotros. Holmes corrió hacia la puerta y salió al recibidor. El inquietante ruido procedía del piso de arriba. Subió rápidamente, el inspector y yo le pisábamos los talones, mientras su hermano Mycroft nos seguía tan rápidamente como le permitía su voluminoso cuerpo.

Al llegar al segundo piso, nos encontramos frente a tres puertas; los siniestros gemidos salían de la que se hallaba en el centro; unas veces descendían hasta convertirse en un sordo murmullo y otras se elevaban de nuevo hasta transformarse en un agudo lamento. La puerta estaba cerrada, pero habían dejado la llave en la cerradura. Holmes abrió la puerta de un golpe y se lanzó al interior, pero enseguida volvió a salir, llevándose la mano a la garganta.

—Es carbón —exclamó—. Esperen un poco y se despejará.

Al mirar dentro, pudimos ver que la única luz de la habitación procedía de una llama mortecina y azul que parpadeaba en un trípode de bronce situado en el centro de la habitación. Arrojaba un círculo de luz lívido y antinatural en el suelo, y, sumidas en las sombras del otro extremo de la habitación, atisbamos las vagas figuras de dos hombres agachados contra la pared. Desde la puerta abierta brotaba una exhalación de humo ponzoñoso que nos hizo jadear y toser a todos. Holmes subió corriendo a lo alto de la escalera para abrir el tragaluz y dejar entrar el aire fresco, y luego irrumpió en la habitación, abrió la ventana y arrojó el trípode encendido al jardín.

—Podremos entrar en unos momentos —jadeó al salir—. ¿Dónde habrá una vela? Dudo que podamos encender una cerilla en ese ambiente. ¡Mycroft, mantén la luz junto a la puerta y nosotros los sacaremos! ¡Ahora!

Sin perder tiempo, sujetamos a los hombres envenenados y arrastrándolos los sacamos al vestíbulo iluminado. Ambos estaban inconscientes, tenían los labios teñidos de azul, los rostros hinchados y congestionados y los ojos inflamados. Los rasgos de aquellos hombres estaban tan deformados que, de no ser por su barba negra y su figura robusta, no hubiésemos podido reconocer en uno de ellos a nuestro intérprete griego, que tan sólo unas horas antes se había despedido de nosotros en el Club Diógenes. Estaba atado de pies y manos y mostraba la señal de un violento golpe sobre un ojo. El otro, que estaba atado de un modo similar, era un hombre alto, extremadamente demacrado, con varias tiras de esparadrapo grotescamente pegadas por toda la cara. Dejó de gemir cuando le depositamos en el suelo y supe enseguida que, al menos para él, nuestra ayuda había llegado demasiado tarde. Sin embargo, el señor Melas vivía aún y, con la ayuda de amoniaco y brandy, en menos de una hora tuve la satisfacción de ver cómo abría los ojos y de saber que mi mano le había rescatado del oscuro valle donde se encuentran todos los caminos.

La historia que tenía que contarnos era muy sencilla, y sus palabras no hicieron sino confirmar nuestras propias deducciones. Al entrar en su casa, aquel visitante extrajo una cachiporra de la manga y el miedo a una muerte inmediata e inevitable se apoderó de él, de tal manera que le secuestró por segunda vez. De hecho, el efecto casi hipnótico que este risueño rufián había provocado sobre el desafortunado lingüista era tal que no podía referirse a él sin que le temblasen las manos y le palideciera el semblante. Se lo llevaron rápidamente a Beckenham y de nuevo actuó como intérprete en otra entrevista, que resultó aún más dramática que la primera, en la que los ingleses amenazaron a su prisionero con darle muerte al instante si no accedía a sus exigencias. Finalmente, dándose cuenta de que era insensible a sus amenazas, lo volvieron a llevar a su celda y, tras reprocharle al señor Melas su traición, que supieron gracias al anuncio en el periódico, le golpearon con un bastón dejándole inconsciente; y no recordaba nada más, hasta que nos vio inclinados sobre él.

Y esto es todo lo que sabemos sobre el insólito caso del intérprete griego, cuya explicación aún está envuelta de cierto misterio. Pudimos averiguar, poniéndonos en contacto con el caballero que había respondido al anuncio, que la desafortunada joven procedía de una opulenta familia griega y que había venido a Inglaterra a visitar a unos amigos. Durante su estancia conoció a un joven llamado Harold Latimer, que adquirió una cierta influencia sobre ella y, finalmente, la convenció de que huyese con él. Sus amigos, conmocionados por el hecho, se conformaron con informar a su hermano en Atenas, y, a continuación, se lavaron las manos en el asunto. El hermano, al llegar a Inglaterra, cometió la imprudencia de caer en manos de Latimer y su cómplice, cuyo nombre era Wilson Kemp, un hombre con los peores antecedentes. Estos dos, al descubrir que el desconocimiento del idioma dejaba al hermano impotente en su poder, lo mantuvieron cautivo e intentaron conseguir que firmara la cesión de sus propiedades y las de su hermana mediante la tortura y el hambre. Lo tenían encerrado en la casa sin que lo supiera su hermana, y le habían cubierto la cara con esparadrapos para que, en caso de que ella llegara a verlo, le resultara difícil reconocerlo. No obstante, gracias su percepción femenina, cuando lo vio por primera vez durante la primera visita del intérprete, supo quién era, a pesar del disfraz. Sin embargo, la pobre muchacha también era una prisionera, puesto que no había nadie más en la casa excepto el hombre que hacía de cochero y su mujer, quienes eran meras herramientas de los conspiradores. Al darse cuenta de que habían descubierto su secreto y que no podrían doblegar la voluntad de su prisionero, los dos criminales habían huido de la casa amueblada que habían alquilado, llevándose a la muchacha, pocas horas antes de nuestra llegada y no sin antes vengarse tanto del hombre que los había desafiado como del hombre que les había traicionado.

Meses después nos llegó desde Budapest un curioso recorte de periódico. En él se informaba de que dos ingleses que viajaban con una mujer habían encontrado un trágico final. Parece ser que ambos habían sido apuñalados, y la policía húngara opinaba que había estallado una disputa entre ambos y que se habían infligido heridas mortales el uno al otro. Pero Holmes, creo, es de otra opinión, y hasta hoy mantiene que, si alguien encuentra a la muchacha griega, averiguará cómo fueron vengadas las afrentas que sufrieron ella y su hermano.

El tratado naval

El mes de julio que siguió inmediatamente a mi boda resultó memorable por tres interesantes casos en los cuales tuve el privilegio de verme asociado con Sherlock Holmes y estudiar atentamente sus métodos. Tengo estos casos recopilados en mis notas bajo los encabezamientos de *La aventura de la segunda mancha, La aventura del tratado naval* y *La aventura del capitán cansado.* Sin embargo, la primera de ellas se ocupa de asuntos de tal importancia e implica a tantas de las primeras familias del reino que hasta que no pasen muchos años resultará imposible hacerla pública. No obstante, ningún otro caso en el que Holmes se haya visto involucrado ha ilustrado de una forma tan clara el valor de sus métodos analíticos o ha impresionado tan profundamente a aquellos que trabajaron con él. Aún conservo un informe casi literal de la entrevista en la que demostró los verdaderos hechos del caso a monsieur Dubuque de la policía de París y a Fritz von Waldbaum, el conocido especialista de Dánzig, quienes habían desperdiciado sus energías en lo que, como se demostraría después, eran cuestiones secundarias. Pero habrá que esperar al nuevo siglo antes de que la historia pueda narrarse con seguridad. Mientras tanto, pasaré al segundo caso de la lista, que en su momento prometía tratarse también de un asunto cuya importancia era de alcance nacional y resultó notable por varios incidentes que lo dotaron de un carácter singular.

Durante mi época escolar, tuve como amigo íntimo a un muchacho llamado Percy Phelps, que era de mi edad, aunque iba dos cursos por delante de mí. Era un chico brillante que ganaba todos los premios que concedía la escuela, y culminó sus proezas escolares ganando una beca que le permitió continuar su triunfante carrera en Cambridge. Recuerdo que estaba muy bien relacionado, e incluso cuando aún no éramos más que críos, ya sabíamos que el hermano de su madre era lord Holdhurst, el gran político conservador. Este llamativo parentesco no le sirvió de nada en la escuela. Al contrario, encontrábamos que darle caza por el patio para atizarle en las espinillas con un *wicket* era de lo más divertido. Pero las cosas cambiaron radicalmente cuando salió al mundo. Supe que sus aptitudes y las influencias que poseía le habían aupado a una buena posición en el Foreign Office, y después no volví a acordarme de él hasta que esta carta me recordó su existencia:

Briarbrae, Woking

Estimado Watson:

No me cabe duda de que aún recordará a «Renacuajo» Phelps, que hacía quinto el mismo año en que usted asistía al tercer curso. Incluso es posible que se haya enterado de que, gracias a la influencia de mi tío, obtuve un buen puesto en el Foreign Office, donde desempeñé mis obligaciones con confianza y honor hasta que una repentina desgracia vino a arruinar mi carrera.

De nada sirve que le escriba los detalles de este funesto acontecimiento. En caso de que usted acceda a la petición que voy a hacerle, es probable que tenga que narrárselos. Acabo de recuperarme de una fiebre cerebral que me ha tenido postrado nueve semanas y aún me encuentro excepcionalmente débil. ¿Cree que podría traer a su amigo, el señor Holmes, a verme aquí? Me gustaría que me diese su opinión sobre el caso, aunque las autoridades me han asegurado que no se puede hacer nada. Por favor, tráigalo lo antes posible. Los minutos parecen horas en este estado de espantosa incertidumbre. Asegúrele que si no le he pedido su consejo antes no ha sido porque no aprecie su talento, sino porque desde que sufrí este duro golpe no he tenido la cabeza en su sitio. Ahora me encuentro bastante mejor, aunque no me atrevo a pensar mucho en ello por miedo a una recaída. Aún me encuentro tan débil que, como puede ver, tengo que escribirle al dictado. Por favor, intente que venga aquí.

Su antiguo compañero de escuela,
Percy Phelps

Al leer la carta hubo algo que me emocionó; esas reiteradas súplicas para que llevara a Holmes despertaron mi compasión. Tanto me emocionó que, aunque hubiera sido un asunto difícil, lo hubiese intentado igualmente, pero, por supuesto, sabía perfectamente que Holmes amaba tanto su trabajo que estaba siempre dispuesto a prestar su ayuda, tanto como lo estaba su cliente a recibirla. Mi esposa estuvo de acuerdo conmigo en que no podía perder ni un minuto antes de exponerle el asunto, así que una hora después de desayunar me encontré de vuelta, una vez más, en las viejas habitaciones de Baker Street.

Holmes estaba sentado en su mesa de trabajo, ataviado con su batín y enfrascado en una de sus investigaciones químicas. Una gran retorta redonda hervía furiosamente sobre la llama azulada de un mechero Bunsen y las gotas destiladas se condensaban en un medidor de dos litros. Mi amigo apenas me miró cuando entré, y, viendo que su investigación era importante, me senté en el sofá a esperar. Introducía su pipeta de cristal en una botella u otra, extrayendo algunas gotas de líquido, hasta que finalmente puso sobre la mesa un tubo de ensayo que contenía una solución química. En la mano derecha sostenía un trozo de papel de tornasol.

—Ha llegado en medio de una crisis, Watson —dijo—. Si este papel permanece azul, es que todo está bien. Si se vuelve rojo, significa que la vida de un hombre está en juego. —Lo introdujo en el tubo de ensayo y adquirió un tono carmesí sucio y apagado.

—¡Hum, me lo imaginaba! —exclamó—. Estaré con usted en un momento, Watson. Encontrará tabaco en la babucha persa. —Se dirigió a su escritorio y escribió varios telegramas, que entregó al botones. Entonces se desplomó sobre la silla frente a mí y levantó las rodillas hasta que sus manos se cerraron alrededor de sus largas y delgadas espinillas.

—Un asesinato de lo más vulgar —dijo—. Me parece que trae algo mucho mejor, Watson; es usted el heraldo del crimen.[29] ¿De qué se trata?

Le tendí la carta, que leyó con la máxima atención.

—No dice mucho, ¿verdad? —comentó mientras me la devolvía.

—Casi nada.

—Aun así, la letra resulta interesante.

—La letra no es suya.

—Exacto. Es de una mujer.

—No, seguro que es la de un hombre —exclamé.

—No, es la de una mujer, una mujer de un carácter singular. Verá, al comenzar una investigación es importante saber que el cliente tiene una relación íntima, para bien o para mal, con alguien que posee una naturaleza excepcional. El caso ya ha despertado mi interés. Si está listo, saldremos enseguida a Woking para visitar a este diplomático que se encuentra en una situación tan funesta y a la dama a quien dicta sus cartas.

Tuvimos la suerte de subir a uno de los primeros trenes en Waterloo y en menos de una hora nos encontrábamos en los bosques de abetos y los brezos de Woking. Briarbrae resultó ser una amplia casa situada en medio de una enorme extensión de terrero a unos pocos minutos de camino de la estación. Tras mostrar nuestras tarjetas, se nos unió un hombre bastante corpulento que nos recibió con gran hospitalidad. Debía estar más cerca de los cuarenta que de los treinta, pero sus mejillas eran tan sonrosadas y sus ojos tan alegres que todavía daba la impresión de ser un muchacho regordete y travieso.

—Qué contento estoy de que hayan venido —dijo estrechándonos las manos efusivamente—. Percy ha estado toda la mañana preguntando por ustedes. Ah, pobre muchacho, ¡se aferra a un clavo ardiendo! Sus padres me pidieron que les recibiese yo, puesto que para ellos la sola mención del asunto resulta extremadamente dolorosa.

---

29 Holmes se calificó a sí mismo de igual manera en *Los hacendados de Reigate. Stormy petrel of crime* en el original, cuya traducción literal sería «El petrel de las tormentas del crimen» *[N. de la T.]*.

—Aún no tenemos los detalles —señaló Holmes—. Veo que no es usted miembro de la familia.

Nuestro anfitrión pareció sorprendido y, entonces, bajando la vista, empezó a reír.

—Ah, claro, ha visto las siglas J. H. de mi medallón —dijo—. Por un momento he creído que había hecho usted algo inteligente. Me llamo Joseph Harrison y Percy va a casarse con mi hermana Annie, seremos parientes políticos. Encontrará a mi hermana en su habitación; ha estado al pie de su cama estos dos meses. Será mejor que entremos ya, sé lo impaciente que es.

La estancia en la que entramos estaba en el mismo piso que el salón. En parte estaba amueblada como sala de estar y en parte como dormitorio, con jarrones de flores dispuestos con un gusto exquisito en cada rincón de la habitación. Un joven muy pálido y demacrado estaba acostado en un sofá cerca de la ventana abierta, a través de la cual entraban el agradable aroma del jardín y la suave brisa del verano. Una mujer que estaba sentada junto a él se levantó cuando entramos.

—¿Me retiro, Percy? —preguntó.

Él aferró sus manos para detenerla.

—¿Cómo está usted, Watson? —dijo cordialmente—. Jamás le hubiese reconocido con ese bigote, y me atrevo a decir que usted no podría jurar que la persona que está viendo soy yo. Supongo que éste es su célebre amigo, el señor Sherlock Holmes.

Les presenté con pocas palabras y nos sentamos. El joven robusto se retiró, pero su hermana se quedó con nosotros, con su mano entre las del inválido. Era una mujer de una belleza impactante, un poco baja y gruesa, pero con unos hermosos rasgos aceitunados, grandes ojos italianos y una espesa cabellera de un negro oscurísimo. El colorido de su tez hacía que el pálido rostro de su acompañante pareciera aún más demacrado y ojeroso en comparación.

—No les haré perder el tiempo —dijo irguiéndose en el sofá—. Entraré en el asunto sin más preámbulos. Yo era un hombre feliz y de éxito, señor Holmes, a punto de casarme, cuando una repentina y espantosa desgracia arruinó todos mis planes de futuro.

»Como ya le habrá contado Watson, yo trabajaba en el Foreign Office y, gracias a la influencia de mi tío, lord Holdhurst, enseguida ascendí a una posición de responsabilidad. Cuando mi tío llegó a ministro de Asuntos Exteriores durante esta Administración, me encargó varias misiones delicadas que siempre resolví con éxito, hasta que llegó a tener la máxima confianza en mi capacidad y diplomacia.

»Hace aproximadamente unas diez semanas —para ser más preciso, el 23 de mayo— me llamó a su despacho privado y, tras felicitarme por el buen trabajo que había llevado a cabo, me informó de que tenía otra misión de confianza para mí.

»—Esto —dijo extrayendo un rollo de papel gris de su escritorio— es el tratado secreto original entre Inglaterra e Italia del cual, lamento decir, han llegado rumores a la prensa. Es de una importancia fundamental que no se filtre más información sobre el asunto. Las embajadas rusas y francesas pagarían una suma inmensa por conocer el contenido de estos documentos. No deberían salir de mi despacho, pero resulta absolutamente necesario obtener una copia de los mismos. ¿Tienes un escritorio en tu oficina?

»—Sí, señor.

»—Entonces llévate el tratado y guárdalo bajo llave. Daré instrucciones para que tengas que quedarte cuando se marchen los otros, para que puedas hacerlo a tus anchas, sin el temor de que alguien te esté vigilando. Cuando hayas acabado, vuelve a guardar tanto el original como la copia en el escritorio y entrégamelos personalmente mañana por la mañana.

»Tomé los documentos y...

—Discúlpeme un momento —dijo Holmes—. ¿Estaban ustedes solos en el transcurso de esta conversación?

—Completamente solos.

—¿Era una sala grande?

—Treinta pies de ancho y treinta de largo.

—¿Estaban ustedes en el centro?

—Sí, más o menos.

—¿Hablaban bajo?

—La voz de mi tío siempre es notablemente baja. Yo apenas hablé.

—Gracias —dijo Holmes cerrando los ojos—; por favor, continúe.

—Hice exactamente lo que se me había ordenado y esperé hasta que los otros oficinistas se hubieran marchado. Uno de ellos, con el que compartía el despacho, Charles Gorot, tenía que ponerse al día con algo de trabajo atrasado, así que le dejé allí y salí a cenar. Cuando volví se había ido. Quería terminar lo antes posible mi trabajo, porque sabía que Joseph, el señor Harrison, al que acaban de conocer, estaba en la ciudad y vendría a Woking en el tren de las once en punto de la noche, y quería tomarlo también, si me era posible.

»Cuando llegó el momento de examinar el tratado, me di cuenta enseguida de que mi tío no había exagerado acerca de su importancia. Sin entrar en detalles, puedo afirmar que definía la postura de Gran Bretaña ante la Triple Alianza y anticipaba la política que seguiría este país en caso de que la flota francesa adquiriera una posición de dominio sobre Italia en el Mediterráneo. Las cuestiones que se trataban en él eran de índole puramente naval. Al final figuraban las rúbricas de los importantes dignatarios que lo habían firmado. Le eché un vistazo y me dediqué a la tarea de copiarlo.

»Era un documento largo, escrito en francés, que contenía treinta y seis artículos diferentes. Lo copié tan rápido como pude, pero a las nueve de la noche sólo había acabado nueve artículos y perdí las esperanzas de poder tomar el tren. Me sentí cansado y estúpido, en parte por la cena y en parte por los efectos de un largo día de trabajo. Una taza de café me despejaría. Hay un portero que se queda toda la noche en una garita al pie de las escaleras y que tiene la costumbre de preparar café en un infernillo de alcohol para los funcionarios que se quedan haciendo horas extraordinarias. Así que toqué el timbre para que viniera.

»Para mi sorpresa, una mujer respondió a la llamada; se trataba de una mujer alta, de rostro agrio y entrada en años, ataviada con un delantal. Me explicó que era la esposa del portero, que hacía la limpieza,[30] y le pedí el café.

»Copié dos artículos más y luego, sintiéndome más somnoliento que nunca, me levanté y caminé arriba y abajo por la habitación para estirar las

30 En el original, *the charing [N. de la T.].*

piernas. Todavía no había llegado mi café y me pregunté cuál sería la causa del retraso. Abrí la puerta y salí por el pasillo con intención de averiguarlo. La única salida del despacho en el que estaba trabajando es un pasillo recto y mal iluminado. Termina en una escalera curva que conduce a otro pasillo, donde se encuentra la garita del portero. A mitad de esta escalera hay un pequeño descansillo, del que surge otro pasillo en ángulo recto. Este segundo pasillo conduce a una pequeña escalera que lleva a la calle a través de una puerta de servicio para los sirvientes y que los oficinistas emplean como atajo cuando vienen de Charles Street. Aquí tienen un esquema del lugar.

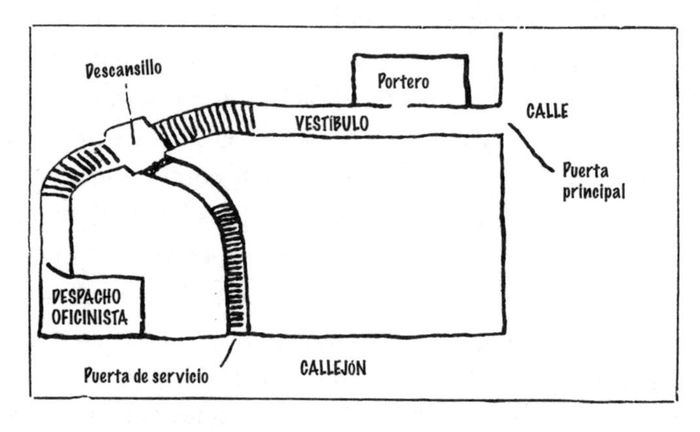

—Gracias. Creo que le sigo bastante bien —dijo Sherlock Holmes.

—Es de la mayor importancia que tenga en cuenta este detalle. Bajé por las escaleras al vestíbulo, donde me encontré al portero profundamente dormido en su garita; el agua hervía furiosamente en el infernillo, salpicando todo el suelo. Entonces extendí la mano y estaba a punto de darle una sacudida para despertar al hombre, que seguía plácidamente dormido, cuando una de las campanillas situadas sobre su cabeza sonó con fuerza y se despertó de un respingo.

»—¡Señor Phelps, señor! —dijo mirándome atónito.

»—Vine a ver si ya me había preparado el café.

»—Estaba hirviendo el agua cuando me dormí, señor. —Me miró y luego alzó la vista hacia la campanilla, que todavía seguía sonando, y su asombro iba en aumento.

»—Señor, si está usted aquí, ¿quién ha hecho sonar la campanilla? —preguntó.

»—¡La campanilla! —exclamé—. ¿Qué campanilla está sonando?

»—Es la campanilla de la oficina donde se encontraba usted trabajando.

»Me pareció que una mano fría me aferraba el corazón. Entonces alguien estaba en aquella habitación donde mi precioso tratado permanecía todavía sobre la mesa. Subí frenéticamente la escalera y corrí por el pasillo. No había nadie en el pasillo, señor Holmes. No había nadie en la oficina. Todo estaba exactamente igual como lo dejé, salvo que alguien se había llevado los documentos que se me habían confiado del escritorio. La copia estaba allí y el original del tratado había desaparecido.

Holmes se irguió en la silla frotándose las manos. Supe que el caso le había entusiasmado.

—Por favor, dígame qué hizo usted entonces —murmuró.

—Me di cuenta enseguida de que el ladrón debía haber subido las escaleras después de entrar por la puerta lateral. En caso contrario, si hubiese venido por el otro lado, nos habríamos encontrado por el camino.

—¿Está usted convencido de que no podría haber permanecido escondido en la oficina o en el pasillo que acaba de describir como mal iluminado?

—Es absolutamente imposible. Ni siquiera una rata podría esconderse en la oficina o el pasillo. No hay escondite posible.

—Gracias. Por favor, prosiga.

—El portero, viendo por la palidez de mi rostro que algo había que temer, me había seguido escaleras arriba. Los dos echamos a correr por el pasillo y bajamos las escaleras que llevaban a Charles Street. La puerta que había al pie de la escalera estaba cerrada, pero la llave no estaba echada. La abrimos de par en par y salimos corriendo. Recuerdo claramente que cuando salimos pude oír tres tañidos de una iglesia vecina. Eran las diez menos cuarto.

—Ese dato es de gran importancia —dijo Holmes anotándolo en el puño de su camisa.

—La noche era muy oscura y caía una lluvia fina y cálida. No había nadie en Charles Street, pero al fondo, en Whitehall, el tráfico era muy denso, como siempre. Corrimos hasta el final de la calle, sin que nos importara ir sin el sombrero, y en la esquina opuesta encontramos a un policía.

»—¡Se ha cometido un robo! —jadeé—. Se ha robado del Foreign Office un documento de incalculable valor. ¿Ha pasado alguien por aquí?

»—Llevo aquí un cuarto de hora, señor, y la única persona que ha pasado ha sido una mujer alta, entrada en años, que llevaba un chal de cachemira.

»—Ah, ésa es mi mujer —exclamó el portero—; ¿no ha pasado nadie más?

»—Nadie.

»—Entonces el ladrón debió irse en dirección contraria —exclamó el tipo tirándome de la manga.

»Pero no me quedé satisfecho, y sus intentos de llevarme en aquella dirección levantaron mis sospechas.

»—¿Por dónde se fue la mujer? —pregunté.

»—No lo sé, señor. La vi pasar, pero no tenía ninguna razón para fijarme en ella. Parecía que llevaba prisa.

»—¿Cuánto tiempo hace de esto?

»—Oh, no hace mucho rato.

»—¿Durante los últimos cinco minutos?

»—Sí, no pueden haber pasado más de cinco minutos.

»—Está perdiendo el tiempo, señor, y ahora cada minuto es vital —exclamó el portero—; le doy mi palabra de que mi mujer no tiene nada que ver con esto; acompáñeme al otro extremo de la calle. Bien, si no quiere, iré yo.

—Dicho esto, corrió en dirección opuesta.

»Pero al cabo de un momento le alcancé y le así del brazo.

»—¿Dónde vive usted? —dije.

»—En el 16 de Ivy Lane, en Brixton —respondió—. Pero no se deje llevar por el rastro equivocado, señor Phelps. Venga al otro extremo de la calle y veamos si podemos averiguar algo.

»No se perdía nada por seguir su consejo. Acompañados por el policía, nos apresuramos calle abajo, pero sólo para encontrar otra calle rebosante de tráfico, mucha gente yendo y viniendo, apresurándose, deseosos de encontrar un lugar donde guarecerse en una noche lluviosa. No había nadie que pudiese decirnos si alguien había pasado por allí.

»Así que volvimos a la oficina y buscamos por las escaleras y el pasillo sin ningún resultado. El corredor que llevaba a la habitación estaba cubierto por una especie de linóleo color crema en el que las huellas quedan impresas fácilmente. Lo examinamos con sumo cuidado, pero no encontramos rastro de ninguna pisada.

—¿Había llovido toda la tarde?

—Desde las siete.

—Entonces, ¿cómo es que la mujer, que entró en la habitación sobre las nueve de la noche, no dejó ninguna huella de sus botas embarradas?

—Me alegra que traiga a colación ese detalle. A mí también se me ocurrió en aquel momento. Las mujeres de la limpieza tienen la costumbre de quitarse las botas en la oficina del portero y ponerse zapatillas de trapo.[31]

—Eso ha quedado muy claro. Entonces, aunque había llovido, no había huellas. Los hechos son, ciertamente, de un interés extraordinario. ¿Qué hizo usted a continuación?

—Examinamos la oficina. No existía la posibilidad de que hubiera una puerta secreta, y las ventanas están situadas a unos treinta pies sobre el suelo. Ambas estaban cerradas por dentro. La alfombra evitaba la posibilidad de que alguien hubiese entrado por una trampilla y el techo está encalado sin más. Apostaría mi vida a que quien robó mis documentos sólo pudo entrar por la puerta.

—¿Qué me dice de la chimenea?

—No hay. Usamos una estufa. La cuerda de la campanilla cuelga del cable, justo a la derecha de mi escritorio. Quienquiera que la hiciese sonar tuvo que venir al escritorio para hacerlo. Pero ¿por qué el criminal querría hacer sonar la campanilla? Es un misterio incomprensible.

—Desde luego, no es lo habitual. ¿Qué medidas tomó después? Imagino que examinó la habitación para comprobar si el intruso había dejado algún rastro, alguna colilla de cigarro o un guante olvidado o una horquilla para el pelo o similar.

—No había nada de eso.

---

31 *List slippers* en el original *[N. de la T.].*

—¿Ningún olor?

—Bueno, no se nos ocurrió fijarnos en eso.

—Ah, un olor a tabaco nos habría sido de gran utilidad en una investigación así.

—Yo no fumo, así que creo que me hubiese dado cuenta si hubiera olido a tabaco. No había ninguna pista de ningún tipo. El único hecho tangible era que la esposa del portero, la señora Tangey, había salido apresuradamente del edificio. Él no dio ninguna explicación a este hecho, salvo que ésa era la hora en la que la mujer solía volver a casa. El policía y yo estuvimos de acuerdo en que lo mejor que podíamos hacer era atrapar a la mujer antes de que pudiera librarse de los documentos, si es que era ella quien los tenía.

»A esas alturas, la alarma había llegado a Scotland Yard, y el señor Forbes, el detective, vino enseguida y se hizo cargo del caso con gran energía. Alquilamos un cabriolé y en media hora llegamos a la dirección que me habían dado. Abrió la puerta una joven, que resultó ser la hija mayor de la señora Tangey. Su madre no había vuelto aún y nos hizo pasar a la entrada para esperar.

»Unos diez minutos después se oyó llamar a la puerta, y aquí cometimos un grave error del cual soy responsable. En vez de abrir nosotros mismos, dejamos que la chica lo hiciera. Oímos cómo decía: "Madre, hay dos hombres en casa esperándote", y un momento después oímos el ruido de pisadas corriendo pasillo abajo. Forbes abrió la puerta de par en par y ambos corrimos hacia la habitación del fondo, o cocina, pero la mujer se nos había adelantado. Nos miró con ojos desafiantes y entonces, al reconocerme, en su rostro se dibujó una expresión de absoluto asombro.

»—¡Pero si es el señor Phelps, de la oficina! —exclamó.

»—Vamos, vamos, ¿quiénes pensó que éramos cuando salió corriendo al saber que estábamos aquí? —preguntó mi acompañante.

»—Pensé que eran ustedes cobradores[32] —dijo ella—. Hemos tenido algunos problemas con un comerciante.

---

32 *Repo men* en la nota original. Un término de jerga que denomina a aquellos que se encargan de recuperar objetos que se han ofrecido como garantía de un préstamo. Es una abreviatura de *repossession man [N. de la T.]*.

»—No es motivo suficiente —respondió Forbes—. Tenemos razones para creer que usted se ha llevado unos papeles importantes del Foreign Office y que salió corriendo para deshacerse de ellos. Debe venir a Scotland Yard para ser cacheada.

»Protestó y se resistió en vano. Trajeron un cuatro ruedas y volvimos los tres en él. Antes habíamos examinado la cocina, especialmente el fuego, por si se había librado de los documentos mientras estuvo sola. Sin embargo, no había indicios de restos o cenizas de papel. Cuando llegamos a Scotland Yard, la pusieron en manos de una agente femenina para que la registrase. Esperé angustiosamente hasta que la agente volvió con la información. No había rastro de los documentos.

»Entonces, por primera vez fui plenamente consciente de mi terrible situación. Hasta entonces no había parado ni un momento, y todo este trajín me había atontado. Estaba tan seguro de que enseguida iba a recuperar el tratado que no me atreví a considerar las consecuencias si no lo lograba. Pero ya no podía hacer nada más y tuve tiempo para pensar en la situación en la que me encontraba. Era terrible. Watson le podrá decir que en el colegio yo era un muchacho nervioso y sensible. Es mi naturaleza. Pensé en mi tío y sus colegas en el gabinete ministerial, en la vergüenza que tendría que pasar por mi culpa, en la que pasaríamos yo y todos los que estuviesen relacionados conmigo. ¿Qué importaba que yo fuese la víctima de un extraordinario accidente? No hay lugar para los accidentes cuando los intereses diplomáticos están en juego. Estaba arruinado, vergonzosa y desesperadamente arruinado. No sé lo que hice. Me temo que monté una escena. Tengo un vago recuerdo de un grupo de policías rodeándome, intentando calmarme. Uno de ellos vino conmigo a Waterloo y me metió en el tren a Woking. Creo que me hubiera acompañado todo el trayecto, de no ser porque el doctor Ferrier, que vive aquí al lado, venía en ese mismo tren. El doctor se ocupó amablemente de mí, y fue una suerte que lo hiciese, puesto que tuve un ataque en la estación, y antes de que llegar a casa me había convertido ya en un maníaco delirante.

»Podrá imaginar cómo fueron las cosas aquí, cuando el doctor llamó a la puerta, levantando a todos de la cama, y me encontraron en aquel estado.

A la pobre Annie aquí presente y a mi madre se les rompió el corazón. El detective le había dicho al doctor Ferrier lo suficiente como para que pudiera contarles lo que había sucedido, y su historia no apaciguó mucho las cosas. Era evidente que me esperaba una larga enfermedad, así que desalojaron a Joseph de este alegre cuarto y lo convirtieron en una habitación para mí. Aquí he permanecido más de nueve semanas, señor Holmes, inconsciente y delirando por la fiebre cerebral. Si no hubiese sido por la señorita Harrison y los cuidados del doctor, ahora mismo no estaría hablando con usted. Ella me ha cuidado durante el día, y se contrató a una enfermera para que me cuidase por la noche, puesto que en mis arrebatos de locura era capaz de todo. Lentamente he recobrado la razón, pero sólo durante estos tres últimos días he vuelto a recuperado la memoria. A veces desearía no haberla recuperado nunca. Lo primero que hice fue telegrafiar al señor Forbes, en cuyas manos estaba el caso. Vino a verme y me aseguró que, a pesar de que se había hecho todo lo posible, no se había encontrado ninguna pista. El portero y su esposa habían sido investigados de todas las formas posibles, sin que ello arrojase ninguna luz sobre el asunto. Las sospechas de la policía habían caído sobre el joven Gorot, quien, como recordarán, se había quedado a trabajar en la oficina aquella noche. El haberse quedado y su nombre de origen francés eran en realidad los únicos detalles que podían levantar sospechas; pero, de hecho, no me puse a trabajar hasta que ya se había ido, y su familia es de origen hugonote, pero tan ingleses de sentimiento y tradición como lo somos usted o yo. No se encontró nada que pudiese implicarle de ninguna de las maneras y ahí quedó la cosa. Me dirijo a usted, señor Holmes, puesto que es mi última esperanza. Si me falla, perderé para siempre mi honor y mi posición.

El inválido volvió a hundirse en los cojines, agotado por su largo monólogo, y su enfermera le sirvió un vaso de algún tipo de estimulante. Holmes permaneció sentado en silencio, con la cabeza echada hacia atrás y los ojos cerrados, en una actitud que a un extraño le podía parecer apática, pero que yo sabía que denotaba la más intensa introspección.

—Su declaración ha sido tan minuciosa —dijo al fin— que tengo muy pocas preguntas que hacerle. Sin embargo, tengo una cuestión que resulta de la mayor importancia. ¿Le dijo a alguien que tenía que llevar a cabo esta importante tarea?

—A nadie.

—¿Ni a la señorita Harrison, por ejemplo?

—No. No volví a Woking en el espacio de tiempo que transcurrió entre el momento de recibir el encargo y el momento de llevarlo a cabo.

—¿Y ninguno de sus familiares o amigos había ido por casualidad a verle?

—No.

—¿Sabía alguno de ellos el camino que había que tomar para llegar a su oficina?

—Oh, sí, se lo había enseñado a todos ellos.

—Aun así, por supuesto, si no le había dicho nada a nadie sobre la importancia del tratado, estas pesquisas son irrelevantes.

—No dije nada.

—¿Sabe algo del portero?

—Nada, excepto que es un soldado retirado.

—¿De qué regimiento?

—Oh, me parece que de... los Coldstream Guards.

—Gracias. No me cabe duda de que Forbes me facilitará los detalles. Las autoridades son magníficas recopilando datos, aunque no siempre saben emplearlos. ¡Qué hermosas son las rosas!

Fue detrás del diván hasta la ventana abierta y, tomando en su mano el tallo inclinado de una flor de rosal musgoso, contempló la exquisita mezcla de las tonalidades carmesí y verde. Este aspecto de su carácter era nuevo para mí, puesto que nunca antes le había visto demostrar ningún interés por los elementos de la naturaleza.

—No hay nada donde la deducción sea tan necesaria como en la religión —dijo recostándose sobre las contraventanas—. Un razonador puede convertirla en una ciencia exacta. Siempre me ha parecido que la prueba definitiva de la bondad de la Providencia reside en las flores. Todo lo demás, nuestras capacidades, nuestros deseos, nuestra comida, son todos ellos completamente necesarios para nuestra existencia. Pero esta rosa es un obsequio. Su olor y su colorido embellecen la existencia, no son una condición de ésta. Sólo la bondad da obsequios y, por tanto, repito, tenemos mucho que esperar de las flores.

Durante este discurso, Percy Phelps y su enfermera miraron a Holmes con sorpresa y cierta decepción dibujadas en sus rostros. Holmes se había quedado ensimismado con la rosa entre los dedos. Permaneció así durante unos minutos, hasta que la joven le interrumpió.

—¿Cree que podrá resolver este misterio, señor Holmes? —preguntó con cierta aspereza en el tono de su voz.

—¡Ah, el misterio! —respondió él, regresando con un respingo a las realidades de la vida—. Bien, sería absurdo negar que se trata de un caso impenetrable y complicado, pero puedo prometerle que investigaré el asunto y les haré saber cualquier detalle que me llame la atención.

—¿Ve alguna pista?

—Me ha proporcionado siete, pero, por supuesto, debo comprobarlas antes de pronunciarme sobre ellas.

—¿Sospecha de alguien?

—Sospecho de mí.

—¿Qué?

—De precipitarme a la hora de llegar a una conclusión.

—Entonces vuelva a Londres y compruebe sus conclusiones.

—Su consejo es excelente, señorita Harrison —dijo Holmes levantándose—. Creo, Watson, que no podemos hacer nada mejor. No se deje llevar por falsas esperanzas, señor Phelps, el asunto es muy complicado.

—Seré presa de la fiebre hasta que les vuelva a ver —dijo el diplomático.

—Bien, volveré mañana a la misma hora. Aunque es más que probable que mi informe sea negativo.

—Dios le bendiga por prometer que volverá —exclamó nuestro cliente—. Me anima saber que algo se está haciendo. Por cierto, he recibido una carta de lord Holdhurst.

—¡Ajá! ¿Qué decía?

—Se mostraba frío, pero no severo. Me atrevo a decir que dicha consideración se debe a mi grave enfermedad. Repitió que se trataba de un asunto de la mayor importancia y añadió que no se tomarían medidas respecto a mi futuro (se refiere, por supuesto, a mi destitución) hasta que recupere la salud y tenga la oportunidad de reparar mi infortunio.

—Bien, parece razonable y considerado —dijo Holmes—. Venga, Watson, nos espera un largo día de trabajo en la ciudad.

El señor Joseph Harrison nos llevó a la estación y pronto estuvimos inmersos en el rápido traqueteo de un tren que venía de Portsmouth. Holmes se encontraba sumido en profundos pensamientos y no abrió la boca hasta que pasamos Clapham Junction.

—Alegra la vista llegar a Londres por uno de estos trayectos que permite mirar las casas desde lo alto.

Creí que bromeaba, pues la vista era muy sórdida, pero pronto se explicó.

—Mire esos edificios grandes y aislados surgiendo por encima de los tejados de pizarra, como islas de ladrillo en un mar de plomo.

—Son los internados.

—¡Son guías, muchacho! ¡Faros del futuro! Cápsulas que contienen cientos de brillantes semillas cada una, de las cuales surgirán los ciudadanos del mañana, ingleses mejores y más inteligentes. Supongo que este hombre, Phelps, no será aficionado a la bebida.

—No lo creo.

—Ni yo, pero debemos tener en cuenta cualquier posibilidad. Desde luego, el pobre diablo se ha metido en un buen lío, y la cuestión es si podremos sacarlo a flote. ¿Qué opina de la señorita Harrison?

—Es una muchacha de carácter fuerte.

—Sí, pero se trata de una muchacha bastante sensata, si no me equivoco. Tanto ella como su hermano son los únicos hijos del dueño de unos altos hornos de hierro en algún lugar cerca de Northumberland. Se comprometieron cuando Phelps viajó por allí el pasado invierno y ella vino después a conocer a la familia, trayendo a su hermano como escolta. Entonces aconteció esta desgracia y ella se quedó a cuidar a su amado, y su hermano Joseph, encontrándose bastante cómodo, se quedó también. Como ve, ya he realizado algunas pesquisas por mi cuenta. Pero hoy ha de ser un día repleto de ellas.

—Mi consulta… —empecé a decir.

—Oh, si le parece que sus casos son más interesantes que los míos… —dijo Holmes con cierta aspereza.

—Iba a decir que mi clientela puede ir tirando sin mí durante un par de días, puesto que ésta es la época más tranquila del año.

—Excelente —dijo recuperando su buen humor—. Entonces investigaremos el asunto juntos. Creo que debemos empezar visitando a Forbes. Probablemente nos podrá facilitar todos los detalles que necesitamos hasta que sepamos por dónde hemos de abordar el asunto.

—¿No dijo que tenía una pista?

—Bien, tenemos varias, pero sólo podemos comprobar su utilidad mediante una investigación posterior. El delito más difícil de perseguir es aquel que carece de finalidad. Ahora bien, éste sí que tiene un propósito. ¿A quién beneficia? Están el embajador francés y el ruso, está quien quiera vendérselo a uno u a otro y está lord Holdhurst.

—¡Lord Holdhurst!

—Bueno, es plausible que el ministro se encuentre en una situación en la que no le importe que dicho documento se destruya accidentalmente.

—Pero no un ministro con un historial tan honorable como el de lord Holdhurst.

—Es una posibilidad que no podemos permitirnos descartar. Hoy visitaremos al noble lord y descubriremos si nos puede contar algo. Mientras tanto, ya he puesto en marcha algunas investigaciones.

—¿Ya?

—Sí, envié telegramas desde Woking a todos los periódicos vespertinos de Londres. Este anuncio aparecerá en todos ellos.

Me tendió una hoja de papel arrancada de su cuaderno de notas. En ella aparecía escrito a lápiz:

> Se ofrece una recompensa de diez libras a quien pueda proporcionar información sobre el número del coche del que se apeó un pasajero en la puerta, o alrededores, del Foreign Office en Charles Street a las diez menos cuarto de la noche del 23 de mayo. Diríjanse al 221B de Baker Street.

—¿Cree que el ladrón alquiló un coche?

—Si no es así, tampoco nos perjudica. Pero si el señor Phelps está en lo cierto al afirmar que no hay escondite posible ni en la oficina ni en los pasillos, entonces la persona debió venir del exterior. Y si vino del exterior durante una noche tan lluviosa como aquélla y no dejó rastro de humedad en el linóleo, que fue examinado pocos minutos después de que pasara por allí, entonces hay una probabilidad muy alta de que llegase en un coche. Sí, creo que podemos afirmar con seguridad que se trata de un coche de alquiler.

—Parece plausible.

—Ésa es una de las pistas que mencioné. Puede llevarnos a algo. Y, por supuesto, está el asunto de la campanilla, que es el aspecto más particular del caso. ¿Por qué sonó la campanilla? ¿Fue una fanfarronada del ladrón? ¿O lo hizo alguien que estaba con el ladrón para evitar el robo? ¿O fue un accidente? ¿O fue...? —Volvió a sumirse en las intensas y silenciosas cavilaciones que había interrumpido, pero me pareció, acostumbrado como estaba a sus estados de humor, que se le había ocurrido una nueva posibilidad.

Eran las tres y veinte cuando llegamos a nuestra terminal y, después de un breve almuerzo en la cantina, nos pusimos rápidamente en camino a Scotland Yard. Holmes ya había telegrafiado a Forbes y lo encontramos esperándonos: era un hombre pequeño de aspecto zorruno con una expresión angulosa pero nada amable. Su actitud hacia nosotros fue tremendamente seca, especialmente cuando supo el motivo que nos había llevado hasta allí.

—Ya he oído hablar de sus métodos con anterioridad, señor Holmes —dijo agriamente—. Está dispuesto a emplear toda la información que la policía ponga a su disposición para luego resolver el caso usted por su cuenta y acabar por desacreditarnos a nosotros.

—Al contrario —dijo Holmes—; de los últimos cincuenta y tres casos de los que me he ocupado, mi nombre sólo ha aparecido en cuatro, y la policía se ha llevado el mérito de los otros cuarenta y nueve. No le culpo por desconocer este hecho, puesto que es usted joven e inexperto, pero si desea progresar en su nuevo puesto, trabajará conmigo en vez de contra mí.

—Me vendría bien un poco de ayuda —dijo el detective modificando su actitud—. Hasta ahora no he avanzado nada en este caso.

—¿Qué pasos ha dado usted?

—Hemos seguido a Tangey, el portero. Dejó el regimiento con un buen informe sobre su conducta y no podemos encontrar nada en su contra. Su mujer no es trigo limpio, sin embargo. Me parece que sabe más del asunto de lo que parece.

—¿La ha hecho seguir?

—Tenemos a una de nuestras agentes femeninas tras ella. La señora Tangey bebe, y nuestra agente ha hablado con ella un par de veces en las que estaba algo borracha, pero no pudo sonsacarle nada.

—Me parece que fueron a su casa agentes de embargos.

—Sí, pero les pagaron.

—¿De dónde salió el dinero?

—Estaba todo en orden. Les debían la pensión de él. No había ninguna señal de que hubieran recibido de repente una gran cantidad de dinero.

—¿Qué explicación le dio al hecho de que acudiera ella cuando el señor Phelps llamó pidiendo café?

—Dijo que su marido se encontraba muy cansado y que quería darle un respiro.

—Bien, eso concuerda con el hecho de que se le encontró más tarde dormido en su silla. No hay nada contra ellos, excepto el carácter de la mujer. ¿Le preguntó usted por qué iba tan apresurada aquella noche? Sus prisas atrajeron la atención de un agente de policía.

—Era más tarde de lo habitual y quería llegar a casa.

—¿Le hizo ver que usted y el señor Phelps, quienes salieron veinte minutos más tarde, llegaron antes que ella a su casa?

—Lo explica por la diferencia entre el ómnibus y el cabriolé.

—¿Hizo alguna aclaración de por qué, cuando llegó a casa, se fue corriendo a la cocina?

—Dijo que allí tenía el dinero con el cual saldar la deuda de los embargos.

—Al menos tiene respuesta para todo. ¿Le preguntó si al marcharse se topó o vio a alguien rondando por Charles Street?

—No vio a nadie salvo al policía.

—Bien, parece que la ha interrogado a conciencia. ¿Qué más ha hecho?

—Hemos seguido al oficinista Gorot durante todas estas nueve semanas, pero sin resultado. No tenemos nada en contra de él.

—¿Algo más?

—Bueno, no tenemos ninguna línea de investigación más, ni pruebas de ninguna clase.

—¿Tiene alguna idea de por qué sonó la campanilla?

—Debo confesar que es un detalle que me supera. Quienquiera que fuese tenía una gran sangre fría para dar la alarma así, sin más.

—Sí, es algo muy extraño. Muchas gracias por lo que me ha contado. Si puedo poner al criminal en sus manos tendrá noticias mías. Venga, Watson.

—¿Adónde vamos ahora? —pregunté cuando salimos de la oficina.

—Vamos a entrevistarnos con lord Holdhurst, el ministro de Exteriores y futuro primer ministro de Inglaterra.

Tuvimos la suerte de que lord Holdhurst aún estaba en sus habitaciones de Downing Street, y nada más presentar Holmes su tarjeta de visita se nos hizo pasar. El estadista nos recibió con la cortesía un poco pasada de moda que le era característica y nos hizo tomar asiento en dos lujosos y cómodos sillones a ambos lados de la chimenea. Estando de pie en la alfombra que se extendía entre nosotros, con su delgada y alta figura, su rostro anguloso y pensativo y su cabello rizado y prematuramente cano, parecía representar el ejemplo, ya no tan común, del aristócrata que es aristócrata de verdad.

—Su nombre me resulta muy familiar, señor Holmes —dijo sonriendo—. Y por supuesto no voy a fingir que desconozco el objeto de su visita. Sólo ha acontecido un suceso en estas oficinas que haya podido llamar su atención. ¿Puedo preguntarle en nombre de quién trabaja usted?

—En el del señor Percy Phelps —respondió Holmes.

—¡Ah, mi desafortunado sobrino! Sin duda entenderá que, dada nuestra relación de parentesco, me resulta imposible protegerle de ninguna manera. Me temo que el asunto tendrá un efecto muy perjudicial para su carrera.

—Pero ¿y si encontramos el documento?

—Ah, por supuesto, en ese caso sería diferente.

—Tengo un par de preguntas que me gustaría hacerle, lord Holdhurst.

—Será un placer proporcionarle toda la información de la que dispongo.

—¿Fue en esta habitación donde le dio las instrucciones para la copia del documento?

—Así es.

—Entonces difícilmente pudo alguien escuchar su conversación.

—Sin duda alguna.

—¿Le comentó a alguien que tenía la intención de entregarle el tratado a su sobrino para proceder a su copia?

—No, a nadie.

—¿Está seguro de ello?

—Completamente.

—Bien, puesto que usted no lo dijo, y el señor Phelps no lo dijo, y nadie más sabía nada del asunto, entonces la aparición del ladrón en la oficina fue pura casualidad. Vio su oportunidad y la aprovechó.

El hombre de Estado sonrió.

—Eso ya no entra dentro de mis competencias —dijo.

Holmes se quedó pensativo un momento.

—Hay otro detalle importante que me gustaría preguntarle —dijo—. Según tengo entendido, usted temía las graves consecuencias que acarrearía el hecho de que el tratado saliera a la luz.

Una sombra pasó sobre el expresivo rostro del ministro.

—Unas graves consecuencias, sin duda.

—Esas consecuencias, ¿se han producido ya?

—Todavía no.

—Si el tratado hubiera llegado, pongamos por caso, a los ministerios de Asuntos Exteriores francés o ruso, ¿lo sabría usted?

—Sí, lo sabría —dijo lord Holdhurst con una expresión de disgusto.

—Puesto que han transcurrido casi diez semanas y todavía no se sabe nada, ¿no es razonable suponer que, por alguna razón, el tratado no les ha sido entregado?

Lord Holdhurst se encogió de hombros.

—Es absurdo suponer, señor Holmes, que el ladrón se llevó el tratado para enmarcarlo y colgarlo de la pared.

—Quizá está esperando a venderlo a un precio mejor.

—Si espera un poco más, no podrá venderlo. El tratado dejará de ser secreto en unos meses.

—Eso es muy importante —dijo Holmes—. Por supuesto es posible que el ladrón haya sufrido una repentina enfermedad.

—¿Un ataque de fiebre cerebral, por ejemplo? —preguntó el hombre de Estado lanzándole una rápida mirada.

—Yo no he dicho eso —dijo Holmes imperturbable—. Bueno, lord Holdhurst, ya le hemos robado mucho de su valioso tiempo, le deseamos que tenga usted un buen día.

—Le deseo suerte en su investigación, sea quien sea el criminal —respondió el noble caballero, y nos despidió con una reverencia.

—Es un buen tipo —dijo Holmes cuando salimos a Whitehall—. Pero tiene enormes dificultades para mantener su elevada posición. Está lejos de ser rico y tiene muchos gastos. Por supuesto, habrá notado que sus botas han sido reparadas con medias suelas. Bueno, Watson, no quiero mantenerlo alejado de su trabajo por más tiempo. Hoy no voy a hacer nada más, no hasta que alguien responda al anuncio que puse en el periódico sobre el coche de alquiler. Pero le estaría muy agradecido si viniera conmigo mañana a Woking; tomaremos el tren a la misma hora que hoy.

Así que me reuní con él a la mañana siguiente y fuimos a Woking juntos. Me dijo que no había recibido respuesta a su anuncio y no había sucedido nada que hubiera arrojado nueva luz sobre el asunto. Adquiría, cuando lo deseaba, la absoluta inexpresividad de un piel roja, y no pude averiguar por su semblante si estaba satisfecho o no con la situación del caso. Recuerdo que hablamos sobre el sistema Bertillon de medidas y que expresó su admiración por el sabio francés.

Encontramos a nuestro cliente a cargo de su devota enfermera, pero con un aspecto mucho mejor que el del día anterior. Se levantó del sofá sin dificultad y nos saludó.

—¿Alguna novedad? —preguntó ansiosamente.

—Mi informe, como esperaba, es negativo —dijo Holmes—. He hablado con Forbes y con su tío, y he iniciado un par de líneas de investigación que pueden llevar a algo.

—¿No ha perdido la esperanza, entonces?

—En absoluto.

—¡Que Dios le bendiga por sus palabras! —exclamó la señorita Harrison—. Si conservamos el valor y la paciencia, la verdad saldrá a la luz.

—Tenemos más noticias, más de las que nos ha traído usted —dijo Phelps sentándose de nuevo en el sofá.

—Esperaba que tuvieran algo que contarme.

—Sí, ayer por la noche tuvimos una pequeña aventura, algo que podría ser grave. —Su expresión se fue haciendo más seria a medida que hablaba, y algo semejante al miedo asomó a sus ojos—. ¿Sabe? —dijo—, estoy empezando a pensar que, sin darme cuenta, soy el centro de una monstruosa conspiración que no sólo tiene como objetivo atentar contra mi honor, sino también contra mi propia vida.

—¡Ah! —exclamó Holmes.

—Parece increíble, porque, por lo que sé, no tengo un solo enemigo. Aun así, dado lo que pasó ayer por la noche, no puedo llegar a otra conclusión.

—Por favor, cuénteme lo que ocurrió.

—Debe usted saber que la noche pasada fue la primera que dormí sin que hubiese una enfermera en la habitación. Me encontraba mucho mejor, así que pensé que podía estar sin ella. A pesar de ello, dejé una lamparita encendida. Bien, sobre las dos de la mañana me había sumido en un ligero sueño cuando un ruidito me despertó de pronto. Era como el sonido que hace un ratón cuando está royendo una tarima del suelo, y permanecí escuchándolo un rato, creyendo que ésa era la causa. Entonces se hizo más fuerte, hasta que de repente vino de la ventana un sonido agudo y metálico.[33] Me senté sorprendido. Ahora ya no había duda sobre la procedencia de aquellos ruidos. Los ruidos más débiles habían sido provocados por alguien que intentaba introducir un instrumento en la ranura que había en el marco, con el objeto de forzarlo, y el sonido metálico lo produjo el pestillo al saltar.

»Se produjo una pausa que duró unos diez minutos, como si quien quería entrar estuviese esperando para comprobar si el ruido me había

---

33 *Snick* en el original, también significa «muesca» *[N. de la T.]*.

despertado. Entonces escuché un leve crujido, mientras abrían la ventana lentamente. No pude soportarlo más, puesto que mis nervios ya no son lo que eran. Salté hacia la ventana y abrí de par en par las celosías. Había un hombre agazapado en la ventana. Apenas pude verle porque salió corriendo al instante. Estaba envuelto en alguna clase de capa que le tapaba la parte inferior del rostro. Sólo estoy seguro de una cosa, y es de que llevaba un arma en la mano. Me pareció que era un cuchillo largo. Pude distinguir el brillo de la hoja cuando se volvió para echar a correr.

—Esto es muy interesante —dijo Holmes—. ¿Y qué hizo usted después?

—Si me hubiese sentido más fuerte, hubiera saltado por la ventana y le hubiese seguido. Lo que hice fue tocar la campanilla y despertar a toda la casa. Me llevó algún tiempo, puesto que la campanilla suena en la cocina y el servicio duerme en el piso de arriba. Pero grité, y eso hizo que Joseph bajara y levantara a los demás. Joseph y el mozo de cuadra encontraron huellas en el macizo de flores que hay junto a la ventana, pero últimamente el tiempo ha sido tan seco que desistieron de seguir el rastro por el césped. No obstante, me han dicho que hay un sitio en la cerca de madera que bordea la carretera que muestra señales de que alguien ha pasado por encima, rompiendo la punta de un listón al hacerlo. Todavía no le he dicho nada a la policía local, porque pensé que sería mejor tener su opinión primero.

El relato de nuestro cliente pareció tener un efecto extraordinario sobre Sherlock Holmes. Se levantó de la silla y se puso a ir y venir por la habitación, presa de una agitación incontrolable.

—Las desgracias nunca vienen solas —dijo Phelps sonriendo, aunque era evidente que su aventura lo había impresionado.

—Desde luego, ya ha sufrido usted lo suyo —dijo Holmes—. ¿Cree que podría venir conmigo a dar una vuelta alrededor de la casa?

—Oh, sí, me gustaría que me diese un poco el sol. Joseph vendrá también.

—Y yo también —dijo la señorita Harrison.

—Me temo que no —dijo Holmes meneando la cabeza—. Creo que debo pedirle que permanezca sentada exactamente donde está.

La joven volvió a sentarse donde estaba con cierto aire de fastidio. Sin embargo, su hermano se unió a nosotros y salimos los cuatro juntos.

Rodeamos el césped hasta llegar a la ventana de la habitación del joven diplomático. Como nos había dicho, había huellas en el macizo de flores, pero eran totalmente borrosas e imprecisas. Holmes se inclinó un momento sobre ellas y volvió a erguirse encogiéndose de hombros.

—No creo que nadie pudiera sacar mucho en claro de esto —dijo—. Demos una vuelta a la casa y veamos por qué el asaltante escogió esta habitación en particular. Yo diría que esas amplias ventanas del salón y el comedor presentaban un mayor atractivo para él.

—Se ven mejor desde la carretera —sugirió el señor Joseph Harrison.

—Sí, desde luego. Aquí hay una puerta por la que podría haber intentado entrar. ¿Para qué es?

—Es una entrada lateral que utilizan nuestros proveedores. Por supuesto, se cierra con llave por la noche.

—¿Habían sufrido alguna vez un incidente similar?

—Nunca —dijo nuestro cliente.

—¿Tienen cubertería de plata en casa o algo que atraiga a un ladrón?

—Nada de valor.

Holmes caminó alrededor de la casa con las manos metidas en los bolsillos y con un aire despreocupado que no era habitual en él.

—Por cierto —le dijo a Joseph Harrison—, tengo entendido que usted encontró un lugar por donde el tipo sorteó la cerca. ¡Echémosle un vistazo!

El obeso joven nos llevó a un lugar donde la punta de uno de los listones de la valla se había roto y de donde colgaba un pequeño fragmento de madera. Holmes tiró de él y lo examinó con una mirada crítica.

—¿Cree usted que esto se produjo la pasada noche? Parece bastante antiguo, ¿no es cierto?

—Bueno, es posible.

—No hay huellas de que alguien saltara desde el otro lado. No, me temo que esto no nos servirá de nada. Volvamos al dormitorio y recapacitemos sobre el asunto.

Percy Phelps caminaba muy lentamente, apoyándose en el brazo de su futuro cuñado. Holmes caminaba rápidamente por el césped y llegamos a la ventana abierta del dormitorio mucho antes que ellos.

—Señorita Harrison —dijo Holmes poniendo el máximo cuidado al dirigirse a ella—, debe quedarse donde está todo el día. Que nada le impida permanecer aquí. Es de la mayor importancia.

—Eso haré, si así lo desea, señor Holmes —dijo la muchacha sorprendida.

—Cuando se vaya a la cama, cierre con llave por fuera y guárdese la llave. Prométame que lo hará.

—¿Y Percy?

—Vendrá a Londres con nosotros.

—¿Y yo tengo que quedarme aquí?

—Es por su seguridad. Puede ser muy útil. ¡Rápido! ¡Prométamelo!

Asintió rápidamente, justo cuando llegaban ellos.

—¿Por qué te quedas ahí tristona, Annie? —exclamó su hermano—. ¡Sal a que te dé el sol!

—No, gracias, Joseph. Me duele un poco la cabeza y esta habitación es deliciosamente fresca y tranquila.

—¿Qué nos propone ahora, señor Holmes? —preguntó nuestro cliente.

—Bien, este incidente no puede desviar nuestra atención del problema principal. Me sería de gran ayuda si pudiese venir a Londres con nosotros.

—¿Ahora mismo?

—Bueno, lo antes posible, sin que ello le suponga un trastorno. Digamos en una hora.

—Creo que me siento con fuerzas suficientes, si es que de verdad puedo serle útil.

—Sería vital.

—¿Tendré que pasar la noche allí?

—Justo iba a proponérselo.

—Entonces, si mi amiguito nocturno vuelve a visitarme, se encontrará con que el pájaro ha volado. Estamos en sus manos, señor Holmes; díganos exactamente lo que quiere que hagamos. A lo mejor quiere que venga Joseph con nosotros para hacerse cargo de mí.

—Oh, no, mi amigo Watson es médico, ¿sabe? Él cuidará de usted. Almorzaremos aquí, si nos lo permite, y luego los tres juntos iremos a la ciudad.

Se decidió hacer lo que él había sugerido, aunque la señorita Harrison se excusó por no abandonar la habitación, tal como le había prometido a Holmes. Yo no podía imaginar cuál era el propósito de la maniobra de mi amigo, a no ser que quisiera mantener a la dama lejos de Phelps, quien, renovado por haber recuperado la salud y ante la perspectiva de un poco de acción, comió con nosotros en el salón. Sin embargo, Holmes nos iba a sorprender una vez más, puesto que, después de acompañarnos hasta la estación y de que nos subiéramos al vagón, anunció tranquilamente que no tenía intención de marcharse de Woking.

—Hay un par de detalles que me gustaría esclarecer antes de irme —dijo—. Su ausencia puede, en cierto modo, serme de cierta ayuda, señor Phelps. Watson, cuando llegue a Londres hágame el favor de ir directo a Baker Street con nuestro amigo y permanezca allí con él hasta que me reúna con ustedes. Es una suerte que sean amigos del colegio, tendrán mucho de lo que hablar esta noche. El señor Phelps puede ocupar el cuarto de invitados, y yo me reuniré con ustedes mañana a la hora del desayuno, ya que hay un tren que me dejará en Waterloo a las ocho.

—¿Y qué pasará con nuestra investigación en Londres? —preguntó Phelps compungido.

—Podemos hacerla mañana. Creo que en este momento soy más útil quedándome aquí.

—Dígales en Briarbrae que espero volver mañana por la noche —exclamó Phelps mientras el tren se alejaba del andén.

—No creo que regrese a Briarbrae —respondió Holmes despidiéndonos alegremente con la mano mientras salíamos de la estación.

Phelps y yo hablamos del tema durante el viaje, pero ninguno de los dos pudo imaginar un motivo satisfactorio para este nuevo giro en la investigación.

—Supongo que quiere descubrir algunas pistas sobre el robo de ayer, si es que fue un robo. Por mi parte, no creo que se tratara de un ladrón ordinario.

—¿Qué cree usted que era?

—Puede achacárselo a la debilidad de mis nervios o no, pero le juro que creo que a mi alrededor se ha desatado una compleja intriga política, y, por alguna razón que sobrepasa mi entendimiento, los conspiradores apuntan contra mi vida. ¡Suena exagerado y absurdo, pero tenga en cuenta los hechos! ¿Por qué iba un ladrón a entrar por la ventana de un dormitorio donde no hay nada que robar? ¿Y por qué iba a llevar un cuchillo en la mano?

—¿Está seguro de que no era una ganzúa?

—Oh, no, era un cuchillo. Pude distinguir muy bien el brillo de la hoja.

—Pero ¿por qué demonios le iban a acosar con tanta saña?

—Ah, ésa es la cuestión.

—Bien, si Holmes es de su misma opinión, eso coincidiría con su decisión de quedarse allí, ¿no? Suponiendo que su teoría sea correcta, si consigue echarle el guante al hombre que intentó atacarle ayer por la noche, habrá avanzado muchísimo en la búsqueda de la persona que robó el tratado naval. Es absurdo suponer que usted tenga dos enemigos, uno que le roba mientras el otro atenta contra su vida.

—Pero Holmes dijo que no iba a regresar a Briarbrae.

—Le conozco desde hace algún tiempo —dije yo— y nunca le he visto hacer algo sin una buena razón para ello. Y dicho esto nuestra conversación derivó a otros asuntos.

Resultó ser un día agotador para mí. Phelps aún seguía débil tras su larga enfermedad y sus desgracias le habían vuelto quejumbroso y nervioso. En vano me esforcé por interesarle por Afganistán, por la India, por asuntos sociales, por cualquier cosa que le distrajera. Siempre volvía al asunto de su tratado perdido, preguntándose, haciendo conjeturas, especulando sobre lo que estaría haciendo Holmes, qué medidas estaría tomando lord Holdhurst, qué noticias tendríamos por la mañana. Al ir avanzando la tarde, su agitación se hizo casi dolorosa.

—¿Tiene una fe ciega en Holmes?

—Le he visto hacer cosas extraordinarias.

—¿Pero logró esclarecer alguna vez un caso tan difícil como éste?

—Oh, sí, le he visto resolver casos que tenían menos pistas que el suyo.

—¿Pero alguno en el que estuviera en juego algo tan importante?

—Eso no lo sé. Lo que sí sé es que ha actuado en asuntos vitales en nombre de tres casas reales europeas.

—Pero usted le conoce bien, Watson. Es un tipo tan inescrutable que nunca sé qué pensar de él. ¿Cree que es optimista respecto al caso? ¿Cree que espera resolver el asunto con éxito?

—No ha dicho nada.

—Eso es mala señal.

—Al contrario. He observado que cuando se encuentra desconcertado lo dice. Es cuando se halla sobre una pista, pero no está seguro de que sea la correcta, cuando se muestra más taciturno. Ahora, mi querido amigo, no podemos evitar los problemas agobiándonos con ellos, así que le ruego que se vaya a la cama para que esté usted fresco para lo que nos espera mañana.

Al fin logré persuadir a mi compañero para que siguiera mi consejo, aunque sabía, por el estado de agitación en el que se encontraba, que no había esperanzas de que durmiera algo aquella noche. Es más, su estado de ánimo era contagioso, puesto que me pasé media noche dando vueltas en la cama, rumiando aquel extraño asunto y concibiendo cientos de teorías, cada una de ellas más absurda que la anterior. ¿Por qué se había quedado Holmes en Woking? ¿Por qué le había pedido a la señorita Harrison que se quedara todo el día en la habitación del enfermo? ¿Por qué había procurado que los habitantes de Briarbrae no se enterasen de que tenía intención de permanecer en la zona? Me devané los sesos hasta que me quedé dormido, esforzándome por encontrar una explicación a todo aquello.

Me desperté a las siete de la mañana y enseguida me dirigí a la habitación de Phelps al que encontré ojeroso y agotado tras haber pasado la noche en blanco. Lo primero que preguntó fue si Holmes había llegado ya.

—Llegará a la hora prometida —dije—, ni un instante antes o después.

Y dije la verdad, puesto que poco después de la ocho apareció un cabriolé en la puerta de nuestra casa y mi amigo se bajó de él. Desde la ventaba vimos que llevaba la mano izquierda vendada y que estaba pálido y cariacontecido. Entró en la casa, pero pasó un rato antes de que subiera.

—Parece un hombre derrotado —exclamó Phelps.

Me vi obligado a confesar que tenía razón.

—Después de todo —dije—, es probable que la clave del asunto se encuentre aquí, en la ciudad.

Phelps gimió.

—No sé cómo será —dijo—, pero había esperado con tanta ansiedad su regreso... Está claro que ayer no llevaba la mano vendada así. ¿Qué puede haber ocurrido?

—¿Está herido, Holmes? —le pregunté cuando entró en la habitación.

—Bah, es sólo un rasguño provocado por mi propia torpeza —contestó dándonos los buenos días—. Desde luego, señor Phelps, su caso es uno de los más complicados que he investigado jamás.

—Temía que pensase que el caso era demasiado para usted.

—Ha sido una experiencia de lo más extraordinaria.

—Esa venda es testigo de que ha corrido alguna aventura —dije—. ¿No nos va a contar lo que ha pasado?

—Después del desayuno, mi querido Watson. Recuerde que vengo de respirar treinta millas del aire matutino de Surrey. Supongo que nadie ha respondido mi anuncio. Bueno, bueno, no podemos acertar siempre.

La mesa ya estaba puesta y estaba a punto de llamar cuando la señora Hudson entró con el té y el café. Unos minutos después, trajo tres bandejas cubiertas y todos nos acercamos a la mesa, Holmes hambriento, yo curioso y Phelps en un estado de profunda depresión.

—La señora Hudson se ha superado para la ocasión —dijo Holmes descubriendo un plato de pollo al curry—. Su cocina es algo limitada, pero, como escocesa que es, tiene un concepto magnífico de lo que es un desayuno. ¿Qué tiene usted ahí, Watson?

—Huevos con jamón —respondí.

—¡Bien! ¿Qué va a tomar, señor Phelps, pollo al curry, huevos o ya se sirve usted mismo?

—Gracias. No me apetece comer nada —dijo Phelps.

—¡Oh, vamos! Pruebe el plato que tiene delante.

—Gracias, pero preferiría no hacerlo.

—Bien, entonces —dijo Holmes con un brillo malicioso en la mirada— supongo que no tendrá ningún problema en servirme algo de su bandeja.

Phelps levantó la tapa y, cuando lo hizo, lanzó un grito y se quedó allí sentado mirando fijamente, con el rostro tan pálido como el plato que tenía ante

sí. En el centro de la bandeja había un pequeño cilindro de papel gris azulado. Lo tomó devorándolo con los ojos y se puso a bailar enloquecido por la habitación, apretándolo contra su pecho y dando gritos de alegría. Luego se desplomó en un sillón, tan debilitado y exhausto por la emoción que tuvimos que echarle brandy por la garganta para que no se desmayara.

—¡Ya está! ¡Ya está! —decía Holmes con un tono de voz de lo más tranquilizador, dándole palmaditas en el hombro—. Ha sido una maldad darle esta sorpresa, pero Watson le podrá decir que no puedo resistirme a dar un toque de dramatismo a las cosas.

Phelps le tomó de la mano y la besó.

—¡Dios le bendiga! —exclamó—. Ha salvado usted mi honor.

—Bueno, también el mío estaba en juego, ¿sabe? —respondió Holmes—. Le puedo asegurar que para mí es tan odioso fracasar en un caso como para usted cometer un error en un encargo.

Phelps se guardó el precioso documento en el bolsillo interior de su abrigo.

—No me atrevo a interrumpir por más tiempo su desayuno, pero incluso así me muero por saber cómo lo ha conseguido y dónde estaba.

Holmes apuró una taza de café y dedicó su atención a los huevos con jamón. Cuando acabó se levantó, encendió su pipa y se acomodó en su butaca.

—Primero le contaré lo que hice y luego le diré por qué lo hice —dijo—. Después de dejarles en la estación, di un encantador paseo por el magnífico paisaje de Surrey, hasta que llegué a una bonita y pequeña aldea llamada Ripley, donde tomé el té y tuve la precaución de llenar mi petaca y llevarme una bolsa de sándwiches. Me quedé allí hasta que atardeció, luego me dirigí de nuevo a Woking hasta que llegué a la carretera que pasa junto a Briarbrae, justo después de caer el sol.

»Bueno, esperé hasta que no pasó nadie por la carretera (me parece que no es una carretera muy frecuentada a ninguna hora del día), y entonces trepé por la cerca y entré en el terreno de la casa.

—¡Seguramente la puerta estaba abierta! —soltó Phelps.

—Sí, pero tengo un gusto extraño para estas cosas. Escogí el lugar donde habían plantado abetos y, gracias a la protección que ofrecían, pude entrar sin que nadie en la casa pudiera verme. Me agaché entre los matorrales que hay al otro lado y fui arrastrándome de uno a otro (el lamentable estado de las rodilleras de mis pantalones son testigo de ello) hasta que llegué a un macizo de rododendros que está justo enfrente de la ventana de su dormitorio. Allí me quedé agazapado y esperé el desarrollo de los acontecimientos.

»La persiana de su habitación no estaba bajada y pude ver a la señorita Harrison leyendo junto a la mesa. Eran las diez menos cuarto cuando cerró su libro, atrancó las celosías y se retiró. Oí cómo cerraba la puerta y estuve casi seguro de que había cerrado con llave.

—¡La llave! —exclamó Phelps.

—Sí. Le había dado instrucciones a la señorita Harrison para que cerrara la puerta con llave desde fuera y que se la llevara cuando se fuese a la cama. Siguió todas mis instrucciones al pie de la letra, y estoy seguro de que sin su colaboración usted no tendría ese documento en el bolsillo de su chaqueta. Ella se fue, las luces se apagaron y yo me quedé agazapado detrás del rododendro.

»Era una noche excelente, pero aun así fue una espera agotadora. Por supuesto existía aquella excitación que siente el cazador cuando permanece tumbado junto a los cañaverales y espera que aparezcan las presas. Sin embargo, fue una guardia muy larga, casi tan larga, Watson, como la que hicimos en aquella horrible habitación cuando nos ocupamos del asunto de la banda de lunares. Había un reloj de iglesia en Woking que daba los cuartos, y más de una vez pensé que se había parado. Por fin, no obstante, a eso de las dos de la mañana, oí de repente el suave ruido de un cerrojo que se abría y el crujido de una llave. Un momento después se abrió la puerta de los sirvientes y el señor Joseph Harrison salió a la luz de la luna.

—¡Joseph! —prorrumpió Phelps.

—Iba sin sombrero, pero se había puesto un abrigo negro sobre los hombros, de tal modo que podía ocultar su rostro rápidamente en caso de que se produjera una alarma. Caminó de puntillas a la sombra del muro y, cuando llegó a la ventana, metió un largo cuchillo por el marco de la ventana y levantó el pestillo. Entonces, abrió de golpe la ventana e, introduciendo el cuchillo por la ranura de las celosías, levantó la barra y las abrió de par en par.

»Desde el lugar donde estaba se veía perfectamente el interior de la habitación y pude seguir todos y cada uno de sus movimientos. Encendió las dos velas que había sobre la repisa de la chimenea y procedió a levantar la esquina de la alfombra que estaba más cerca de la puerta. En ese momento, se agachó y levantó parte del entarimado, una sección de ésas que se dejan para que los fontaneros puedan llegar a los empalmes de las tuberías de gas. De hecho, ésta en concreto cubría un empalme en forma de T, de donde sale la tubería que abastece a la cocina. De este escondite extrajo ese pequeño cilindro de papel, volvió a colocar la tabla, alisó la alfombra, apagó las velas y fue a parar directamente a mis brazos, puesto que estaba esperándole justo al otro lado de la ventana.

»Bueno, la verdad es que el señorito Joseph es un tipo bastante más peligroso de lo que había pensado, vaya que sí. Se arrojó sobre mí blandiendo el cuchillo y tuve que hacerle morder el polvo un par de veces, y recibí un corte en los nudillos antes de que pudiera dominarle. Cuando terminó la pelea, parecía que me iba a asesinar con la mirada, pero atendió a razones y me entregó los documentos. Una vez recuperados, le dejé marchar, pero esta mañana le telegrafié a Forbes todos los detalles del caso. Si es rápido y le atrapa, tanto mejor. Pero si, como sospecho, el pájaro ha abandonado el nido para cuando llegue, bueno, mejor para el Gobierno. Me parece que tanto lord Holdhurst, por un lado, como el señor Percy Phelps, por otro, preferirían que el asunto no llegase a los tribunales.

—¡Dios mío! —jadeó nuestro cliente—. ¿Quiere decir que, durante aquellas diez largas semanas de agonía, los documentos robados estaban en mi habitación todo el tiempo?

—Así fue.

—¡Y Joseph! ¡Joseph, un criminal y un ladrón!

—¡Hum! Me temo que la personalidad de Joseph es más compleja y peligrosa de lo que uno juzgaría por su aspecto. Por lo que he oído esta mañana, me parece que ha sufrido grandes pérdidas jugando en bolsa y está dispuesto a todo con tal de sanear sus finanzas. Siendo un hombre absolutamente egoísta, cuando se le presentó la ocasión, ni la felicidad de su hermana ni su reputación hicieron que le temblase la mano.

Percy Phelps se desplomó en su butaca.

—Me da vueltas la cabeza —dijo—. Sus palabras me han mareado.

—La principal dificultad de su caso —comentó Holmes con el estilo didáctico que le era característico— radicaba en el hecho de que había demasiadas pruebas. Lo que era vital estaba oculto, por lo que era irrelevante. De todos los hechos que se nos presentaron, teníamos que escoger sólo aquellos que resultasen esenciales, y luego colocarlos en orden para reconstruir esta extraordinaria cadena de acontecimientos. Ya había empezado a sospechar de Joseph, puesto que usted tenía la intención de regresar a casa con él aquella noche, así que, por tanto, pasaría a buscarlo de camino, ya que conocía bien el Foreign Office. Cuando supe que alguien había intentado entrar desesperadamente en su dormitorio, en el cual nadie, salvo Joseph, podía haber escondido nada (ya que usted nos contó que tuvieron que desalojar a Joseph de su habitación cuando llegó usted con el doctor), mis sospechas se transformaron en certezas, especialmente cuando el intento se hizo la primera noche en que la enfermera estaba ausente, lo que demostraba que el intruso estaba bien informado de lo que sucedía en la casa.

—¡Qué ciego he estado!

—Los hechos del caso, hasta donde he podido averiguar, son los siguientes: Joseph Harrison accedió a la oficina por la puerta de Charles Street y, puesto que conocía el camino de antemano, entró en su oficina justo después de que usted la abandonara. Al no encontrar a nadie, hizo sonar la campanilla de inmediato, pero, en ese mismo instante, sus ojos se posaron sobre el documento que había sobre la mesa. Una mirada le bastó para darse cuenta de que el destino había puesto en sus manos un documento de Estado de inmenso valor, así que, sin perder un momento, se lo metió en el bolsillo y se fue. Como usted recordará, pasaron algunos minutos hasta que el somnoliento portero llamó su atención sobre la campanilla, lo que fue suficiente para que el ladrón tuviese tiempo de escapar.

»Llegó a su casa en el primer tren que salía para Woking y, tras examinar el botín y asegurarse de que era de un valor inmenso, lo ocultó en lo que pensó sería un lugar seguro, con la intención de sacarlo en un día o dos y llevarlo a la embajada francesa o a cualquier sitio donde pudiese obtener una buena recompensa. Entonces usted regresó de repente. Sin previo aviso, se vio obligado a desalojar su habitación y, desde ese momento, siempre estuvieron presentes al menos dos personas con usted, lo que le impedía recuperar su tesoro. La situación debió de loco. Pero al fin creyó ver una oportunidad. Intentó entrar sigilosamente, pero que usted tuviera un sueño tan ligero desbarató su intento. Recordará que aquella noche usted no tomó su medicina habitual.

—Lo recuerdo.

—Me imagino que se había asegurado de que su droga fuera realmente eficaz y confiaba en que usted permaneciera inconsciente. Por supuesto, comprendí que lo intentaría de nuevo, en cuanto pudiera llevarlo a cabo con seguridad. Al dejar usted la habitación, le dio la oportunidad que buscaba. Le dije a la señorita Harrison que se quedara allí todo el día, para que él no se nos adelantara. Entonces, haciéndole creer que no había moros en la costa, estuve haciendo guardia, como les he contado antes. Ya sabía que los documentos estaban en la habitación con toda probabilidad, pero no quería arrancar todo el entarimado para buscarlos. Por tanto, dejé que los sacara de su escondite, ahorrándome muchos problemas. ¿Desean que les aclare algo más?

—¿Por qué intentó entrar por la ventana en la primera ocasión —pregunté— cuando podía haber entrado por la puerta?

—Para llegar hasta la puerta habría tenido que pasar por delante de siete dormitorios. Por otro lado, así podría llegar al jardín fácilmente. ¿Algo más?

—¿No cree —preguntó Phelps— que tenía intención de matarme? ¿Opina entonces que el cuchillo era sólo una herramienta?

—Pudiera ser —respondió Holmes encogiéndose de hombros—. Lo único que puedo asegurar es que el señor Joseph Harrison es un caballero a cuya compasión jamás me encomendaría.

El problema final

Con gran pesar, empuño la pluma para escribir estas últimas palabras con las que dejaré constancia para siempre del singular talento del que estaba dotado mi amigo Sherlock Holmes. De un modo incoherente y, ahora me doy cuenta, completamente inadecuado, me he esforzado por ofrecer una crónica de las extrañas experiencias que viví en su compañía, desde que la casualidad nos unió por primera vez, durante la época de *Estudio en escarlata,* hasta el momento en que intervino en el asunto de *El tratado naval;* una intervención que tuvo el efecto incuestionable de evitar un grave conflicto internacional. Mi intención era detenerme ahí y no decir nada acerca del suceso que ha dejado tal hueco en mi vida que un periodo de dos años no ha podido llenar. Sin embargo, me he visto obligado a continuar, dada la reciente publicación de las cartas en las que el coronel James Moriarty defiende la memoria de su hermano, así que no me queda más remedio que exponer ante el público los hechos tal como ocurrieron. Sólo yo conozco toda la verdad y me alegra que haya llegado el momento en que es bueno y necesario hacer públicos los hechos. Hasta donde yo sé, sólo ha habido tres informes en la prensa pública: el que apareció en el *Journal* de Ginebra el 6 de mayo de 1891, el despacho de Reuters, publicado en los periódicos ingleses el 7 de mayo, y finalmente estas recientes cartas que acabo de mencionar. De estas últimas, la primera y la segunda estaban extremadamente resumidas, mientras la última, como a continuación demostraré, es una absoluta deformación de los hechos. Está en mi mano contar por primera vez lo que realmente ocurrió entre el profesor Moriarty y Sherlock Holmes.

Probablemente, recordará que, tras mi matrimonio y mi posterior inicio de una consulta privada, la cercana relación que manteníamos Holmes y yo se vio afectada. Seguía viniendo a visitarme de vez en cuando, siempre que necesitaba un compañero en sus investigaciones, pero estas visitas se espaciaron cada vez más, hasta que me di cuenta de que sólo tenía tres casos registrados durante el año 1890. Durante aquel invierno y a principios de la primavera de 1891, leí en la prensa que el Gobierno francés le había encargado un asunto de gran importancia,y recibí dos notas de Holmes, fechadas en Narbona y Nimes, por las que deduje que su estancia en Francia iba a ser muy larga. Por tanto, me sorprendió verle entrar en mi consulta la tarde del 24 de abril. Me impresionó su aspecto más delgado y pálido de lo normal.

—Sí, la verdad es que últimamente he sometido mi cuerpo a ciertos excesos —comentó respondiendo a mi mirada más que a mis palabras—. Estos últimos días he tenido una vida muy agitada. ¿Le importa si cierro las contraventanas?

La única luz de la habitación provenía de una lámpara que había encima de la mesa bajo la cual yo había estado leyendo. Holmes, caminando pegado a la pared, cerró las contraventanas y, a continuación, echó el pestillo.

—¿Tiene miedo de algo? —pregunté.

—La verdad es que sí.

—¿De qué?

—De las armas de aire comprimido.

—Mi querido Holmes, ¿qué ocurre?

—Creo que ya me conoce bastante bien, Watson, para saber que en absoluto soy un hombre nervioso. Al mismo tiempo, es una estupidez, más que una valentía, el no reconocer que uno corre peligro. ¿Sería tan amable de darme una cerilla? —Aspiró el humo de su cigarrillo como si agradeciera el efecto relajante del tabaco.

—Debo disculparme por visitarle tan tarde —dijo—, y debo rogarle que, por una vez, sea tan poco convencional como para permitir que me marche de su casa saltando por el muro posterior de su jardín.

—Pero ¿qué está pasando? —pregunté.

Extendió la mano y vi a la luz de la lámpara que dos de sus nudillos estaban quemados y sangraban.

—Ya ve que no se trata de una nadería —dijo sonriendo—. Al contrario, es tan sólido que uno puede romperse las manos contra ello. ¿Está la señora Watson en casa?

—Está de visita fuera de la ciudad.

—¡Estupendo! Entonces está usted solo.

—Totalmente.

—Entonces me resultará más fácil proponerle que venga conmigo al continente durante una semana.

—¿Adónde?

—Oh, a cualquier parte. Me es indiferente.

Había algo extraño en todo aquello. No era propio de Holmes tomarse unas vacaciones así sin más, y había algo en la palidez y el cansancio de su rostro que me revelaron que sufría una fuerte tensión nerviosa. Vio esta pregunta en mis ojos y, juntando las puntas de los dedos y apoyando los codos sobre las rodillas, me explicó la situación.

—Probablemente nunca haya oído hablar del profesor Moriarty —dijo.

—Nunca.

—¡Ah, ahí radica la genialidad del asunto! —exclamó—. La maldad de ese hombre impregna Londres y nadie ha oído hablar de él. Eso es lo que le coloca en la cúspide de la historia del crimen. Le aseguro, Watson, hablando con toda seriedad, que si pudiera derrotar a ese hombre, si pudiera librar a la sociedad de él, me parecería haber alcanzado la cima de mi carrera y estaría dispuesto a llevar una vida más tranquila. Entre nosotros, mis últimos casos, en los que he prestado mis servicios a la familia real de Escandinavia y a la República Francesa, me han dejado en situación de poder retirarme a una vida apacible y discreta, algo que me resultaría de lo más grato, y podría dedicarme a mis investigaciones químicas. Pero no podría descansar, Watson, no podría quedarme tranquilamente sentado sabiendo que un hombre como el profesor Moriarty pasea libremente y sin oposición por las calles de Londres.

—Pero ¿qué es lo que ha hecho?

—Su carrera ha sido extraordinaria. Es un hombre de buena familia con una excelente educación y posee un gran talento para las matemáticas. A los veintiún años escribió un tratado sobre el teorema del binomio, que tuvo una gran acogida en Europa. Gracias a ello logró la cátedra de matemáticas de una pequeña universidad, y todo parecía indicar que tenía ante sí una brillantísima carrera. Pero escondía una tendencia hereditaria hacia lo diabólico. Llevaba en la sangre un instinto criminal que se incrementó y resultó mucho más poderoso gracias a sus extraordinarias dotes intelectuales. En su ciudad universitaria empezaron a correr oscuros rumores sobre él y, finalmente, fue obligado a dimitir de su cátedra y venir a Londres, donde se estableció como tutor en el Ejército. Esto es lo que públicamente se sabe de él, pero ahora le contaré lo que yo mismo he descubierto.

»Como bien sabe usted, Watson, no hay nadie que conozca los bajos fondos de Londres tan bien como yo. Durante años no he sido consciente de que existe un poder oculto detrás del malhechor, un complejo poder organizado que se interpone en el camino de la ley y ampara al delincuente. Una y otra vez, en casos de muy distinto cariz (falsificaciones, robos, asesinatos) he sentido la presencia de esta fuerza, y he intuido su mano detrás de muchos de esos crímenes sin resolver en los que no se me ha pedido consejo directamente.

Durante años, he puesto mi empeño en atravesar el velo que lo envolvía y, por fin, llegó mi oportunidad; me aferré a una pista y la seguí, hasta que me llevó, tras un sinfín de astutas y sinuosas vueltas y revueltas, hasta el exprofesor Moriarty, la celebridad matemática.

»Es el Napoleón del crimen, Watson. Es el cerebro que está detrás de la mitad de los crímenes que se conocen y de los que se desconocen en esta ciudad. Es un genio, un filósofo, un pensador abstracto. Tiene un intelecto de primer orden. Se sienta inmóvil, como una araña en el centro de su red red por miles de hilos de los que conoce a la perfección cada una de sus vibraciones. Apenas hace nada él mismo, sólo planea. Pero sus agentes son numerosos y muy organizados. Hay un crimen que cometer, un documento que hay que hacer desaparecer, pongamos por caso, una casa que desvalijar, un hombre al que quitar de en medio: el asunto llega al conocimiento del profesor, se organiza el trabajo y se lleva a cabo. Pueden atrapar al agente. En ese caso se proporciona dinero para su fianza o para su defensa. Pero el poder central que emplea a este agente nunca es alcanzado, nunca se va más allá de la sospecha. Ésta es la organización cuya existencia yo había deducido, Watson, y dediqué todas mis energías a sacarla a la luz y acabar con ella.

»Pero el profesor estaba rodeado por medidas de seguridad tan astutamente concebidas que, hiciera lo que hiciese, parecía imposible conseguir alguna prueba que pudiera declararle culpable en un tribunal. Ya conoce mis facultades, querido Watson, y aun así, transcurridos tres meses, me vi obligado a confesar que había encontrado un antagonista que estaba a mi altura intelectual. Mi admiración por su habilidad superó el horror que me producían sus crímenes. Pero al final cometió un error —sólo un pequeño error— que era más de lo que podía permitirse estando yo tan cerca de él. Llegó mi oportunidad y, a partir de ahí, he tejido una red a su alrededor que en este momento está lista para cerrarse. Dentro de tres días, es decir, el próximo lunes, el asunto ya estará maduro y el profesor, junto con los principales miembros de su banda, caerá en manos de la policía. Después vendrá el juicio más importante del siglo, la aclaración de más de cuarenta misterios y la horca para todos ellos; pero, como comprenderá, si actuamos prematuramente, pueden escaparse incluso en el último momento.

»Ahora bien, si hubiese podido hacer esto sin que el profesor Moriarty se enterase, todo habría ido bien. Pero es demasiado astuto para eso. Vio cada paso que di para extender mis redes a su alrededor. Una y otra vez luchó para liberarse, pero una y otra vez me adelanté a él. Le aseguro, amigo mío, que si se pudiera escribir una crónica detallada de aquel silencioso combate, ocuparía su lugar como el más brillante ejemplo de caza y captura en la historia detectivesca. Nunca llegué tan alto, nunca un oponente me había presentado tanta resistencia. Si él hilaba fino, yo lo hacía aún más. Esta mañana hice mis últimos movimientos y sólo necesitaba tres días más para dar por concluido el asunto. Estaba sentado en mi habitación pensando sobre ello cuando se abrió la puerta y el profesor Moriarty apareció ante mí.

»Tengo unos nervios de acero, Watson, pero debo confesar que me sobresalté cuando vi al mismo hombre que había sido el centro de mis pensamientos en el umbral. Su apariencia ya era familiar para mí. Es muy alto y delgado, con una frente blanca y protuberante y los ojos profundamente hundidos en el rostro. Pálido y de aspecto ascético, va cuidadosamente afeitad y conserva en sus rasgos el aire de catedrático. Tiene la espalda encorvada por el exceso de estudio, lleva el rostro inclinado hacia delante y oscila constantemente, como un reptil. Me observaba con curiosidad, entrecerrando los ojos.

»—Su desarrollo frontal es menor de lo que había esperado —dijo al fin—. Es una costumbre peligrosa tener el dedo en el gatillo de un arma cargada en el bolsillo del batín.

»El hecho es que, nada más entrar él, me di cuenta de que me encontraba en una situación extremadamente peligrosa. La única posibilidad de huir residía en cerrar la boca. En un instante había deslizado el revólver desde el escritorio al bolsillo, cubriéndolo con un trapo. Cuando dijo aquello, saqué el arma y la amartillé, dejándola sobre la mesa. Aún sonreía y parpadeaba, pero había algo en sus ojos que me hizo alegrarme de tener el revólver allí.

»—Está claro que no me conoce —dijo.

»—Al contrario —respondí—, creo que es evidente que le conozco bastante bien. Le ruego que tome asiento. Dispone usted de cinco minutos, si tiene algo que decir.

»—Todo lo que tengo que decir usted ya lo sabe —dijo.

»—Entonces es posible que ya conozca usted mi respuesta —respondí.

»—¿Seguirá adelante con sus propósitos?

»—Por supuesto.

»Se echó la mano al bolsillo y yo tomé la pistola de la mesa. Pero simplemente sacó una agenda donde había escrito algunas fechas.

»—Se cruzó en mi camino un 4 de enero —dijo—. El día 23 me molestó; a mediados de febrero volvió a causarme un serio trastorno; a finales de marzo había obstaculizado completamente mis planes; y ahora, a finales de abril, su persecución me ha puesto en una situación en la que corro un serio peligro de perder mi libertad. La situación se ha vuelto insostenible.

»—¿Tiene alguna sugerencia que hacer? —pregunté.

»—Debe dejarlo ya, señor Holmes —dijo oscilando la cabeza de un lado a otro—. Debe hacerlo, ¿sabe?

»—Después del lunes —dije yo.

»—¡Bah! —dijo—, estoy seguro de que un hombre de su inteligencia ya se ha imaginado que este asunto sólo tiene una solución. Es necesario que ceje en su empeño. Ha hecho que ya sólo nos quede un recurso. Ha sido todo un placer intelectual ver cómo se ha manejado usted en este asunto, y no exagero si le digo que me causaría pesar tener que llegar a tomar medidas extremas contra usted. Sonría usted, señor, pero le aseguró que es así.

»—El peligro es parte de mi profesión —comenté.

»—Esto no es peligro —dijo—. Esto significa su destrucción. Se ha interpuesto en el camino, no de un simple individuo, sino de una poderosa organización cuyo verdadero alcance, usted, con toda su inteligencia, no ha sido capaz de entender. Debe apartarse, señor Holmes, si no quiere ser aplastado.

»—Me temo —dije levantándome— que esta agradable conversación me está distrayendo de un asunto importante que me espera en otro lugar.

»Se levantó y me observó en silencio, meneando tristemente la cabeza.

»—Bueno, bueno—dijo al fin—. Es una pena, pero he hecho lo que he podido. Conozco sus movimientos. No puede hacer nada antes del lunes. Ha sido un duelo entre usted y yo, señor Holmes. Usted espera verme en el banquillo.[34] Le aseguro que nunca me verá allí. Espera derrotarme. Le aseguro que nunca me derrotará. Si es tan inteligente como para acarrearme la destrucción, tenga por seguro que lo mismo le ocurrirá a usted.

»—Me ha hecho usted varios cumplidos, señor Moriarty —dije—. Déjeme que le corresponda diciendo que si estuviera seguro de lograr lo primero, estaría encantado, por interés público, de aceptar lo segundo.

»—Puedo prometerle lo uno, pero no lo otro —gruñó y, dicho esto, me dio su encorvada espalda y se marchó husmeándolo todo sin dejar de parpadear.

»Así fue mi insólita entrevista con el profesor Moriarty. Confieso que me dejó bastante intranquilo. Su manera de hablar, suave y precisa, deja una impresión de absoluta sinceridad que un simple matón no podría lograr.

---

34 *Dock* en el original *[N. de la T.]*.

Por supuesto usted dirá: "¿Por qué no avisar a la policía para que actúe contra él?". La razón es que estoy convencido de que asestará su golpe por medio de sus agentes. Tengo todas las pruebas de que será así.

—¿Ya le han atacado?

—Mi querido Watson, el profesor Moriarty no es un hombre que deje que la hierba crezca bajo sus pies. Salí a mediodía a realizar una gestión en Oxford Street. Al pasar la esquina que lleva desde Bentinck Street al cruce de Welbeck Street, un furgón de dos caballos vino zumbando y se lanzó sobre mí. Salté a la acera, salvándome por una fracción de segundo. El furgón giró en Marylebone Lane y desapareció en un instante. Tras este incidente, no volví a salirme de la acera, Watson, pero, mientras caminaba por Vere Street, se desprendió un ladrillo del alero de una de las casas y se hizo añicos a mis pies. Llamé a la policía y examinó el lugar. Había tejas y ladrillos apilados en el tejado para llevar a cabo algunas reparaciones, y me intentaron convencer de que el viento había hecho caer uno de ellos. Por supuesto, yo sabía la verdad pero no podía demostrarlo. Así que tomé un coche después de aquello y me fui a las habitaciones de mi hermano en Pall Mall, donde he pasado todo el día. Ahora he acudido a usted y, al venir aquí, me ha atacado un rufián armado con una porra. Le derribé y la policía ya le ha puesto bajo custodia, pero puedo decirle, con la más absoluta seguridad, que nunca se podrá relacionar a este caballero, contra cuyos dientes me he despellejado los nudillos, con el profesor de matemáticas retirado que, me atrevería a decir, se encuentra a diez millas de distancia solucionando problemas en una pizarra. No le extrañará, por tanto, Watson, que lo primero que hiciera al entrar a su habitación fuese cerrar las celosías y que le haya pedido poder abandonar la casa por una salida menos evidente que la puerta principal.

A menudo sentía admiración por el valor de mi amigo, pero nunca más que en aquel momento en que, sentado tranquilamente, desgranaba una serie de incidentes que, sin duda, habían convertido su jornada en un infierno.

—¿Pasará usted aquí la noche? —dije.

—No, amigo mío, sería un huésped peligroso para usted. Ya he trazado mi plan y todo saldrá bien. Las cosas han ido tan lejos que pueden seguir avanzando sin mí, aunque mi presencia será necesaria en el juicio. Resulta evidente que lo mejor que puedo hacer es marcharme hasta que la policía tenga libertad para actuar. Así que sería un gran placer para mí si pudiera acompañarme usted al continente.

—En esta época la consulta no da mucho trabajo —dije—, y mi vecino y colega me sustituirá de buen grado. Me encantaría ir.

—¿Y salir mañana por la mañana?

—Si es necesario, sí.

—Oh, sí, es de lo más necesario. Entonces, éstas son sus instrucciones, y le ruego, mi querido Watson, que las siga al pie de la letra, puesto que ahora está usted involucrado en una partida de dobles junto a mí contra el villano más inteligente y el sindicato criminal más poderoso de Europa. ¡Ahora escuche! Esta noche, por un mensajero de confianza y sin señalar dirección, envíe el equipaje que tenga planeado llevar a la estación Victoria. Mañana por la mañana mande a buscar un cabriolé, indicándole a su sirviente que no pare ni el primero ni el segundo que le salgan al encuentro. Suba a este cabriolé y diríjase hasta el Lowther Arcade en el extremo que hace esquina con el Strand, entregándole la dirección al cochero en un papel y solicitándole que no la tire. Tenga el dinero listo y, en cuanto pare el coche, precipítese hacia el Arcade y atraviéselo, calculando el tiempo, para salir por el otro lado justo a las nueve menos cuarto. En el otro extremo encontrará una pequeña berlina esperándole junto a la acera, conducida por un tipo que vestirá una pesada capa negra con el cuello ribeteado de rojo. Entre en el coche y llegará a la estación Victoria justo a tiempo de subir al Continental Express.

—¿Dónde me encontraré con usted?

—En la estación. El segundo vagón de primera clase, empezando por la cabeza del tren, está reservado para nosotros.

—¿El vagón es donde quedamos citados?

—Sí.

En vano le pedí a Holmes que se quedara a pasar la noche. Me resultó evidente que había pensado que me podría causar problemas y que ese era el motivo que le impulsaba a marcharse. Tras intercambiar unas pocas palabras apresuradas sobre nuestros planes para el día siguiente, se levantó y salió conmigo al jardín, escaló el muro que daba a Mortimer Street e inmediatamente silbó a un cabriolé en el que le oí alejarse.

Por la mañana seguí las instrucciones de Sherlock Holmes al pie de la letra. Me procuré un cabriolé tomando todas las precauciones posibles para evitar que fuera uno preparado para nosotros, y, tras el desayuno, me dirigí inmediatamente a Lowther Arcade, que atravesé lo más rápido que pude. Había una berlina esperándome, conducida por un cochero enorme envuelto en una capa oscura, quien, nada más subir yo, azuzó al caballo con el látigo y salimos traqueteando hacia la estación Victoria. Para mi alivio, allí hizo girar el carruaje y salió disparado de nuevo, sin mirarme siquiera.

Hasta entonces todo había ido de maravilla. Mi equipaje me estaba esperando y no tuve dificultad para encontrar el vagón que Holmes me había indicado, puesto que era el único que lucía la señal de «Reservado». Mi única fuente de ansiedad era que Holmes no había aparecido aún. Según el reloj de la estación, sólo quedaban siete minutos para la hora en que debíamos partir. Busqué en vano la ágil figura de mi amigo entre los grupos de pasajeros y acompañantes. No había ni rastro de él. Pasé varios minutos ayudando a un venerable sacerdote italiano que, chapurreando inglés, se esforzaba en hacerle entender a un mozo que su equipaje debía facturarse vía París. Entonces, después de echar otro vistazo, volví a mi vagón, donde descubrí que el mozo, a pesar del cartel, me había puesto a mi decrépito amigo italiano como compañero de viaje. De nada me sirvió explicarle que aquél no era su asiento, puesto que mi italiano era aún más limitado que su inglés, así que me encogí de hombros y seguí buscando ansiosamente a Holmes. Me recorrió un escalofrío al pensar que su ausencia se debía a que algo le había sucedido por la noche. Ya se habían cerrado las puertas y había sonado el silbato cuando...

—Mi querido Watson —dijo una voz—, ni siquiera ha tenido el detalle de darme los buenos días. —Me volví, presa del mayor de los asombros. El anciano sacerdote había vuelto su cara hacia mí. Por un instante las arrugas se suavizaron, la nariz se alejó de la barbilla, el labio inferior dejó de sobresalir y la boca de farfullar, los ojos apagados recuperaron su brillo y la encogida figura se estiró. Un momento después, su figura volvió a desplomarse y Holmes desapareció tan rápidamente como había aparecido.

—¡Cielo santo! —exclamé—, ¡vaya susto me ha dado!

—Aún es necesario tomar todo tipo de precauciones —susurró—. Tengo razones para pensar que nos siguen. Ah, ahí está Moriarty en persona.

El tren ya había comenzado a moverse cuando Holmes empezó a hablar. Mirando hacia atrás vi a un hombre alto abriéndose paso furiosamente a través de la multitud, agitando la mano como si quisiese que detuviesen el tren. Sin embargo, era demasiado tarde, puesto que rápidamente fuimos tomando velocidad y, un momento después, habíamos salido de la estación.

—A pesar de todas las precauciones que hemos tomado nos hemos librado por un pelo —dijo Holmes riendo. Se levantó y se quitó la negra sotana y el sombrero que habían formado su disfraz y los guardó en una bolsa.

—¿Ha leído el periódico matutino, Watson?

—No.

—Entonces, ¿no sabe lo que ha pasado en Baker Street?

—¿Baker Street?

—Prendieron fuego a nuestras habitaciones la pasada noche. No causó graves daños.

—¡Santo cielo, Holmes, esto es intolerable!

—Deben haberme perdido la pista completamente después de que arrestaran al matón. De otra manera, no habrían pensado que había regresado a mis habitaciones. Evidentemente tomaron la precaución de vigilarle, eso es lo que trajo a Moriarty a Victoria. ¿Cometió usted algún error al venir aquí?

—Hice exactamente lo que me dijo usted.

—¿Encontró su berlina?

—Sí, estaba esperándome.

—¿Reconoció al cochero?

—No.

—Se trataba de mi hermano. Es una ventaja poder apañárselas en un caso así sin tener que contratar mercenarios. Pero ahora tenemos que planear lo que vamos a hacer con Moriarty.

—Puesto que viajamos en un expreso y los horarios de salida del barco coinciden con los de nuestra llegada, creo que nos lo hemos quitado de encima de un modo bastante efectivo.

—Mi querido Watson, evidentemente no me entendió cuando le dije que este hombre está a mi nivel intelectual. No pensará que, si fuese yo el perseguidor, iba a permitir que un obstáculo tan nimio me detuviera. Entonces, ¿por qué le subestima usted?

—¿Qué hará?

—Lo que yo haría.

—Entonces, ¿qué haría usted?

—Contratar un especial.

—Pero ya será tarde.

—En absoluto. Este tren para en Canterbury; y siempre hay un cuarto de hora de retraso en el barco. Nos alcanzará allí.

—Uno pensaría que somos nosotros los criminales. Hagamos que le arresten cuando llegue.

—Eso arruinaría el trabajo de tres meses. Atraparíamos al pez gordo, pero los pequeños saldrían disparados, escapándose de la red. El lunes los tendremos a todos. No podemos permitirnos un arresto ahora.

—Entonces, ¿qué haremos?

—Nos bajaremos en Canterbury.

—¿Y luego?

—Bueno, haremos un viaje en una línea secundaria hasta Newhaven y luego cruzaremos a Dieppe. Moriarty volverá a hacer lo que yo haría. Bajará en París, marcará nuestros equipajes y esperará un par de días allí. Mientras tanto, nosotros nos haremos con un par de bolsas de viaje, favoreceremos con nuestras compras a los comerciantes de los países por los que viajemos y seguiremos nuestro apacible camino hasta Suiza, vía Luxemburgo y Basilea.

Soy un viajero lo suficientemente experimentado como para permitir que me preocupara la pérdida de mi equipaje, pero debo confesar que me fastidiaba la idea de verme obligado a esconderme y correr delante de un hombre cuyo historial estaba plagado de indecibles crímenes. Sin embargo, resultaba evidente que Holmes comprendía la situación mejor que yo. Por tanto, nos apeamos en Canterbury, sólo para descubrir que teníamos que esperar una hora antes de que pudiéramos tomar un tren a Newhaven.

Todavía miraba con cierto pesar cómo desaparecía el furgón del equipaje que contenía mi ropa cuando Holmes me tiró de la manga y señaló la vía.

—Mírelo, ya viene —dijo.

A lo lejos, entre los bosques de Kentish, se elevaba una fina columna de humo. Un minuto después, vimos una locomotora con un vagón tomando a toda velocidad la amplia curva que llevaba a la estación. Apenas tuvimos tiempo de escondernos detrás de un montón de equipaje cuando pasó traqueteando y rugiendo, arrojándonos una bocanada de aire caliente a la cara.

—Ahí va —dijo Holmes mientras veíamos el vagón balanceándose al pasar por las agujas—. Como ve, la inteligencia de nuestro amigo tiene sus límites. Habría sido un *coup de maître*[35] si hubiera deducido y actuado en consecuencia con lo que deduje yo.

—¿Y qué hubiera hecho en caso de habernos adelantado?

—No cabe la menor duda de que intentaría matarme. Sin embargo, se trata de un juego en el que participan dos. Ahora la cuestión es si tomamos un almuerzo temprano aquí o si nos arriesgamos a morirnos de hambre antes de llegar a la cantina de Newhaven.

Fuimos hasta Bruselas aquella noche y pasamos dos días allí; el tercer día llegamos a Estrasburgo. La mañana del lunes, Holmes había telegrafiado a la policía londinense y por la tarde nos esperaba la respuesta en el hotel. Holmes la abrió y, maldiciendo amargamente, la arrojó a la chimenea.

—¡Debería habérmelo imaginado! —gruñó—. ¡Se ha escapado!

—¿Moriarty?

—Han atrapado a toda la banda, excepto a él. Ha logrado darles esquinazo. Por supuesto, una vez abandoné el país, no quedó nadie capaz de enfrentarse a él. Pero pensé que les había puesto la presa las manos. Creo que será mejor que regrese usted a Inglaterra, Watson.

---

35 En francés, «un golpe maestro» *[N. de la T.]*.

—¿Por qué?

—Porque ahora soy una compañía peligrosa. Este hombre se ha quedado sin ocupación, si vuelve a Londres está perdido. Si le conozco bien, creo que dedicará todas sus energías a vengarse de mí. Así lo afirmó en nuestra breve entrevista y creo que lo decía en serio. Le recomiendo de todo corazón que vuelva a su consulta.

No era un consejo que fuera a tener éxito con una persona que era un soldado veterano, además de un buen amigo. Nos sentamos en la *salle à manger*[36] del hotel de Estrasburgo y discutimos el asunto durante media hora, pero aquella misma noche reanudamos nuestro viaje en dirección a Ginebra.

Pasamos una semana encantadora vagabundeando por el valle del Ródano y, luego, remontando un afluente en Leuk, llegamos al paso de Gemmi, que aún estaba cubierto de nieve. Desde allí nos dirigimos a Meiringen pasando por Interlaken. Fue un viaje precioso, el delicado verdor de la primavera abajo y el blanco inmaculado de la nieve por encima; pero yo me daba perfecta cuenta de que ni por un instante Holmes olvidaba la sombra que le perseguía. Podía afirmar perfectamente, por sus rápidas miradas y su intenso escrutinio de las caras con las que nos cruzábamos, que estaba absolutamente convencido de que adondequiera que fuésemos, tanto si eran las acogedoras aldeas de los Alpes como los solitarios senderos de montaña, no nos encontrábamos a salvo del peligro que seguía nuestros pasos.

Recuerdo que una vez, tras superar el Gemmi y mientras caminábamos por las orillas del melancólico lago Daubensee, se desprendió una roca enorme de un risco que había a nuestra derecha y rodó hasta caer, con gran estruendo, en el lago justo detrás de nosotros. Al momento, Holmes se subió al risco y, de pie en el elevado pináculo, estiró el cuello para mirar en todas direcciones. De nada sirvió que nuestro guía le asegurase que el desprendimiento de rocas era una cosa común en aquel lugar durante la primavera. No dijo nada, pero me sonrió con la expresión de alguien que ha visto cumplirse lo que esperaba.

---

36 «El salón comedor» del hotel *[N. de la T.]*.

Y sin embargo, a pesar de toda esta vigilancia, no se deprimió nunca. Al contrario, no recuerdo haberle visto nunca de tan buen ánimo. Una y otra vez se refería al hecho de que si le asegurasen que podía librar a la sociedad del profesor Moriarty, con mucho gusto daría por concluida su carrera.

—Creo que puedo atreverme a afirmar, Watson, que mi vida no ha sido totalmente en vano —comentó—. Si mi historial se cerrase esta noche, evaluándolo con ecuanimidad, podría decirse que el aire de Londres es más limpio gracias a mi presencia. En más de mil casos, jamás he empleado mis facultades en el lado equivocado. Últimamente me está tentando investigar los problemas que nos ofrece la naturaleza, en vez de dedicarme a aquéllos más superficiales de los que nuestra sociedad es responsable. Watson, sus memorias terminarán el día en que corone mi carrera con la captura o exterminio del criminal más peligroso y capaz de toda Europa.

Debo ser breve, pero preciso, en lo poco que queda por contar. No es un tema en el que me guste detenerme, y aun así soy consciente de que el deber me obliga a no obviar ningún detalle.

Llegamos a la pequeña aldea de Meiringen el 3 de mayo y nos alojamos en el Englischer Hof, que por aquel entonces estaba dirigido por Peter Steiler padre. Nuestro patrón era un hombre inteligente que hablaba un inglés excelente, puesto que había estado trabajando durante tres años como camarero en el Grosvenor Hotel en Londres. Siguiendo su consejo, salimos juntos la tarde del día 4 de mayo con la intención de cruzar las colinas y pasar la noche en la aldea de Rosenlaui. No obstante, se nos dijo que bajo ningún concepto pasáramos por las cataratas de Reichenbach, que están a medio camino, sin hacer un pequeño rodeo para verlas.

Es, en verdad, un lugar imponente. El torrente, acrecentado por el agua que proviene de las nieves fundidas, se precipita en un tremendo abismo, del cual asciende una fina lluvia que lo envuelve todo como el humo de una casa en llamas. El hueco por el que se precipita el mismo río es una sima inmensa flanqueada por unas rocas negras como el carbón, que se estrecha en un pozo de incalculable profundidad, de aspecto cremoso e hirviente, en el que se arremolina la corriente al salir disparada entre sus afilados bordes. La columna ininterrumpida de agua verdosa rugiendo y cayendo eternamente y la espesa cortina de gotas de agua siseando siempre hacia arriba pueden llegar a marear a un hombre con su constante estruendo y su eterno torbellino. Permanecimos cerca del borde, contemplando el brillo del agua que rompía contra las rocas negras que había debajo de nosotros y escuchando el alarido casi humano, cuyo sonido ascendía resonando con la nube de agua que surgía del abismo.

Habían abierto un camino que llegaba hasta la altura de la mitad de la catarata con el objeto de permitir una vista completa de la misma, pero acababa abruptamente y el viajero tenía que volver sobre sus pasos. Acabábamos de dar la vuelta para volver cuando vimos a un muchacho suizo que venía corriendo por allí con una carta en la mano. Llevaba el membrete del hotel que acabábamos de abandonar y el patrón la enviaba a mi nombre. Parecía ser que pocos minutos después de que nos hubiésemos marchado había llegado una dama inglesa que se encontraba al borde de la muerte por tuberculosis. Había pasado todo el invierno en Davos Platz y viajaba para reunirse con sus amigos en Lucerna cuando le había sobrevenido una hemorragia repentina. Pensaban que no podría vivir más que unas horas, pero supondría un gran consuelo para ella que la atendiese un médico inglés y, si yo fuese tan amable de volver, etc., etc. El bueno de Steiler me aseguraba en una posdata que si consentía en ir lo consideraría un gran favor, puesto que la dama rehusaba que la atendiera un médico suizo y consideraba que se encontraba en una situación de la que él era responsable.

No podía ignorar un ruego así. Era imposible rechazar la petición de una compatriota agonizando en un país extranjero. Incluso así, albergaba ciertos escrúpulos ante la perspectiva de abandonar a Holmes. Sin embargo, acordamos finalmente que él se quedaría con el joven suizo como guía y acompañante mientras yo volvía a Meiringen. Mi amigo se quedaría un rato más en la catarata, dijo, y luego iría paseando tranquilamente por la colina hasta llegar a Rosenlaui, donde tenía que reunirme con él al anochecer. Al darme la vuelta, vi a Holmes con la espalda apoyada en una roca y los brazos cruzados, mirando hacia el tumulto del agua que caía. Fue la última vez que el destino me permitió verle en este mundo.

Cuando llegué al pie del camino de ascenso, eché la vista atrás. Desde aquel lugar resultaba imposible ver la catarata, pero se podía atisbar aún el sinuoso sendero que subía serpenteando por la ladera de la colina hasta su cima. Recuerdo que vi a un hombre que iba caminando a toda prisa por allí.

Pude distinguir su figura negra, que destacaba claramente contra el verdor que había detrás de él. Me fijé en la energía que desplegaba al caminar, pero no pensé más en él y me apresuré a cumplir mi misión.

Debí tardar algo más de una hora en llegar a Meiringen. El viejo Steiler me esperaba en el porche de su hotel.

—Bien —dije mientras me apresuraba a subir—, espero que no esté peor.

A su rostro asomó una expresión de sorpresa y, cuando arqueó las cejas, me dio un vuelco el corazón.

—¿No escribió usted esto? —dije sacando la carta del bolsillo—. ¿No hay una mujer inglesa enferma en el hotel?

—¡Desde luego que no! —exclamó—. ¡Pero esta carta lleva membrete del hotel! Ajá, debe haberla escrito el alto caballero inglés que llegó después de que ustedes se hubieran ido. Dijo que...

Pero no le di tiempo a que se explicara. Con un estremecimiento de miedo eché a correr calle abajo y me encaminé al sendero por el que había descendido. Me había llevado una hora bajar. A pesar de todos mis esfuerzos, tardé otras dos horas antes de encontrarme en la catarata de Reichenbach una vez más. El bastón alpino de Holmes todavía permanecía apoyado contra la roca donde le había dejado. Pero no había rastro de él y de nada me sirvió llamarle a voces. La única respuesta que obtuve fue mi propia voz multiplicada por el eco de los riscos que me rodeaban.

Fue la visión del bastón lo que me heló la sangre. Entonces, no había ido a Rosenlaui. Se había quedado en aquel sendero de tres pies de ancho, con una pared vertical a un lado y una caída vertical en el otro, hasta que su enemigo le había alcanzado. El muchacho suizo se había marchado también. Probablemente estaba a sueldo de Moriarty y dejó a los dos hombres solos. ¿Y entonces qué ocurrió? ¿Quién me podría contar lo que había pasado?

Me quedé allí un par de minutos para recobrar la calma, puesto que me encontraba aturdido por el horror. Entonces empecé a pensar en los métodos propios de Holmes e intenté llevarlos a la práctica para interpretar esta tragedia. Sólo que, ay, fue demasiado sencillo. Durante nuestra conversación no habíamos llegado al final del sendero y el bastón marcaba el lugar donde habíamos estado. El suelo ennegrecido está siempre húmedo gracias a la incesante caída de gotas de agua, y hasta un pájaro dejaría sus huellas sobre él. Había dos líneas de huellas de pisadas claramente visibles que se dirigían hasta el otro extremo del sendero, más allá de donde yo estaba. Ninguna de las dos regresaba de allí. A unas pocas yardas del final del sendero, el suelo era un amasijo de barro, y las zarzas y helechos que estaban al borde del abismo estaban rotos y arrancados. Me tumbé boca abajo y miré por allí mientras me empapaba la nube de gotas de agua. Había oscurecido desde que salí y lo único que pude ver fue el brillo de la humedad en las negras paredes y, allá abajo, al fondo del abismo, el centelleo de aguas tumultuosas. Grité, pero sólo llegó a mis oídos aquel grito casi humano de la catarata.

Pero el destino quiso que, a pesar de todo, mi amigo y camarada me dedicara unas últimas palabras. Ya he dicho que su bastón estaba apoyado contra una roca que sobresalía del sendero. Encima de dicha roca algo brillante atrajo mi atención, y levantando la mano me di cuenta de que era la pitillera de plata que solía llevar consigo. Al alzarla, un pequeño cuadrado de papel, sobre el que estaba depositada, cayó al suelo revoloteando. Al desplegarlo, descubrí que eran tres páginas arrancadas de su cuaderno de notas dirigidas a mí. Como era típico en él, la dirección era tan precisa y la letra tan firme y clara que parecía que la había escrito sentado en su estudio.

> Mi querido Watson:
>
> Le escribo estas líneas gracias a la cortesía del señor Moriarty, que espera a que me encuentre dispuesto a dirimir finalmente nuestras diferencias. Me ha proporcionado un breve resumen de los métodos que ha empleado para esquivar a la policía inglesa y mantenerse al tanto de nuestros movimientos, lo que no ha hecho sino confirmar la opinión que ya me había formado acerca de su talento. Me alegra saber que podré librar a la sociedad de las funestas consecuencias de su existencia, aunque

> me temo que será a un precio que causará gran dolor a mis amigos y especialmente a usted, mi querido Watson. Sin embargo, ya le he explicado que, en cualquier caso, mi carrera ha llegado a un punto crítico y ninguna otra posible conclusión sería más de mi agrado que ésta. Es más, si puedo ser totalmente sincero con usted, estaba seguro de que la carta de Meiringen era un engaño y le permití marcharse con la convicción de que algo así ocurriría a continuación. Dígale al inspector Patterson que los documentos que necesita para encerrar a la banda están archivados en la casilla M., guardados en un sobre azul sobre el que está escrito «Moriarty». Dispuse el reparto de mis propiedades antes de marcharme de Inglaterra y le entregué el documento a mi hermano Mycroft. Por favor, salude de mi parte a la señora Watson y téngame, mi querido compañero, por sinceramente suyo,
>
> Sherlock Holmes

Unas pocas palabras deberían bastar para contar el resto. Tras un examen llevado a cabo por expertos, no quedó duda alguna de que se entabló un combate entre ellos, que culminó, como no podía ser de otra manera en aquel lugar, con los dos hombres precipitándose al abismo, abrazados el uno al otro. Cualquier intento de recuperar los cuerpos se reveló como absolutamente inútil, y allí, en el fondo de aquella terrible caldera de aguas turbulentas e hirviente espuma, yacerán hasta el final de los tiempos el criminal más peligroso y el más importante defensor de la ley de su generación. No se volvió a saber nada del joven suizo, y no cabe duda de que se trataba de uno de los numerosos agentes que trabajaban para Moriarty. En cuanto a la banda, aún permanecerá fresco en la memoria del público cómo las pruebas que había reunido Holmes ponían totalmente al descubierto su organización y cómo pesaba sobre ellos la mano del hombre ahora muerto. Pocos detalles salieron a la luz sobre su terrible líder, y si me he visto obligado a realizar una exposición detallada de su carrera, es por culpa de sus imprudentes defensores, que intentan limpiar su memoria atacando a la persona a quien siempre consideraré el mejor y más sabio de los hombres que haya conocido jamás.

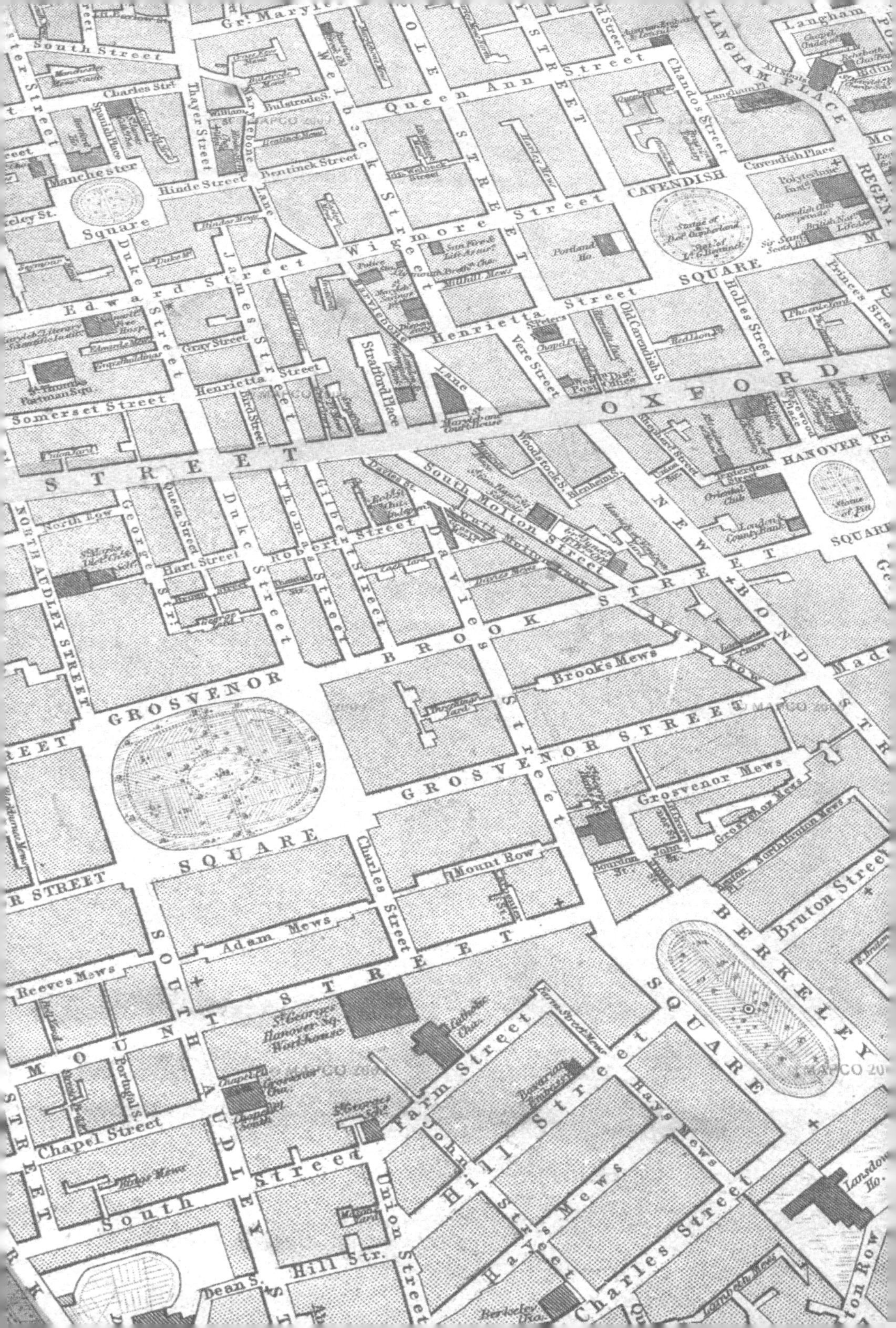

South Street
Charles Street
Thayer Street
Marylebone Lane
Bulstrode S.
Welbeck Street
Queen Ann Street
Chandos Street
Langham Place
Manchester Square
Hinde Street
Bentinck Street
Wigmore Street
Cavendish Place
Cavendish Square
Polytechnic Instn.
Portland Ho.
Edward Street
Duke Street
James Street
Gray Street
Henrietta Street
Somerset Street
Stratford Place
Vere Street
Old Cavendish S.
Holles Street
Oxford Street
Hanover Square
Statue of Pitt
Woodstock S.
South Molton Street
New Bond Street
North Audley Street
North Row
George Street
Queen Street
Hart Street
Robert Street
Gilbert Street
Davies Street
Brook Street
Brooks Mews
Grosvenor Square
Grosvenor Street
Grosvenor Mews
Mount Row
Charles Street
Adam Mews
Reeves Mews
Mount Street
South Audley Street
Berkeley Square
Bruton Street
St. George's Hanover Sq. Workhouse
Farm Street
Chapel Street
Portugal S.
South Street
John Street
Hill Street
Hays Mews
Charles Street
Union Street
Hill Str.
Dean S.
Lansdown Ho.

Montagu Street
Bryanston Pl.
BRYANSTON SQUARE
George Street
Upper George Street
Blandford Street
Adam Street
Low. Berkeley St.
PORTMAN SQUARE
Upper Berkeley Street
Seymour Street
Bryanston Street
Orchard Street
Portman Street
Somerset Street
OXFORD STREET
Connaught Place
Cumberland Gate
North Row
Green Street
NORTH AUDLEY STREET
UPPER BROOK STREET
PARK STREET
PARK LANE
King Str.
UPPER GROSVENOR STREET
Reeves Mews
Chapel Street
K